青少年阅读丛书

一定要知道的美德故事

边德明　编著

吉林人民出版社

图书在版编目(CIP)数据

一定要知道的美德故事 / 边德明编著 . -- 长春：
吉林人民出版社, 2012.4
（青少年阅读丛书）
ISBN 978-7-206-08765-3

Ⅰ.①一… Ⅱ.①边… Ⅲ.①故事 – 作品集 – 中国
Ⅳ.①I247.8

中国版本图书馆CIP数据核字(2012)第071327号

一定要知道的美德故事

YIDING YAO ZHIDAO DE MEIDE GUSHI

编　　著：边德明
责任编辑：李　爽　　　　　　　　封面设计：七　洱
吉林人民出版社出版 发行（长春市人民大街7548号　邮政编码:130022）
印　　刷：北京市一鑫印务有限公司
开　　本：670mm×950mm　　1/16
印　　张：12.5　　　　　　字　　数：150千字
标准书号：978-7-206-08765-3
版　　次：2012年7月第1版　　印　　次：2023年6月第3次印刷
定　　价：45.00元

爱 国 篇

诚 信 篇

目录 CONTENT 3

尊 师 篇

持 节 篇

俭 朴 篇

恒 心 篇

宽　容　篇

智　慧　篇

爱国篇

　　"爱国"是每一个国家的公民应尽的基本义务。"爱国"中的"爱"是一种特殊的爱，这种爱不因祖国的强弱贫富有所差异，也不因情感的付出是否得到回报有所增减。"天下兴亡，匹夫有责""以热爱祖国为荣，以危害祖国为耻"。国之强大要感谢那一群爱国的仁人志士，是他们无私的爱国主义情怀，感动国家、感动世界。

爱国之心与日月争光

——屈原的爱国故事

● 榜样人物

屈原（约前340—约前278)，名平，字原。战国末期楚国丹阳(今湖北秭归)人。屈原是中国文学史上第一位伟大的爱国诗人，是浪漫主义诗人的杰出代表。以屈原为代表的楚辞还影响到汉赋的形成，是我国积极浪漫主义诗歌传统的奠基人，因被评为"世界四大文化名人"(另有波兰的哥白尼、英国的莎士比亚、意大利的但丁)而受到纪念。屈原的作品有：《离骚》《天问》《九歌》《九章》等。

● 榜样故事

战国七雄为争城夺地，互相杀伐，连年混战。那时，楚国的大诗人屈原，见百姓深受战争之苦，十分痛心。他立志报国为民，劝楚怀王任用贤能，爱护百姓，很得楚怀王的信任。

当时秦国最强大，时常攻击其他六国。屈原亲自说服各国联合对付秦国。怀王十一年，楚、齐、燕、赵、韩、魏六国君王齐集楚国的京城郢都，结成联盟，怀王成了联盟的领袖。联盟的力量，阻止了强秦的扩张。因此，屈原得到了怀王的重用。可是这些都遭到了以公子子兰为首的一些贵族的嫉妒和忌恨，他们不断使用各种伎俩来陷害屈原，怀王对屈原渐渐不满起来。秦国利用这一时机来离间齐楚两国，最终达到拆散联盟的目的。受到挑拨离间的怀王不再信任屈原，把他逐出宫外。

屈原看到怀王被小人和秦国蒙蔽，眼看楚国就要受难，十分痛心，他死也不愿意看到楚国遇到危险。他一直认为怀王会醒悟过来分清是非。可是怀王却不再召见他，他越来越忧愁，常常彻夜不眠。《离骚》写出了屈原对楚国的忧愁和自己的怨愤。结果这部长诗又成为小人们攻击的证据，说屈原把怀王比作桀纣。怀王一怒之下，撤掉了屈原的官职。无奈之下，屈原搬出了郢都。可是他怎么能放得下楚国的百姓呢！楚国果真被秦国欺骗，并且遭到秦、齐两国的夹攻，秦兵占领了楚国的汉中地区。屈原听到这些消息，心急如焚，决定赶回郢都，设法抵抗秦国。怀王命令屈原出使齐国，恢复联盟。经过一番谈判，齐王答应撤回助秦攻楚的齐兵。屈原还未返国，就得到了秦楚议和的消息。他怕怀王再受欺骗，连忙辞别了齐王，赶回楚国。怀王受到宠妃郑袖、公子子兰等人的挑唆，任屈原为三闾大夫，不必进宫，立刻赴任。屈原走了，联盟不久解散了。从怀王二十七年起，秦国不断地对楚国发动战争。楚国国势一天不如一天，失掉了对抗秦兵的力量。怀王三十年，秦兵占领了楚国北部的八座城池。秦王来信，请怀王到秦国武关地方，商谈秦楚永世友好的办法。怀王前思后想，最后决定去会谈。得知这一消息的屈原连夜赶去拦截怀王，大声痛哭劝阻怀王前往秦国，受到上官大夫靳尚的阻止，结果怀王和500人马一到武关，就被秦国扣留，并被送往咸阳。郑袖为了安定人心，立太子熊横为顷襄王，自己掌握国政，任命子兰做管理全国军政的令尹。屈原拼死赶到郢都，要求顷襄王恢复六国联盟，凭借强大的实力，向秦国讨回怀王。子兰等人驱逐屈原出都，并且不许屈原再回郢都。

顷襄王三年时，怀王死了。屈原要求顷襄王趁各国都在怨恨秦国的机会，设法联合其他国共同对付秦国，顷襄王全然不听他的建议。屈原于是就日夜在宫门前痛哭，期望能打动顷襄王。郑袖叫子兰来斥骂屈原，命屈原赶紧回去，否则就要押送他。屈原厉声大骂子兰是秦国的奸细，是他们这些小人把楚国闹成这个样子的。

郑袖叫顷襄王革掉屈原的三闾大夫职位，把屈原流放到江南，永远不准过江。屈原到了被流放的陵阳，日夜心烦意乱，最后决定出国。他走了几天，到了楚国的边境，又踌躇起来。他认为自己是楚国人，死也要死在楚国的土地上。他回到陵阳住了9年，感觉到没有回郢都的希望。楚国局面越来越坏的消息不断传来，使他坐立不安。爱国的火焰在他心里燃烧，可自己又无能为力。他只能每天在山边湖旁踱来踱去。满腹的忧愁愤恨，都汇成了一个个诗篇。他越来越老了，但是复兴楚国的希望之火，却一天也没有熄灭过。顷襄王二十一年，楚国要灭亡了！他决定回到郢都，死在出生的土地上。他头也不梳，脸也不洗，昏昏沉沉地走了几天，农历五月初五那天屈原到了汨罗江边。他怀念郢都；怀念百姓，憎恨敌人；憎恨奸佞，决心用自己的生命去警告卖国的小人，激发全国百姓的爱国热忱。他用衣服包着江边的石头，用带子紧紧缚在自己身上，纵身跳入江中。

● **妙语点睛**

作为一位杰出的诗人和爱国志士，屈原爱祖国爱人民，坚持真理，宁死不屈的精神和他"可与日月争光"的高尚人格，千百年来感召和哺育着无数中华儿女，尤其是当国家民族处于危难之际，这种精神的感召作用就更加明显。

精忠报国震河山

——岳飞的爱国故事

● 榜样人物

岳飞（1103—1142），字鹏举，相州汤阴（今属河南）人。南宋军事家，民族英雄。岳飞投军抗辽临走时，其母姚氏在他背上刺了"精忠报国"四个大字，这成为岳飞的人生信条。岳飞善于谋略，治军严明，其军以"冻死不拆屋，饿死不掳掠"著称。后人将岳飞的文章、诗词编成《岳武穆遗文》，又名《岳忠武王文集》。

● 榜样故事

岳飞投军后，因作战勇猛很快就被升为秉义郎。当时宋都开封被金军围困，岳飞随副元帅宗泽前去救援。岳飞带兵多次打败金军，受到宗泽的赏识。宗泽称赞他"智勇才艺，古良将不能过"。同年，金军攻破开封，俘获了徽、钦二帝，北宋灭亡。靖康二年，康王也就是高宗赵构登基，迁都临安，建立南宋。岳飞上书高宗，要求收复失地，被革职。岳飞遂改投河北都统张所，任中军统领，在太行山一带抗击金军，屡建战功。后来又返回东京跟随留守宗泽，因为他战功卓越升任为武功郎。宗泽死后，跟从继任东京留守杜充驻守开封。

建炎三年，金将兀术率金军再次南侵，杜充率军丢弃开封向南逃去，岳飞无奈只好随之南下。这年秋天，兀术继续南侵，改任建康（今江苏南京）留守的杜充不战而降。金军得以渡过长江天险，很快就攻下临安、越州（今绍兴）等地，高宗被迫流亡海上。岳飞率孤军坚持敌后作战。他先攻击金军后卫，六战六捷。又在金军进攻常州时，率部支援，四战四胜。第二年，岳飞在牛头山设伏，大破金兀术，收复建康，金军被迫北撤。从此，岳飞威名传遍大江南北，声震河朔。接着，岳飞升任，建立起一支纪律严明、作战骁勇的抗金劲旅"岳家军"。

绍兴三年，岳飞因剿灭李成、张用等"军贼游寇"，得高宗奖"精忠岳飞"的锦旗。次年四月，岳飞挥师北上，击破金傀儡伪齐军，收复襄阳、信阳等六郡。岳飞也因功升任清远军节度使。同年12月，岳飞又败金兵于庐州（今安徽合肥），金兵被迫北还。

绍兴六年，岳飞再次出师北伐。孤军深入，既无援兵，又无粮草，数日后不得不撤回鄂州（今湖北武昌）。此次北伐，岳飞壮志未酬，写下了千古绝唱《满江红》：

> 怒发冲冠，凭栏处、潇潇雨歇。
>
> 抬望眼，仰天长啸，壮怀激烈。
>
> 三十功名尘与土，八千里路云和月。
>
> 莫等闲、白了少年头，空悲切。
>
> 靖康耻，犹未雪。
>
> 臣子恨，何时灭？
>
> 驾长车踏破贺兰山缺。
>
> 壮志饥餐胡虏肉，笑谈渴饮匈奴血。
>
> 待从头收拾旧山河，朝天阙。

绍兴七年，岳飞升为太尉。岳飞屡次建议高宗兴师北伐，一举收复中原，但都被高宗拒绝。绍兴九年，高宗与金议和，南宋向金称臣纳贡。这使岳飞不胜愤懑。次年，兀术撕毁和约，再次大举南侵。岳飞奉命出兵反击，相继收复郑州、洛阳等地，在郾城大破金军精锐铁骑兵"铁浮屠"和"拐子马"，乘胜进占朱仙镇，距开封仅45里。兀术被迫退守开封，金军士气沮丧，发出"撼山易，撼岳家军难"的哀叹，不敢出战。

在朱仙镇，岳飞招兵买马，联络河北义军，积极准备渡过黄河收复失地，直捣黄龙府。无奈这时高宗却一心求和，连发12道金字牌班师诏，命令岳飞退兵。岳飞抑制不住内心的悲愤，仰天长叹："十年之功，毁于一旦！所得州郡，一朝全休！社稷江山，难以中兴！乾坤世界，无由再复！"他壮志难酬，只好挥泪班师。

岳飞返回临安后，即被解除兵权。绍兴十一年，为向金求和，秦桧诬陷岳飞谋反，将其下狱，以"莫须有"的罪名将岳飞毒死于临安风波亭。

● 妙语点睛

岳飞以"精忠报国"为人生信条，忠君报国，却无奈被害，实乃遗憾。但他那种爱国精神千古流传，是爱国主义的典范。

绝食为国尽忠

——谢枋得的爱国故事

● 榜样人物

谢枋得(1226—1289)，南宋文学家。字君直，号叠山。信州弋阳（今属江西）人。主要作品有《上丞相刘忠斋书》《宋辛稼轩先生墓记》

《初到建宁赋诗一首》《千家诗》《叠山集》16卷，有《四部丛刊》影印明刊本。

● 榜样故事

1256年，30岁的谢枋得与文天祥同年进士，并名列前茅。由于他在殿试对策时攻击了当朝的丞相与重臣，被朝廷贬为第二甲进士。他愤然抛弃功名，返回家乡。第二年，他又去参加教官考试，得中兼经科，但仍未出仕。他不但看书有过目不忘之能，而且说话一贯直言不讳，每当和朋友们谈论起古今国家兴衰治乱的往事的时候，总是十分慷慨激昂。

1264年，他在建康当考官时，便以贾似道政事为题，言"兵必至，国必亡"。指出贾似道"窃政柄，害忠良，误国毒民"，为此，他被贬官，谪居兴国军（今湖北阳新县），直到1267年才被放回家乡。此后的8年，他闭门讲学，向弟子宣传爱国思想，并鄙视权贵，足迹不入豪门。

1271年，蒙古改国号为元，很快大举攻宋。在此国家存亡关头，谢枋得又挺身而出组织抗战。朝廷先后任他为江东提刑、江西招谕使等职，防守信州。由于南宋最高统治集团畏战，左丞相留梦炎弃职逃跑，兵部尚书吕师孟降元，其他不少封疆大臣和前线将领也纷纷投敌，大片国土沦丧。

1276年正月，元军进攻宋朝江东地区。谢枋得亲自率兵与元军展开了一场血战，终因孤军无援而失败。三月，元军占领南宋首都临安，并将宋恭宗、太后全氏、太皇太后谢氏俘往元朝上都。五月，南宋景炎帝即位，谢枋得被任江东制置使。他再次招集义兵，继续进行抗元斗争，但终因寡不敌众而失败。由于元军的追捕，他被迫隐姓埋名，弃家逃亡。这场战争中，谢枋得的妻子李氏不屈，与一女和两婢女自尽，谢枋得的两个兄弟，三个侄子也被元军迫害致死。南宋终因回天乏术，走上了灭亡之途。

谢枋得侥幸逃脱，隐姓埋名逃往闽赣边界，逃脱后几乎日日痛心疾首。那段日子他身披麻衣，趿拉着鞋，面向南宋都城方向大哭。人们不知道他就是谢枋得，以为是个疯癫之人。后来谢枋得流亡到福建建阳，靠为人卜卦算命为生。前来求卦问卜者拿钱给他，谢枋得一概不受，而只要些大米和草鞋。要大米是为了一日三餐，但为什么要草鞋呢？原来，谢枋得在兵败后曾经发誓说："不见南朝不着鞋！"

即使是在国破家亡的绝境中，谢枋得仍坚持不懈地抗争。他与文天祥誓约"宰相努力在朝，我等努力在野"，先后三渡仙霞岭，活动于闽浙皖赣的边界地带，联络仁人义士，图谋配合文天祥勤王，再造一隅江山。正如明人王守仁谒叠山墓时所云"国破家亡志不移，文山心事尔相期"。但是，文天祥兵败被俘就义，宋后主赵㬎及其辅佐大臣的死难，给了谢枋得致命的一击。他的精神支柱完全崩溃了，他只有朝南痛哭。

流亡中谢枋得的身份很快就暴露了。自从元朝统一中国后，就开始拉拢汉族士大夫，元世祖诏召天下人才，集贤殿学士程文海荐举宋遗民22人，以谢枋得居首。谢枋得只有再次隐居，以躲避元朝统治者的劝降。

1289年，也是宋王朝灭亡后的第十年。这年初夏，作为南宋遗老的头号大儒谢枋得被元朝地方长官强行送往大都（今北京），以期迫其出仕。而此时，谢枋得已经是白发苍苍的六旬老人了，但是他也已经做好了舍生取义的准备。北去大都的路上，谢枋得仿照伯夷叔齐不食周粟，只采薇而食的方法，一路只吃苹果。到了大都，他问了死在这里南宋谢太后的葬身之处和降元后被幽禁的恭宗皇帝近况，禁不住痛哭一场，从这个时候开始，他下定决心绝食而死！

在谢枋得绝食的时候，他的老师——已经出山仕元，并且写过信劝降谢枋得的留梦炎领着郎中，带着药和米面，目的很明确——劝谢枋得改弦易辙。但师徒见面却只有尴尬，谢枋得一面怒骂，一面将药罐拂在地上。

1289年的一个冬日，谢枋得在元大都悯忠寺（今北京法源寺），朝南宋太皇太后谢氏坟墓和宋恭宗所在的方向痛哭跪拜，以绝食绝言五天的特殊方式从容自尽。

● 妙语点睛

即使在国破家亡的绝境中，谢枋得仍坚持不懈地抗争。谢枋得的忠贞爱国、高风亮节和浩然正气博得了后人广泛而深远的纪念、赞颂和敬仰，教育了无数反抗民族压迫的仁人志士。

以死报国

——文天祥的爱国故事

● 榜样人物

文天祥(1236—1283)，号文山，吉州庐陵（今江西吉安）人。南宋杰出的民族英雄和爱国诗人。曾书《过零丁洋》以明宁死不屈之志。重要的代表作是《正气歌》，堪称千古绝唱。他的诗歌言志抒怀，情文并茂，光彩耀目，堪称中国诗史上的一朵奇葩。主要作品有《文山先生全集》。文天祥擅长书法，行草流畅劲秀，颇具韵度，但传世墨迹极少，主要有：《自书木鸡集序》《谢昌元座右自警辞》《遗像家书》等。

● 榜样故事

南宋末年，元军大举进攻中原，直逼南宋都城临安。1275年，时任赣州（今江西赣州）知州的文天祥为响应朝廷"勤王"的号召，散尽家资招兵买马，数月内组织了上万人的义军，以"正义在我，谋无不立；人多势众，自能成功"的信心和勇气，投身于抗击元军入侵的战斗之中。

1278年，文天祥在率部向海丰撤退的途中遭到元将张弘范的攻击，兵败五坡岭，当即吞服冰片，自杀未果，在昏迷中被俘，被押往厓山。张弘范让他写信招降张世杰，文天祥将自己前些日子所写的《过零丁洋》一诗抄录给张弘范。张弘范读到"人生自古谁无死，留取丹心照汗青"两句时，不禁也受到感动，不再强逼文天祥了。

文天祥被押解到大都，安置在接待投降者的"会同馆"的高级房间里，里面摆有美酒佳肴。南宋亡国之君前来劝降，文天祥北跪于地，痛哭流涕说："圣驾请回！"南宋亡国之君无话可说，怏怏而去。

被扣押北营时，文天祥便明白地告诉伯颜："宋状元……所欠一死报国耳。宋存与存，宋亡与亡，刀锯在前，鼎镬在后，非所惧也，何怖我？"1279年，元平章阿合马来到文天祥囚所劝降，文天祥根本不把他放在眼里，阿合马却要他下跪。文天祥说："南朝宰相见北朝宰相，何跪？"阿合马以胜利者自居，傲慢地说："你何以至此？"文天祥嘲讽地说："南朝若早用我为相，你去不了南方，我也不会到你这里来，你有什么可神气的？"阿合马用威胁的口气对左右说："此人生死尚由我。"文天祥正义凛然道："亡国之人，要杀便杀，道甚由不由你。"阿合马自讨没趣，灰溜溜地走了。同年年底，元丞相孛罗审问文天祥。孛罗一来就大摆威风，要文天祥下跪，遭到文天祥的拒绝，左右便用武力强使文天祥作跪拜状，文天祥说："天下事，有兴有废，自古帝王以及将相，灭亡诛戮，何代无之？天祥今日……至于此，幸早施行。"孛罗问："你们丢掉君王，先后另立二王，算什么忠臣？"文天祥答："社稷为重，君为轻。"孛罗再问："那你干出什么功绩了？"文天祥答："做一天臣子尽一天责，谈何功绩！"又说："现在只有一死，不必再说什么！"孛罗叫道："你要死，我偏不叫你死，要把你关押起来！"文天祥凛然答道："我为国死都不怕，还怕被关押！"

被关押期间，文天祥曾收到女儿柳娘的来信，得知妻子和两个女儿都在宫中为奴，过着囚徒般的生活，尽管心如刀割，却不愿因妻子和女儿而丧失气节。他在写给自己妹妹的信中说："收柳女信，痛割肠胃。人谁无妻儿骨肉之情？但今日事已至此，于义当死，乃是命也。奈何？奈何！……可令柳女、环女做好人，爹爹管不得。泪下哽咽哽咽。"

1282年，元世祖召见文天祥，亲自劝降。文天祥对元世祖仍然是长揖不跪。忽必烈以宰相之职作为诱饵，妄图使文天祥投降，但遭文天祥严厉拒绝。忽必烈只好问他："那你究竟要什么？"文天祥回答："我是大宋的宰相。国家灭亡了，我只求速死。不当久生。"元世祖又问："那你愿意怎么样？"文天祥回答："但愿一死足矣！"元世祖十分气恼，于是下令立即处死文天祥。

1283年1月9日，文天祥被押解到刑场。监斩官问："丞相还有什么话要说？回奏还能免死。"文天祥喝道："死就死，还有什么可说的！"他问监斩官："哪边是南方？"有人给他指出了方向，文天祥面向南方跪拜，说："我的事情完结了，心中无愧了！"文天祥死时年仅47岁。

● 妙语点睛

在国运衰颓的危急时刻，文天祥为挽救国家危亡，以"英雄未肯死前休"的气概，进行了百折不挠的苦斗。正如他在《正气歌》中所说，"天地有正气"，"凛冽万古存"。在牢狱生活中，文天祥本着"命有死时名不死，身无忧处道还忧"的信念，创作了许多诗歌，并总结了南宋亡国的教训，痛斥卖国的奸佞，歌颂战友们以身许国的精神，描述人民的苦难，抒发了一个爱国志士的悲壮情怀。

死为烈丈夫

——朱万年的爱国故事

● 榜样人物

朱万年（？—1632），字鹤南。明朝黎平府（今贵州黎平）人。明神宗万历三十七年（公元1609年）举人，历任山东定陶知县，中城兵马司指挥，户部河南司主事，员外郎、郎中，山东莱州知府等。《黔诗纪略》录其诗二首。

● 榜样故事

1631年闰11月，已为后金收买的明朝叛将孔有德，为实现割据称雄的野心，在吴桥（河北吴桥）发动了兵变。旋即挥戈向东，次年正月攻陷了登州（山东蓬莱市）。孔有德叛乱一爆发，朱万年就迅速进行守城的准备工作，制订守城公约二十五条，于1631年12月13日公布于众。朱万年组织民夫把一座府城部署得井然有序，如铜墙铁壁一般。吴桥兵变后，叛军经莱州返登州时，见莱州防守坚固，只好偃旗息鼓。

登州失守，莱州形势日趋紧张，部分居民欲逃离避难。朱万年从城中显贵入手，制止逃跑。

经朱万年多方努力，全城军民士气大振，决心与府城共存亡。叛军围攻数日，莱州府城始终岿然不动。1632年2月3日，当时敌兵与莱州守军骑兵众寡悬殊，故敌认为攻下莱州如同探囊取物。但叛军一次次的猛烈攻势均被击退。叛军见府城守备森严，士气高涨，作起战来无不以一当十，难以速战速决，遂改变战略。孔有德命叛军在府城四周扎营进行长期围困，消耗守军力量以待内变。在敌军围城期间，2月19日夜，朱万年从城南门派30名敢死之士，袭敌于睡梦之中。当敌军组织力量反扑时，守军已胜利而归了。次日亦出敌不意组织500精壮，一冲南关，一冲西关，一时间敌军手足无措，被杀得丢盔弃甲，守军大获全胜。

为了迅速攻下莱州，孔有德从登州调来大批重型武器——红夷大炮，在城外筑炮台高与城齐，多次轰塌城墙。朱万年一方面指挥守军与攻城之敌奋战，一方面发动城内父老急速抢修。2月23日，叛军将城墙震塌两丈许，接着叛军蜂拥而上，形势非常危急。参将彭有谋率军奋勇杀敌，一夜间连续击退敌人3次猛攻。接着朱万年又发动全城群众奋战6昼夜，将轰塌之城墙修复如故。叛军还用刀斧劈凿城门，守军则做悬楼，派兵冒死坐于悬楼之上用火器射杀劈门之敌。如此艰危的守卫战，一直持续了7个月之久，其间大小百余战，守城军民历尽艰险终保府城。

4月16日下午，山东巡抚徐从治正在西城组织出击，不幸中炮阵亡，此后守城进入更加困难的阶段。尤其是守城数月之后，粮草、武器消耗甚大，日渐枯竭。朱万年心急如焚，四处奔走筹集物资。城内士民见朱万年为保卫府城如此辛劳，存者争相献之。

莱州被围后，孔有德等又以金珠参貂行贿兵部，兵部不顾莱州安危，欺上瞒下，不发兵解围，主张招安了事。告急文书雪片似的飞往京师均无回应，致使莱州局势越来越严峻。更为甚者是莱州被围期间，兵部多次派人人莱为叛军求抚，并指责朱万年不该出击叛军以激其怒。主抚派刘宇烈奉命率军至莱解围不力，反而对孔有德的假意信以为真，上奏朝廷。朝廷下达招安圣旨。朱万年等见再无援军解围，被迫遵旨。7月4日招安圣旨到莱。7月7日谢琏、朱万年等去叛营宣读圣旨，走到驿门时，两声炮响，伏兵四起，朱万年等要员中计被俘，从人多被杀。叛军猛力攻城，城上炮矢如雨。接着叛军推朱万年至城下，胁令呼降，朱万年大呼："我已被擒，誓必死。彼精骑尽在此，可发炮急击之，勿以我为念！"叛军实现了诱杀守城要员的阴谋。但由于朱万年深知叛军不会轻易投降，在进行招安的同时，他已作了守城的严密部署，故叛军攻城的阴谋被粉碎了。

● 妙语点睛

朱万年平生慷慨，持大节，爱国爱民，为了打击叛军，力抵来自中枢的抚议压力，团结全城军民坚守孤城，在守城过程中费尽心机，历尽艰险，终以自己的生命和鲜血保卫了府城，保卫了全城军民，是一个大义凛然的英雄，其死重于泰山。

以身殉国不低头

——张煌言的爱国故事

● 榜样人物

张煌言（1620—1664），字玄著，号苍水。南明将领、诗人，民族英雄。南京失守后，与钱肃乐等起兵抗清。后联络13家农民军，并与郑成功配合，亲率部队攻下安徽等城，坚持抗清斗争近20年。至清康熙三年（1664），见大势已去，隐居不出，被俘后遭杀害。其诗文多是在战斗生涯中写成。其诗质朴悲壮，充分表现出忧国忧民的爱国热情。著有：《瀛州行》《闽南行》《岛居八首》《冬怀八首》《甲辰八月辞故里》《放歌》《绝命诗》《北征录》《上延平王书》《奇零草序》《张苍水集》等。

● 榜样故事

1645年夏，清军进占南京，分兵进攻江、浙一带。所到之处，疯狂地烧杀抢掠，激起了各地人民的强烈反抗。闰6月12日，宁波爱国士绅钱肃乐在城隍庙召开绅士大会，动员人们武装起义，抵抗清军。这一天，年仅26岁的举人张煌言第一个到会，在集会上他慷慨陈词，坚决主张武装抗清。从此，开始了他长达19年的抗清斗争生涯。

1662年4月南明永历帝在昆明被吴三桂杀害。5月，在台湾的抗清民族英雄郑成功病死。次年11月，鲁王又死于金门。抗清斗争局势每况愈下，浙东一隅只剩张煌言独力支撑。清朝为了消灭浙东最后一支抗清武装，一面发动军事进攻；一面采取迁界政策，强迫沿海居民迁往内地，严禁渔船、商船出海，割断义师与沿海居民的联系。在这种形势下，张煌言为了保存实力，不得已于1664年6月遣散义师，隐居在舟山附近的悬岙岛上。悬岙岛荒凉偏僻，没有居民。张煌言和几个随从造了几间茅屋，居住下来。他置棺室内，悬剑帐边，嘱咐部下：万一清兵前来搜捕，他就拔剑自刎，以身殉国。并要部下随即将他的尸身殓棺埋葬，以免落入清兵手中。

张煌言暂时销声匿迹，使满清官吏如芒在背。清廷下令悬赏通缉张煌言。

一日，张煌言派人到舟山买米。那人被清兵捉住，经不起严刑拷打，供出了张煌言居住的地方。张煌言在岛上养有一只白猿，能在10里海内看清来往船只，遇上陌生的，就长啸报警。清兵便在一个伸手不见五指的黑夜，悄悄包围悬岙岛。待张煌言发觉，正欲拔剑自刎，不料被床帐裹住，以致身陷敌手。

张煌言被押解回宁波时，头戴方巾，神态自若。乡亲父老见之无不伤心落泪。浙江提督张杰劝他投降，张煌言斩钉截铁地回答："父死不能葬，国亡不能救，今日但求一死而已！"张杰见诱降无效，奉浙江总督赵廷臣之命，将张煌言押送杭州。解省那天，宁波成千上万百姓拥上街头饮泣告别，许多人摆上香案跪地送行。张煌言穿着宽衣博袖的明朝衣冠，走下囚轿，稳步来到江边。上船前，他撩袍下跪，撮土为香，朝镇海方向拜了四拜，祝祷道："大明兵部尚书孤臣张煌言辞别故里。"祝完，站起身来，向送行的百姓跪了下去，说道："煌言向父老乡亲们告辞了。"说完，叩头拜了四拜，顿时，人群中一片哭声。在船上，一天半夜，有个看守他的差役忽然低声唱起"苏武牧羊"的歌曲来，张煌言情不自禁扣舷和唱，并对差役说："你也是一个有心人啊！我已决心以死报国，请你放心吧！"

张煌言被押到杭州，赵廷臣假惺惺地以礼相待，并唆使一些人来劝张煌言投降，张煌言在囚牢的墙壁上愤怒地写下了《放歌》一诗，以表明自己誓死不投降的决心和意志。1664年9月7日，张煌言被押到刑场，望着钱塘江上的两岸青山，痛惜道："大好河山，竟使沾染腥膻！"于是向监斩的书吏索纸笔，写下绝命诗一首："我年适五九（即四十五岁），复逢九月七。大厦已不支，成仁万事毕。"然后端坐在地上英勇就义。

● 妙语点睛

爱国主义在一些英雄人物的身上总是得到最大的体现。宋室倾覆，文天祥慨然就义，陆秀夫抱主跳海，从者十万余人；明朝灭亡，只剩太监王承恩陪崇祯同赴黄泉。那么，明末的英雄哪去了？英雄出于草莽。明清易代，血与火写下了中国一页不堪卒读的痛史，也写下了晚明一页辉煌绚丽的诗史；在这页历史和诗史上都浓墨重彩地写着一个光耀千古的名字——张煌言。

虎门销烟传百世

——林则徐的爱国故事

● 榜样人物

林则徐(1785—1850)，字元抚，又字少穆。福建侯官（今福州）人。嘉庆十六年赐进士。为官40年，他"经世自励"，廉洁奉公；又重视水利事业，赈灾救民。最大的功绩是领导了中国历史上轰轰烈烈的禁烟运动——虎门销烟，指挥了抗英斗争，维护了国家主权和民族的尊严，成为中国近代史上一位民族英雄和爱国者。同时，他编译的《四洲志》等外文书籍、资料，掀起了中国近代学习和研究西方的风气，是中国近代维新思想的先驱。

● 榜样故事

一百多年前，英国是当时世界上最大的帝国主义国家。它不断地、疯狂地在世界各地掠夺殖民地，还企图用鸦片打开中国的大门。广州是外国烟贩子的贩毒中心。1838年广州地方政府处决一个中国的鸦片贩子，英国烟商竟然出来阻挠，激起了广州人民的义愤。1839年2月，一万多名群众到外国人居住的旅馆前示威，声讨外国烟贩干涉中国内政的罪行。

1839年3月钦差大臣林则徐经过两个月的旅程到达广州，人群挤满了珠江两岸，人人争睹钦差的风采。整个广州都在等待和倾听钦差大臣的声音，林则徐的回答是第二天在辕门外贴出的两张告示：《收呈示稿》宣明钦差大臣到广州的目的是查办海口事件；《关防示稿》无异于钦差大臣此行的第一个宣言，是采取禁烟行动的先声。

林则徐一面加紧整顿海防，严拿烟贩；一面限令外国烟商交出鸦片。林则徐在给外国烟商的通知中说："若鸦片一日未绝，本大臣一日不回。"当时的广州正处在暴风雨的前夕，不管是欢欣还是惧怕，期待还是仇恨，它总归要伴着雷鸣电闪，铺天盖地的来……

1839年3月19日，林则徐下令禁止外国人离开广州。3月21日下令包围商馆。3月22日下令查拿英国鸦片贩子颠地。4月10日林则徐、邓廷桢亲赴虎门检查收缴前各项准备工作。4月11日开始收缴鸦片。收缴的这段日子，林则徐日夜操劳，一丝不苟，无一纰漏，一刻不息地监督整个过程。由于林则徐坚定的态度和有力的措施，再加上人民的支持，外国烟贩被迫交出鸦片两万多箱。

6月3日，林则徐下令在虎门将鸦片公开销毁，并带领大、小官员亲自监督。林则徐了解到：过去用火焚烧鸦片，鸦片油渗入土中，一些人就将这些土挖去，熬炼成烟膏。他命人将鸦片放入挖好的两个大池子里，池中放入卤水，鸦片浸泡半日后，再加上生石灰，生石灰将生水煮沸，就把鸦片销毁了。

销烟的正义行动，取得了广大人民的支持，虎门海滩每天都有上万人观看，人们都拍手称快。举世闻名的"虎门销烟"在林则徐的指挥下，向全世界宣告了中华民族不屈服于侵略的决心。

● 妙语点睛

林则徐被誉为中国近代"开眼看世界的第一人"。是他最先认清了西方国家的狼子野心。他不畏强权，尽自己所能救国救民，体现了中华民族坚强不屈的爱国气节。虎门销烟的壮举使他永垂青史！

华侨旗帜　民族光辉

——陈嘉庚的爱国故事

● 榜样人物

陈嘉庚(1874—1961)，福建同安集美村（今福建厦门集美）人。伟大的爱国主义者、教育家、爱国华侨领袖、华侨实业家。人们也将他视为"华侨爱国爱乡热心教育事业的楷模"。陈嘉庚先生的贡献还不止在兴办教育上，他对中国的民主革命、中国的抗日战争、解放战争以及新中国的建设等也有不可磨灭的贡献。主要著作有：《南侨回忆录》《陈嘉庚言论集》《新中国感观集》《住屋与卫生》等。

● 榜样故事

1910年陈嘉庚在新加坡参加中国同盟会，募集巨款赞助孙中山的革命活动。1924年在新加坡创办《南洋商报》，高举反日斗争旗帜。济南惨案发生后，他任新加坡"山东惨祸筹赈会"会长，募捐救济受难家属，并号召华侨反对日本帝国主义的侵略暴行。1931年"九一八"事变前后，积极从事抗日救国活动。1937年抗日战争开始，在新加坡召开侨民大会，筹款支援祖国。1938年倡立"南洋华侨筹赈祖国难民总会"（简称"南侨总会"），任主席，每年募款达上亿元，并组织司机和机工三千多人回国为抗战服务。

1938年10月，广州、武汉相继沦陷，路透社电讯公开传出"汪精卫发表和平谈话"。陈嘉庚感到事出有因，但他不信真有其事，因为他与汪精卫过去有过来往，私交甚好。他遂以南侨总主席名义，直接向汪精卫去电询问，汪坦承不讳。陈嘉庚给汪发电两则，严词指出其主张极端错误，但汪称其和平主张为无上良策，甚至反过来叮嘱陈嘉庚劝说南侨赞同其主张。至此，陈嘉庚得知汪精卫始终坚持顽固立场，无可挽救。考虑到此事系国家头等大事，应公之于众，以正视听。1938年10月28日，国内政坛的一次重要会议——国民参政会在重庆召开。身在新加坡的陈嘉庚以国民参政员的身份，向大会发去一个电报提案，提案有三方面内容：日寇未退出我国土之前，凡公务员对任何人谈和平条件，概以汉奸国贼论；大中学校在抗战期间禁放暑假；长衣马褂限期废除，以振我民族雄武精神。其中，第一方面的内容最为著名，后经会议秘书处精简修改为"敌未出国土前，言和即汉奸"。这样的电报提案，犹如一声惊雷，骤然在会场响起，不仅惊动了国民党战时首都重庆，也震动了海内外。

这一电报提案，充分体现了陈嘉庚力主抗战、反对和谈、反对中途妥协的爱国精神，当时在海内外引起了重大反响。中国著名爱国人士、政论家邹韬奋在其所著的《抗战以来》一书中，对其作了极为生动的描述和高度评价。他说："开幕之后，霹雳一声，陈嘉庚从新加坡来了一个'电报提案'——'敌未出国土前，言和即汉奸'。这寥寥十一个字，却是几万字的提案所不及，是古今中外最伟大的一个提案。"同时，他还具体描述道："当汪精卫议长高声朗读'敌未出国土前，言和即汉奸'时，面色突变苍白，在倾听激烈辩论时，神色非常不安，其所受刺激深矣。"

1940年3月陈嘉庚亲率"南洋华侨回国慰劳视察团"回国慰劳、考察，并冲破国民党政府重重障碍，到达延安，对抗日根据地干部的廉洁奉公、军民团结抗战，热情称颂并从此断定"中国的希望在延安"。太平洋战争爆发后，他组织"新加坡抗敌动员总会"，动员华侨从各方面积极抗敌。陈嘉庚曾屡遭敌人迫害，脱险后，各界人士在重庆举行"陈嘉庚安全庆祝大会"，毛泽东题"华侨旗帜，民族光辉"以褒赠。抗日战争胜利后，陈嘉庚积极投身反蒋反美的民主运动，支持解放战争，创办《南侨日报》。

● 妙语点睛

陈嘉庚是中国近现代史上一位杰出的爱国主义者。他恪守"天下兴亡，匹夫有责"的古训，以拯救国家危难为己任，认为"教育不振，则实业不兴，国民之生计日绌"，把兴办教育和实业，发扬民族文化同振兴中华联系起来，希图实现报效祖国的抱负。他终其一生，全力支援祖国的革命、抗战、振兴。

我要回国　不要美金

——李四光的爱国故事

● 榜样人物

李四光(1889—1971)，字仲揆，湖北黄冈人。地质学家，中国地质力学的创立者。创立了"构造体系"的基本理论，他用此理论分析中国东部地质构造特点，认为新华夏构造体系的三个沉降带具有大面积储油层。在地震地质工作方面，他主张在研究地质构造活动性的基础上观测地应力的变化，为实现地震预报指明了方向。著有：《中国地质学》《地质力学概论》《地震地质》和《天文、地质、古生物》等。

● 榜样故事

1889年10月26日，李四光出生在湖北省黄冈市的一个贫苦家庭。他从小勤奋好学，13岁便以优异的成绩考上省城武昌高等学校。离开家乡坐船去武昌上学时，李四光看见帝国主义军舰在长江里横冲直撞，激起的大浪掀翻了中国的小木船，非常气愤，发誓一定要学造船，造出大军舰，把洋人赶出长江，赶出中国。1905年孙中山在日本创建同盟会，16岁的李四光加入同盟会，参加了辛亥革命。孙中山勉励他说："努力向学，蔚为国用。"后来李四光以优异的学习成绩被保送去日本学习造船。可是，造船需要钢铁，钢铁又要矿石作原料。于是，李四光又远渡重洋，去英国考上了伯明翰大学预科学采矿。学了两年后，他想中国地大物博，矿藏一定很丰富。因此，第一重要的是要找到铁矿、煤矿、石油，而要掌握打开地下宝库的钥匙，就得学地质学，于是他进了地质系学习地质，同时还兼学物理系的课程。这期间，他获得了学士、硕士、博士学位。

1948年，李四光接受国际地质学会的邀请来到英国伦敦，在第十八届国际地质学大会上作了《新华夏海之起源》的学术报告，博得与会者的一致赞誉。一天清晨，李四光在报纸上看到一则消息："……12月2日沈阳解放，……"新中国就要诞生了！他激动得热泪盈眶。在剑桥大学中国留学生举行的年会上，他激动地说："我虽然60岁了，身体一直不好，但我一定要回到祖国去，把自己的余生奉献给新中国！"国民党驻英国大使馆秘书找到李四光，掏出了一张5000美金的支票，说："你向世界发表个公开声明，否认中华人民共和国。"又威胁说："你如果不肯，我们将采取必要措施，将你扣留在国外。"李四光听罢气愤至极，当即严厉斥责："我归国之心能用金钱收买吗？我要回国，不要美金！"李四光冒着被国民党扣留送往台湾的危险，排除万难，终于踏上了祖国的土地，实现了他为祖国效力的愿望。

新中国成立后，李四光对我国的能源、地震、矿产资源等方面都提出了重要的指导性意见，推动了我国地质工作的开展。经过长期的研究和考察，李四光认为不论是海相地层还是陆相地层，只要具备了生油的条件和储油的地质构造，就能找到大油田。李四光的重大贡献之一就是打破了"中国贫油论"的错误论断，为中国人民找到了大油田。在他的考察和研究下，陆续发现了大庆油田、大港油田、胜利油田、华北油田等。

● 妙语点睛

李四光少年有志，为了要造出"第一流兵舰"，赶走洋人，不再受帝国主义的欺侮，15岁东渡日本，学习造船专业。由于当时中国没有钢铁不能造船，李四光又转赴英国，学习采矿。可他觉得采矿离不开找矿、勘探，还需要掌握地质学的专门知识，于是，他选择了地质专业。他最终达到了报效祖国的目的，向深爱的祖国奉献出了自己的一颗赤子之心。

蓄须明志　谢绝舞台

——梅兰芳的爱国故事

● 榜样人物

梅兰芳（1894—1961），名澜，字畹华，艺名兰芳。江苏泰州人，生于北京。他综合了青衣、花旦、刀马旦的表演方式，创造了醇厚流利的唱腔，形成独具一格的梅派，被称为梅派大师。著有：《梅兰芳文集》《梅兰芳演出剧本选》《舞台生活四十年》等。代表剧目有：《贵妃醉酒》《霸王别姬》《宇宙锋》等，先后培养、教授学生一百多人。

● 榜样故事

1932年，梅兰芳拖家带口从北平迁居上海，先住在沧州饭店，后来又住进了思南路87号的梅宅。梅兰芳之所以选中思南路87号，就是因为那里暗合了他当时的心情。到上海后，梅兰芳开始编演《抗金兵》《生死恨》等梅派爱国名剧。他还赴俄罗斯等欧洲国家演出和讲学，在上海的这个阶段是梅兰芳艺术的高峰时期。在思南路87号梅宅，梅兰芳接待了卓别林夫妇，还招待过英国喜剧大师萧伯纳。

1941年12月，日本侵占香港后，留居在香港的梅兰芳开始蓄起胡须，没过几日，浓黑的小胡子就长出来了。他年幼的儿子梅绍武很好奇，就摸着梅兰芳的胡须问："爸爸，您怎么不刮胡子了？"梅兰芳回答："我留了小胡子，日本鬼子还能强迫我演戏吗？"不久，他回到上海，住在梅花诗屋，闭门谢客，时常在书房的台灯下作画，日复一日靠卖画和典当度日。上海的几家戏院老板，见他生活日渐窘迫，争先邀他出来演戏，都被梅兰芳婉言谢绝。

抗战爆发后，日伪想借梅兰芳收买人心，几次要他出场均遭拒绝。面对日本侵略者的威胁，梅兰芳甚至不顾生命安危，连打了三针伤寒预防针，高烧39度，以重病为由拒绝了日本侵略者。梅兰芳考虑到在上海不能久留，遂赴香港。他在香港演出《梁红玉》等剧，激励人们的抗战斗志。1941年香港沦陷后，他安排两个孩子到大后方读书，自己于1942年返沪。

有一天，汪伪政府的大头目褚民谊突然闯到梅兰芳家，要他作为团长率领剧团赴南京、长春和东京巡回演出，以庆祝所谓"大东亚战争胜利一周年"。梅兰芳用手指着自己的唇须冷笑着说："我已经上了年纪，很久不吊嗓子，早已退出舞台了。"褚民谊阴险地笑道："小胡子可以刮掉嘛，嗓子吊吊也会恢复的……"话语未落，只听梅兰芳一阵讥讽："我听说您一向喜欢玩票，大花脸唱得很不错。我看你作为团长率领剧团去慰问，不是比我强得多吗？何必非我不可！"褚民谊听到这里，顿时无话可说，狼狈地离开了。

● 妙语点睛

梅兰芳先生的一生，充满了传奇色彩。梅兰芳是个爱国主义者，深受人民群众的敬仰。在日本帝国主义侵略我国那段时期，他先编演《木兰从军》《抗金兵》和《生死恨》等爱国剧目，激励人民抗敌救国的斗志；后来他身陷敌占区，大义凛然地拒绝敌伪威逼利诱，蓄须明志八年，他靠卖画典当维持生计并接济苦难的同行和亲友，充分表现了一名具有民族气节的艺术家的高贵品质和威武不屈的爱国精神。

把我的心脏带回祖国

——肖邦的爱国故事

● 榜样人物

弗雷德里克·弗朗西斯克·肖邦（1810—1849），伟大的波兰音乐家。肖邦一生处于民族危亡时期，强烈的爱国主义思想成为他创作的主旋律。为表达自己思念祖国、怀念故土之情，他的作品深深植根于波兰民族、民间音乐的沃壤之中。主要代表作有：《第一叙事曲》《降A大调波兰舞曲》《革命练习曲》《降b小调奏鸣曲》《波兰舞曲》《华丽大圆舞曲》《雨滴前奏曲》等。

● 榜样故事

1830年，爆发了法国七月革命。肖邦的祖国波兰也是动荡不安，不断被瓜分。

在这种情况下，肖邦的亲人、老师和朋友力劝肖邦出国深造。对此，肖邦处于激烈的思想斗争之中，爱国心使他想留下；事业心又使他想离去。在1830年11月2日，肖邦最终决定离去，萧瑟的秋风带来阵阵寒意，更增添了离别的忧愁。友人嘱咐着即将离去的肖邦："不论你在哪里逗留、流浪，愿你永不将祖国遗忘，绝不停止对祖国的热爱，以一颗温暖、忠诚的心。"友人们送给肖邦一只盛满祖国泥土的银杯，它象征着祖国将永远陪伴在他身旁。离别的痛苦使肖邦心如刀绞，正如他以后所写的一样："我还在这里，我不能决定启程的日子。我觉得，我离开华沙就永远不会再回到故乡了。我深信，我要和故乡永别。啊，要死在不是出生的地方是多么可悲的事！"听着亲友们的勉励、嘱咐和期望，他意识到自己有责任去国外用艺术来为自己的祖国和民族争得荣誉。"我愿意唱出一切为愤怒的、奔放的情感所激发的声音，使我的作品（至少一部分）能作为约翰（指17世纪的波兰国王约翰三世索比埃斯基。他曾击败了土耳其侵略者，收复了祖国的疆土，并将土耳其人逐出维也纳和匈牙利而名震欧洲）的部队所唱的战歌。战歌已绝响，但它们的回声仍将荡漾在多瑙河两岸。"这些话语都表现了他当时的决心。为肖邦送行的埃尔斯纳老师和华沙音乐学院的一些同学们，演唱了埃尔斯纳特地为肖邦写的一首合唱曲："你的才能在我们的国土中生长，愿它到处充分发扬光大，……通过你乐艺的音响，通过我们的玛祖别克、克拉可维亚克（波兰的两种民间舞曲）显示你祖国的荣光。"肖邦挥泪告别了亲友、老师。

几周后肖邦听到华沙起义的消息，心情无比激动，曾拟回国，但他的挚友梯图士苦劝他不要回去。当梯图士出发回国参加起义后，肖邦曾雇了一辆驿车追赶，准备一起回国，结果因未能赶上而返回维也纳。当时，肖邦在给华沙的友人马图申斯基的信中写道："为什么我不能和你们在一起！为什么我不能当一名鼓手！！"

去巴黎的途中，肖邦听到了华沙重新陷落的消息。这时，他义愤填膺、悲痛欲绝。在写给梯图士的信中，他表示了对侵略者的无比愤恨："……啊，上帝啊，你是存在的！存在而不给他们报应！你不管俄国人的罪行，或者，或者你自己就是俄国人！我可怜的父亲！我高尚的父亲，可能他在挨饿，他也没有钱给母亲买面包！妹妹也许正遭受放肆的俄国人的狂暴蹂躏！帕斯凯维奇（攻陷华沙的俄国统帅）占领了欧洲那些头等君主国的驻节地！俄国人将成为世界的统治者？……啊！为什么我连一个俄国人都不能杀啊！"在维也纳怀着对侵略者的仇恨，肖邦放弃了"俄国籍"，甘愿做一名"无国籍"的波兰流亡者，从此和俄国统治者彻底划清了界限。

在巴黎生活的日子里，一切成功和乐趣都不能使肖邦忘记波兰的光荣和忧伤。1837年，俄国驻法大使以沙皇宫廷的名义要肖邦接受"俄皇陛下首席钢琴家"的职位和称号，并表示这是由于肖邦并未参加1830年的华沙起义。肖邦断然拒绝，义正词严地回答："我没有参加1830年的革命，是因为当时我还太年轻，但是我的心是同那些革命者在一起的。"

浪漫派大师舒曼曾这样评价："肖邦的作品是藏在花丛中的一尊大炮。"他的作品不仅是在诉说波兰的美和忧伤，而且也在诉说一种炽热的爱国之情。

对于祖国未来的复兴，肖邦始终念念不忘。1846年波兰爆发的克拉科夫起义失败后，加里西亚又发生了农民起义。这些事件曾激起肖邦的热情，他在信中欢呼道："克拉科夫的事情进行得极好"，"加里西亚的农民给沃伦和波多尔农民做出了榜样，可怕的事情是不能避免的，但到最后，波兰将是一个强盛、美好的波兰。"1848年波兹南公国起义，随即遭到普鲁士的镇压。肖邦对此也表示了极大的惋惜："我……知道了关于波兹南公国全部可怕的消息。除了不幸，还是不幸。我已经万念俱灰了。"对祖国命运的深切关怀，对祖国未来的美好憧憬，体现了肖邦对祖国始终不渝的热爱。

肖邦曾痛苦地自称为"远离母亲的波兰孤儿"。由于对祖国的热爱使他说出了自己的遗愿："我知道，帕斯凯维奇决不允许把我的遗体运回华沙，那么，至少把我的心脏运回去吧。"1849年，肖邦因病去世，他的遗体按他的嘱咐埋在巴黎的彼尔—拉什兹墓地，就在他最敬爱的作曲家见利尼的墓旁。那只从华沙带来的银杯中的泥土，被撒在他的墓地上，肖邦的心脏则被运回他一心向往的祖国，埋葬在哺育他成长的祖国大地中。

● 妙语点睛

肖邦一生不离钢琴，被称为"钢琴诗人"。他创作了很多具有爱国主义思想的钢琴作品，以此抒发自己的思乡情，亡国恨。舒曼称他的音乐"是藏在花丛中的一尊大炮"，向全世界宣告："波兰不会亡。"

暴力不能征服我们

——甘地的爱国故事

● 榜样人物

甘地（1869—1948），印度国民大会党领袖，民族解放运动领导人，非暴力不合作运动倡导者，被尊称为"圣雄甘地"。他3次领导了"非暴力不合作运动"，以争取民族的独立。为争取国家独立和人间公正，他一生曾17次绝食，18次进监狱，5次遇刺。1948年1月30日，甘地被印度教极右分子刺杀身亡，时年79岁。

● 榜样故事

在南非侨居时，甘地公开烧毁了南非英国殖民当局特意发给他这个印度裔人的"良民证"，因为如果你是持有这个证件的"良民"，就意味着你不能坐火车的头等车厢，甚至人行道也只能在看不见白人时才可以行走。只要看见白人，你就必须立即让出人行道专供他们使用。甘地带头烧毁了"良民证"，这是公开"抗拒法律实施"的行为，因此在他们集体焚烧"良民证"时，警察用警棍残暴地"招待"了甘地等人。但暴力未能制止甘地把"良民证"丢向火炉的手，他流血的手在警棍的不断抽打下，终于颤抖着把"良民证"丢进了火炉！甘地这个普通的小律师从此受到了印度人在南非的国大党的注意，他们邀请甘地在国大党一次集会上做演讲。就是在这次集会上，甘地第一次提出了他"非暴力不合作"的主张。

在演讲中，有一个国大党成员站起来激动地高呼："我要杀死他们！我要复仇！"他的激动在会场引起热烈反响。但甘地突然说："不！"等人群冷静下来，甘地才说："我的意思是我们绝不杀死他们，相反，我们要用自己的肉身来承受暴力的打击。如果肉身不做反抗并能够承受暴力的打击，那说明暴力不能征服我们！说明我们拥有比暴力更加强大的力量！"

此后，甘地几乎荒废了他的律师职业，把主要精力放到了以"不合作"方式对抗英国在南非的殖民当局的种族歧视法律上。他被捕入狱，虽然被关起来了，但其他人没有停止"不合作"，并有更多的印度裔人开始了"非暴力不合作"，于是有更多的人被关进大牢。但这种令英国殖民当局十分困惑的反抗方式仍没有任何停止的迹象。他们承受暴力的打击，不做回应，绝不反抗，但他们也绝不遵守"法律"——在人行道上他们不给白人让道，白人怎么打击他们也不反抗，但不管被打到什么程度，只要还有一丝力气，他们仍然要挣扎着在人行道上爬行。直到有一天，南非总督让警察把作为囚徒的甘地从监狱提到他的官邸。总督问他："我现在就给你恢复自由，但你能让他们停止反抗吗？"甘地说："绝不！"最后，总督只好说将签署一项命令，取消甘地所反抗的那部法律。甘地说了一声谢谢后正准备再回监狱时，总督又说："我们马上打开你的手铐，你现在就自由了。"当甘地穿着囚服大摇大摆走出总督府时，警卫们慌作一团，还以为发生了什么不寻常的大事。

确实发生了不寻常的大事，只是和警卫们想象的不一样罢了。

● 妙语点睛

甘地是一位将所有的力量都用来推动自己民族崛起的人，是一位用纯粹的人性尊严对抗白人的残暴，并在任何时候都不屈服的人。和"当有人打你的右脸请把左脸也伸过去"的做法不同，甘地所倡导的"非暴力不合作"体现的是坚忍不拔和绵里藏针，就像一个不还手的拳击手一样，被击倒100次后又101次站起，这让殖民者颤抖不已。

诚信篇

　　诚信无处不在,无处不需。人不诚无以立信,国不法无以治人。立言、立行、立志后方能立人。"诚信"好像是一种很虚幻的东西,但它确实存在,"诚信"也是人类永恒的追求。

　　拥有诚信,一根小小的火柴,可以照亮黑夜;拥有诚信,一片小小的绿叶,可以变换一个季节;拥有诚信,一朵小小的浪花,可以飞溅起整个海洋……

　　跋涉在漫长的、艰辛的奋斗之路上,要背好诚信的行囊,抓牢诚信的果实,这样人生路上的步履才更平稳,足音才会更坚实!

守信得天下

——晋文公的诚信故事

● 榜样人物

晋文公（前697—前628），名重耳。春秋时霸主晋国国君。因其父献公立幼子为嗣，曾流亡国外19年，在秦援助下回国继位。实行"通商宽农""明贤良""赏功劳"等政策，整顿内政，任用赵衰、狐偃等人，发展农业、手工业，加强军队，国力大增。因平定周室内乱，接襄王复位，获"尊王"美名。城濮之战，大败楚军。

● 榜样故事

晋文公攻打原国，只带了可供10天用的粮食，于是和大夫们约定把10天作为期限，来攻下原国。

可是10天过去了，却没有攻下原国，晋文公便下令敲锣退军，准备收兵回晋国。这时，有战士从原国回来报告说："再有3天就可以攻下原国了。"这是攻下原国千载难逢的好机会，眼看就要取得胜利了。 晋文公身边的群臣也劝谏说："原国的粮食已经吃完了，兵力也用尽了，请国君再等待一些时日吧！"

晋文公语重心长地说："我跟大夫们约定10天的期限，若不回去，是失去我的信用啊！为了得到原国而失去信用，我办不到。"于是下令撤兵回国。

原国的百姓听说这件事，都说："君王像文公这样讲信义，怎可不归附他呢？"于是原国的百姓纷纷归顺了晋国。

● 妙语点睛

晋文公为了实现他称霸天下的愿望，采取了一系列措施。他与民同苦乐，受到了百姓的拥戴。他不断增强晋国的实力，坚守信用，建立起了自己的威信，最终成就了一番霸业。

杀猪教子

——曾子的诚信故事

● **榜样人物**

曾子（前505—前436），姓曾，名参，字子舆。春秋末年鲁国南武城(今山东省平邑县，一说山东嘉祥县）人。16岁拜孔子为师，他勤奋好学，颇得孔子真传，是孔子学说的主要继承人和传播者，在儒家文化中居有承上启下的重要地位。著有《大学》《孝经》等儒家经典，后世儒家尊他为"宗圣"。

● **榜样故事**

一天，曾子的妻子要外出办事。在一旁玩耍的儿子，赶忙跑上前去，扯着母亲的衣襟，又哭又闹，吵着也要去。曾子的妻子怕年幼的儿子走不动路，不愿意带他去。无奈又被儿子缠得没有办法，只好哄孩子说："好孩子，你还小，留在家里好好听话。等我回来，就把咱家那头肥猪杀了给你吃。"

儿子一听止住了哭声，眨了眨眼睛，认真地问："是真的吗？"母亲只得又点了点头。儿子的脸上马上露出了微笑，蹦跳着跑到一边玩去了。这一切，都被站在旁边的曾子看在眼里。

办事回来的曾子的妻子刚到家，就看见曾子正拿着绳子捆家里的肥猪，身旁还放着一把杀猪的刀。妻子一见慌了，急忙上前拉住曾子，着急地说："你这是疯了，我刚才是被儿子缠得没有办法了，才故意哄哄他，只不过是说着玩的，你怎么当起真来了？"曾子严肃地说："你是母亲，不能欺骗孩子。小孩子什么也不懂，只会学着父母的样子，听从父母的训教。今天，你说的不算，答应孩子的事不去做，哄骗孩子，就是教孩子也去讲假话，去欺骗人。做母亲的欺骗儿子，儿子觉得母亲的话不可信，以后即使再对他进行教育，他也难以相信母亲的话了。这样怎能把孩子教育好呢？"

妻子听了，觉得丈夫的话句句有理。她佩服丈夫对待孩子能说一句，算一句，培养孩子的诚实品德，于是就高兴地跟丈夫一起去给儿子杀猪了。

教育孩子要以身作则。虽然曾子的做法遭到一些人的嘲笑，但是他却教育出了诚实守信的孩子。曾子杀猪的故事一直流传至今，他一直为后代所尊敬。

立木建信

——商鞅的诚信故事

● 榜样人物

商鞅（约前390—前338），卫国国君的后裔，公孙氏，名鞅，故称为卫鞅，又称公孙鞅，后封于商，后人称之商鞅。战国时期政治家。应秦孝公求贤令入秦，说服秦孝公变法强国，史称商鞅变法。孝公死后，商鞅被贵族陷害，受车裂而死。

● 榜样故事

在战国七雄中，秦国在政治、经济、文化等方面都比中原各诸侯国落后。

公元前361年，秦孝公即位。他下决心发愤图强，大力搜罗人才。他下了一道命令，说："不论是秦国人还是外来人，只要是能想办法使秦国富强起来的，就封他做官。"

秦孝公的这一举措，果然吸引了不少有才干的人。有一个卫国的贵族公孙鞅（就是后来的商鞅），在卫国得不到重用，跑到秦国，托人引见，并得到秦孝公的召见。

商鞅对秦孝公说："一个国家要富强，必须重视农业，奖励将士。要打算把国家治理好，必须有赏有罚。有赏有罚了，朝廷就有了威信，一切改革也就容易进行了。"

秦孝公完全同意商鞅的主张，但却遭到秦国的贵族和大臣的竭力反对。秦孝公一看反对的人这么多，自己又刚刚即位，改革的事便暂时搁置了。

过了两年，秦孝公拜商鞅为左庶长，说："从今天起，改革制度的事全由左庶长决定。"

商鞅起草了一个改革的法令，但是怕老百姓不信任他，不按照新法令去做。他想了一个办法建立威信，先叫人在都城的南门竖了一根三丈高的木头，说："谁能把这根木头扛到北门去，就赏谁10两金子。"

不一会儿，南门口围了一大堆人，大家议论纷纷。有人说："这根木头谁都拿得动，哪儿用得着10两赏金？"有人说："这大概是左庶长成心开的玩笑吧。"大家你瞧我，我瞧你，就是没有一个敢上前去扛木头的。商鞅知道老百姓还是不相信他下的命令，就把赏金提到50两。没有想到赏金越高，看热闹的人越觉得不近情理，仍旧没人敢去扛。就在大伙儿犹豫不决的时候，一个人跑出来，说："我来试试。"他把木头扛起来就走，一直搬到北门。商鞅立刻派人赏给扛木头的人50两黄澄澄的金子，一两也没少。这件事立即传开，一下子轰动了秦国。老百姓们都说："左庶长的命令不含糊。"商鞅知道，他的办法已经起了作用，就把他起草的新法令公布了出去。新法令赏罚分明，规定官职的大小和爵位的高低以打仗立功为标准。贵族没有军功的就没有爵位；多生产粮食和布帛的，免除官差；凡是因为懒惰而贫穷的，连同妻子儿女都被罚做官府的奴婢。

大家都严格地遵守新法。秦国自从商鞅变法以后，农业生产量增加了，军事力量也强大了，并最终完成了统一！

● 妙语点睛

人无信而不立。商鞅的故事告诉我们做人做事都要讲诚信，这样才能使人心悦诚服！

诚归玉带

——裴度的诚信故事

● 榜样人物

裴度（765—839），字中立。河东闻喜(今山西闻喜)人。唐代文学家、政治家。宪宗元和时拜相，率兵讨平淮西割据者吴元济，封晋国公，世称裴晋公。后又以拥立文宗有功，进位至中书令。死后赠太傅。

● 榜样故事

裴度是唐代政治家，曾做过三朝宰相，虽其貌不扬，个头矮小，但为人诚实。

他少年时就立下做人的原则："只要自己不欺心，不欺人，诚实、努力，将来一定会有所成就的。"在裴度十五六岁时的一年秋天，他到城外香山寺游览，路过一座寺院时，看见一行禅师正在替人相面。裴度等大家都走了以后，才去询问自己的面相。一行禅师熟视良久，说："你天生异相，今生不但没有希望考取功名，而且眼光外浮，纵纹入口，是一种乞食街头、饥饿而死的相！我看你甭考试了！"

裴度听了，心里非常伤心，整天垂头丧气，连教书都无精打采的。

数天后，裴度到香山寺去漫步，看见寺里有一位妇人跪在佛前，喃喃祈祷，祷告完毕，匆匆离去。裴度见案桌上有一个包袱，解开一看，是非常贵重的物品，一个翠玉带和两个白玉带。他想：这一定是刚才那位妇女忘记拿走的，她会回来拿包袱的，裴度就坐在那儿等着，可是左等右等也不见妇人回来。天已经黑了，裴度就把包袱拿回家。第二天，他又来到香山寺，坐在案桌旁边等失主。快到中午的时候，一位妇女满头大汗，气喘吁吁，匆匆走进来，只见她扫视案桌一遍，就哇哇大哭起来。裴度上前询问，妇人哭着说："家父病重，家产当尽，前日我请到名医，略有起色，所以昨日早晨，我赶去亲戚家，借到三条玉带，准备典押借款，做医药费。我行经此寺，顺便入寺祈祷，不料心急匆忙，忘记拿走玉带，等我到了当铺，才发现遗失玉带。没有钱，家父一定无法活命，尚有家母和弟妹待养，我不知道怎么办才好！"说完，又大哭起来。听完这些裴度赶忙把包袱交给妇人，并问是否是这个包袱，妇人一见，又惊又喜，这时旁边围观的人告诉妇人，是裴度捡到后特意来这里等她，所以东西才没丢。妇人听了，赶紧打开包袱，从里面拿出一条玉带送给裴度，裴度说："物归原主，理所当然，您的东西我不能要。"说完转身就跑了。

● 妙语点睛

"诚信"是一种人生态度，一种风格，一种君子作风，一种做人最高的精神境界。正是因为裴度从小就拥有了这种诚信的美德，才使他后来成为历史上著名的宰相之一。

诚信佳话入史册

——晏殊的诚信故事

● 榜样人物

晏殊（991—1055），字同叔。北宋抚州临川（今属江西）人，北宋前期著名词人。14岁以神童入试，赐同进士出身，为秘书省正字，后迁升为太常寺奉礼郎、光禄寺丞、尚书户部员外郎、太子舍人、翰林学士、左庶子，仁宗即位迁右谏议大夫兼侍读学士加给事中，进礼部侍郎，拜枢密使。庆历中拜集贤殿学士同平章事兼枢密使、礼部刑部尚书、观文殿大学士，知永兴军、兵部尚书，封临淄公。谥号元献，世称晏元献。他以词著于文坛，尤擅小令，有《珠玉词》等，风格含蓄婉丽。其代表作为：《浣溪沙》《蝶恋花》《踏莎行》《破阵子》《鹊踏枝》。

● 榜样故事

晏殊是宋朝的大官。他诚实守信，自己说过的话一定会做到。晏殊少年时，张文节把他推荐给朝廷。恰逢皇上亲自主考，考试的题目是诗、词、歌赋，均要求以为官之道来写。晏殊看了题目后，发现这是自己平时练习过的题目，心想：如果这样做了，自己一定是状元了，但不能显示出自己的真才实学。于是他对考官说："考官大人，这是我平时练习过的题目，我已经写得非常好了，连当地的县官也说他写不过我。我要是这样考了，就不能把我真实的水平和本领显示出来，所以我要求换题目。"

考官听了，吃惊地说："既然这是你练习过的题目，你应该好好珍惜才对。现在我只好启奏皇上，再行定夺。"

皇上知道了，也很吃惊，就对晏殊说："如果另外考试，你要是考不好，那你不伤心吗？"晏殊说："假如我考不好，那只能怪我知识太浅薄，本领太低微了，我无话可说，不会伤心的。"皇上听了晏殊的一番话，被他的诚实感动了，就另外出了考题给晏殊做。

晏殊把这套题做得非常好，于是皇上让他做刑部侍郎，后来做了丞相。皇上让文武百官向晏殊学习。晏殊成了当时天下人的榜样。

晏殊在使馆任职时，当时天下无事，朝廷允许臣子挑选游览胜地进行宴饮。当时文武官员经常到市楼酒肆集结，热闹非凡。晏殊因为贫穷，不能外出，便待在家里，与兄弟们读书。一天，忽然从宫中传出皇上的御批，特别选中晏殊作为辅佐太子的官员。很多执政官员不明白皇上这一决定的依据，次日觐见皇上询问。皇上说："近日听说馆阁官员无不嬉游宴饮，通宵达旦，只有晏殊闭门与兄弟们读书。他是这样的严谨厚道，正好可以担任太子的老师。"

晏殊接受任命之后，皇上向他讲明了选择他的缘由。晏殊却说："我并非不喜欢游玩宴饮，只是由于家贫。我如有钱，也一定前往。但既然没钱，哪里能够出游呢？"

通过这件事，皇上更加喜欢他的诚实，更加重用他。

晏殊，作为诚实忠直的化身，其人性的光辉势必影响他周围的群体，以至身后世世代代的群体。今人虽多有矫饰、虚伪、世故的嫌疑，却也乐于亲近厚道、诚挚、真切的对象。

细小之处见诚信
——宋濂的诚信故事

● 榜样人物

宋濂（1310—1381），字景濂，号潜溪。元明之际浙江浦江（现在浙江义乌）人。明太祖顾问、皇太子师、翰林院"首臣"、明朝"开国文臣之首"。在政治思想、哲学思想、文学理论研究及创作、明初思想文化建设等方面，均卓有建树。他推进了宋元以来儒、释、道"三教归一"的趋势。在我国古代文学史上，宋濂与刘基、高启并列为明初诗文三大家。著有：《送东阳马生序》《孝经新说》《周礼集说》《潜溪集》《萝山集》《浦阳人物记》等。后人将其诗文合辑成《宋学士全集》75卷。

● 榜样故事

宋濂小时候家境十分贫寒，既上不起私塾，又没有钱买书。可是他却酷爱读书，以致达到了痴迷的地步。无论到哪里，只要看到有书，他都会向书的主人借来读。有一次宋濂来到一个藏书很多的人家，看到那么多书摆在书架上，宋濂呆住了，于是他请求主人允许自己看一会儿书。那家的仆人见宋濂穿得很破，不愿意拿给他看。但是当主人看到宋濂真诚的面孔和对书的渴望时，就拿出一本给他看。拿起书的宋濂喜出望外，聚精会神地看起来。不知不觉天黑了下来，可是宋濂对这些全然不顾，直到最后字也辨别不出来了，才依依不舍地合上书，交给主人，并向主人连声道谢。主人看到他是如此喜爱书，就拍拍他的肩膀说："孩子，这本书就借给你，拿回家去看吧！看完还给我就行。"听到这些话，宋濂激动得流下了泪水，连忙向主人鞠个躬说："谢谢您，先生，我一定会按时还给您。"第二天宋濂看完书后早早地赶到那家把书还给了主人，主人见他很守信用，就允许他经常过来借书。

宋濂十分爱惜借来的书，每次也都能按照约定的期限，及时还书，从不违约，渐渐越来越多的人都愿意把书借给他。有一次，他借到一本书，越读越爱不释手，便决定把它抄下来。可是还书的日期马上就要到了，怎么办呢？他决定连夜抄书，于是饭也没有顾得上吃，就开始抄起来。时值寒冬腊月，滴水成冰，屋子里也没有取暖的东西，手都要冻僵了，对这些他全然不知。睡了一觉醒来的母亲发现宋濂还在抄书，就心疼地说："孩子，都半夜了，屋子又这么冷，还是先睡会儿，天亮再抄吧！人家又不等着这本书来看。"宋濂连忙摇摇头说："不管人家等不等着这本书看，到期就要还，这是个信用问题，也是尊重别人的表现。如果说话做事不讲信用，失信于人，怎么可能得到别人的尊重呢？"

又有一次，宋濂和远方的一位著名学者约好见面日期，要向那位学者请教问题。谁知在出发那天却下起了鹅毛大雪。当宋濂挑起行李准备上路时，母亲惊讶地说："这样的天气怎么出远门呀？再说，老师那里早已大雪封山了。你穿着这样一件旧棉袄，怎么抵御得了深冬的严寒啊！"宋濂说："娘，今天要是再不出发就会耽误拜见老师的日子，就会失约了；失约，就是对老师不尊重啊。风雪再大，天再冷，我都得上路。"当宋濂到达老师家里时，他的手脚都冻坏了，老师感动地称赞道："年轻人，守信好学，将来必有出息！"

● 妙语点睛

宋濂，不因天气环境恶劣等客观原因改变诚信而失信于人，这就是他之所以能够在我国历史上名垂千古的根本原因。人贵在诚信，诚信是一个人成功的内在品质。

以诚为本

——邓稼先的诚信故事

● 榜样人物

邓稼先(1924—1986)，安徽怀宁人。著名核物理学家，中国科学院院士，中国原子弹氢弹之父。邓稼先祖父是清代著名书法家和篆刻家，父亲是著名的美学家和美术史学家。"七七"事变后，全家滞留北京，16岁的邓稼先随姐姐赴四川江津读完高中。1941年至1945年在西南联大物理系学习，受业于王竹溪、郑华炽等著名教授。1945年抗战胜利后，邓稼先在北京大学物理系任教。

● 榜样故事

邓稼先是我国著名的科学家，在氢弹和原子弹的研制中担任着非常重要的职务。他和诺贝尔物理学奖获得者、美籍华人杨振宁从小就是好朋友。

他们的父母都是清华大学的老师，因为都住在清华园，所以很小的时候两个人就在一块儿玩，后来还在一个中学读书。他们俩都很聪明，但是性格不同，杨振宁比较机灵，邓稼先沉稳老实。可是他们都很敬重对方，以对方的优点为榜样互相学习。这样两人成了好朋友。

长大以后，他们都在美国留学，并且都学习理论物理学，搞原子核物理研究。邓稼先毕业后不久返回祖国，支持祖国的科技建设，杨振宁则继续留在美国搞科学研究。

邓稼先回国以后，被派去领导和组织原子弹的研制工作。经过多年的艰苦奋斗，1964年10月26日我国第一颗原子弹试验成功。杨振宁知道了这个消息后很为自己的祖国高兴，同时他也很想知道自己的好朋友邓稼先是否也参与了原子弹的研究工作。但他知道这是国家机密，如果问邓稼先，会让他为难的，所以就一直没问过。

1971年，杨振宁回国，邓稼先到首都机场迎接分别整整20年的老朋友，两人一见面就没完没了地聊了起来。但是由于邓稼先从事的工作都属于国家机密，两人的谈话总是点到为止，尽量不涉及这方面的问题。可是杨振宁十分想知道邓稼先是否参与了原子弹的研究，于是就绕着弯子问他："听说中国研究原子弹的专家中有美国人，有这么回事吗？"

这个问题让邓稼先很为难。如果回答"没有"，就证明了自己很了解参加原子弹试验的成员，这实际上是承认了自己也参与了原子弹的研制；如果回答"不知道"，又是在欺骗老朋友。于是他就想出一个既不泄密，也不欺骗朋友的办法，说："我以后再告诉你吧。"

于是，邓稼先把这个问题向上级汇报，最终得到周恩来的批准。邓稼先这才如实地答复了老朋友的问题。

邓稼先就是这样一个诚实正直的人，无论是对待国家还是朋友，都以诚为本。

1986年，邓稼先病逝，杨振宁为失去这样一位好朋友而十分悲痛，他从美国发来的电报中说："稼先为人忠诚纯正，是我最敬爱的挚友。"

● 妙语点睛

"诚信"是做人的一种品质。在人的一生当中，可以没有金钱，也可以没有荣誉，但绝不能没有诚信。"人，以诚为本，以信为天。"有了它，你才能和别人相处得更加融洽。

坚持自己的诚信
——富兰克林的诚信故事

● **榜样人物**

本杰明·富兰克林(1706—1790)，18世纪美国的民主主义者、科学家、社会活动家和外交家，他是美国历史上第一位享有国际声誉的科学家和发明家。为了对电进行探索曾经做过著名的"风筝实验"，在电学上成就显著。为了深入探讨电的运动规律，创造了许多专用名词如正电、负电、导电体、电池、充电、放电等。他第一个科学地用正电、负电概念表示电荷性质，并提出了电荷不能创生也不能消灭的思想。他最先提出了避雷针的设想，由此而制造的避雷针，避免了雷击灾难。他是一位优秀的政治家，参加起草了《独立宣言》和美国宪法，主张废除奴隶制度，深受美国人民的敬爱，在世界上享有较高的声誉。

● **榜样故事**

富兰克林初入社会，由于受人排挤，不得不流落到费城。后来有一个叫凯谋的人让富兰克林帮自己管理印刷铺子，并许诺可以给他很高的薪金。富兰克林暂时找不到别的工作，就答应了。当时富兰克林已经是一个熟练工人，而凯谋雇用的其他工人都是对印刷、排版、装订不太了解的人。凯谋付给这些人非常低的工资。聪明的富兰克林看到这些，就猜到凯谋是想让自己把这些工人训练成熟练工人，然后再把自己赶走。

尽管富兰克林已经猜到凯谋的心思，可是他又想，既然答应接受这份工作，就应该尽力做好，要对自己的工作认真负责，不能因为老板不好，就影响自己对工作的认真态度。于是，他每天教这些工人一些技术，甚至把自己发明出来的制作字模的方法也毫无保留地传授给这些人。

凯谋最初对富兰克林还比较客气，几个月后，他发现自己廉价雇用来的工人已经基本掌握了排版印刷技术，于是就开始无缘无故地找富兰克林的麻烦，无端地克扣他的工资。有一次，凯谋竟然指着富兰克林的鼻子骂他是蠢猪。富兰克林非常生气，就说："只有蠢猪一样的老板，没有蠢猪一样的工人，像你这样的人根本不配做老板。"

凯谋正想把富兰克林赶走，就挖苦他说："上帝又没有挽留你这个天才在这里工作，你可以像乌贼一样溜走。"其实富兰克林早就不想干了，就当着工人们的面说："凯谋，别绕弯子了，你请我来就是为了给你训练工人。现在他们都已经是熟练工了，你就可以赶我走了，我早就猜出你的心思了。不过，你放心，我做人向来讲求诚信，不会因为你的卑鄙狡诈就传授给他们错误的技术，在将来你解雇他们的时候，他们一样可以凭借自己的手艺很容易找到工作。"

说完，富兰克林拿着行李离开了铺子。

● 妙语点睛

富兰克林不论在什么情况下都坚持自己诚信的人生准则，并不因为别人对自己的态度而改变。我们也要学习富兰克林，讲求诚信，坚持自己正确的人生态度。

"樱桃树"换来的美德

——华盛顿的诚信故事

● 榜样人物

乔治·华盛顿（1732—1799），美国第一任总统。美国独立战争时期大陆军总司令，他领导美国人民取得了独立战争的胜利，被美国民众称为"国父"。

● 榜样故事

乔治·华盛顿小时候生活在弗吉尼亚的一个农场里。小华盛顿的父亲非常喜爱花草树木，在他们家的大果园里种了许多苹果树、桃树、梨树、李子树与樱桃树。

有一天，小华盛顿的父亲从国外买了一棵极品樱桃树。他特别喜爱这棵樱桃树，视如珍宝，细心呵护。特意挑选了果园里环境最好的地方把它栽下去，并嘱咐农场里的所有人要对它严加看护，不能让它受到任何伤害。

一次父亲去集市上给小华盛顿买了一把小斧头，那可是小华盛顿梦寐以求的东西。对于那把小斧头，小华盛顿简直是爱不释手，常常拿着它劈劈这，砍砍那。一天，父亲出去了。小华盛顿实在无聊，就拿着小斧头来到果园里，看到满园的果树，他突发奇想："不知道我的斧头砍树会怎么样?"他随意地找了一棵树就砍了起来,没砍几下,树哗地倒了下去。这时小华盛顿才发现自己砍倒的正是爸爸最心爱的那棵樱桃树。这下可糟了,树给砍坏了,父亲回来后一定会很生气,想到这些他开始害怕起来。

父亲回来了,像往常一样,先去看他的宝贝樱桃树。听到父亲的脚步声,华盛顿紧张得浑身直冒冷汗。果不其然,父亲拣起被砍断的樱桃树后怒吼道:"这是谁干的?谁干的?赶紧告诉我,我要扭断他的胳膊!"听到父亲的吼声,全家人都紧张起来,都急忙否认是自己做的。

看到父亲如此愤怒,小华盛顿意识到自己的一时冲动闯了大祸。他心里很难过,同时也感到非常惭愧。他知道自己实在是太轻率了,干了件傻事。这时,小华盛顿心想,明明是自己砍的,何必连累别人呢?他决定去向父亲承认是自己砍的。他对父亲说:"爸爸,您心爱的樱桃树是我用斧子砍断的。"听了儿子坦诚的告白,华盛顿先生看了看小华盛顿,那孩子脸色煞白。华盛顿先生静静地看了他很长时间:"告诉我,儿子,你为什么要砍那棵树?""当时我想试试我的小斧头,没想到……"小华盛顿结结巴巴地说道。父亲的怒气渐渐地消失了,他和蔼可亲地拉过小华盛顿说:"孩子,你不要害怕,我不会打你的。因为,你这种勇于承认错误的态度,比爸爸心爱的樱桃树要珍贵千万倍!"乔治羞愧难当,脸一红,低下头,哽咽着说:"对不起,爸爸。"

● 妙语点睛

没有诚信的人不会有真正的朋友,也不会受到别人的尊敬。恪守诚信的人有良好的品质,人人都会接纳他,愿意和他交往。所以,诚信是人际交往中的通行证,诚信是赢得朋友和赢得尊敬的前提,诚信是为人处世的第一原则。

诚实守信的一生

——司各特的诚信故事

● 榜样人物

瓦尔特·司各特(1771—1832),英国诗人和小说家。两岁时因患小儿麻痹症而跛脚,终身残废。但他以惊人的毅力战胜残疾,1789年入爱丁堡大学攻读法律,毕业后当了8年律师。1800年起开始创作,主要作品有:《威弗利》《玛米恩》《湖上夫人》《罗伯·罗伊》《艾凡赫》等。

司各特一生为人正直。他的一个朋友看见他生活困难，就帮他办了一家出版印刷公司。可是由于司各特不擅经营，不久公司就倒闭破产了。这使原本就很贫穷的他又背上了沉重的债务包袱。

司各特的朋友们商量，要凑足钱帮他还债，却遭到了司各特的拒绝。他对朋友说："不，我要凭我自己这双手来还清债务。我可以失去任何东西，但唯一不能失去的就是信用。"

为了还清债务，司各特开始没日没夜努力地工作。他的朋友们非常佩服他的勇气，都称赞他是一个真正的男子汉，是一个正直高尚的人。

当时的很多家报纸都报道了司各特的企业倒闭的消息，有的文章充满了同情和遗憾。他把这些报纸统统扔到火炉里，对自己说："瓦尔特·司各特不需要怜悯和同情，他有宝贵的信用和战胜生活的勇气。"

从那以后他更加努力工作，学会了许多以前不会做的事情，经常一天做好几份工作，人累得又黑又瘦。

有一次，他的一个债主看了司各特写的小说后，专程跑来对他说："司各特先生，我知道您很讲信用，但是您更是一个有才华的作家，您应该把时间花在写作上，因此我决定免除您的债务，您欠我的那一部分钱就不用还了。"司各特说："非常感谢您，但是我不能接受您的帮助，我不能做没有信用的人。"

这件事之后，他在日记本里这样写道："我从来没有像现在这样睡得如此踏实和安稳。我的债主觉得我是一个诚实可靠的人，他说可以免掉我的债务，我不能接受。尽管我的前方是一条艰难而黑暗的路，为了保全我的信誉，我可能困苦而死，但我却死得光荣。"由于过度的劳动，司各特病倒了。在病中，他经常对自己说："我欠别人的债还没还清呢，我一定要好起来，等我赚了钱，还了债，然后再安详地死。"

这种信念使司各特很快从病中康复过来。两年后他靠自己的力量还清了债务。

● 妙语点睛

瓦尔特·司各特是一个诚实守信的人，虽然他很贫穷，但是他却以这种品格赢得了人们对他的尊敬。正如他所说的一样，"可以失去任何东西，但唯一不能失去的就是信用，讲诚信能使人活得踏实安稳。"

奉公篇

奉公是心灵深处人生的交响曲，是忠于职守，是敬业，是拼搏，是热爱并献身于自己从事的事业。

"先天下之忧而忧，后天下之乐而乐。"

"国家兴亡，匹夫有责。"

"天下为公。"

"牺牲小我，成就大我。"奉公是一种境界。像蜡烛为人照明那样，有一分热，发一分光，忠诚而踏实地为人类伟大事业贡献自己的青春。

"去私奉公，克己奉公"，这将是人生最高的境界。

犯颜直谏

——魏征的奉公故事

● **榜样人物**

魏征（580—643），字玄成，河北魏州曲城人。627年魏征被升任尚书左丞、秘书监，并参掌朝政，侍中。636年魏征奉命主持编写的《隋书》《周书》《梁书》《陕书》《齐书》（时称五代史）等，其中《隋书》的序论，《梁书》《陈书》和《齐书》的总论都为魏征所撰，时称良史。曾向唐太宗上奏著名的《十渐不克终疏》。

● **榜样故事**

魏征与李世民是封建社会中罕见的一对君臣：魏征敢于直谏，多次犯颜直谏，却理据为实，使人豁然开朗；为此太宗能忍魏征"犯上"，所言多被采纳。

有一次，唐太宗问魏征："历史上的人君，为什么有的人明智，有的人昏庸？"

魏征听到此，便直言不讳地说："同时听取各方面的意见，就明智；只相信单方面的话，就昏庸。比如，尧经常咨询下民的意见，所以官员、恶霸的行为他才能了解；而舜善于听取四面八方的声音，故一些奸臣都不能蒙蔽他的视听。反之，秦二世只相信赵高，最终导致亡国；梁武帝任用朱异一人，才引发侯景之乱；隋炀帝偏听虞世基之言，天下大乱而不自知。这都是反面的例子。所以人君应该兼听广纳，这样才能充分了解各方面的情况，而不受片面之词的影响。"

唐太宗连连称赞："爱卿说得真是太好了！"

贞观二年，太宗得知姓郑的官员有一个女儿，才貌出众，京城之内，绝无仅有，便下诏将她聘为妃子。当魏征听说这位女子已经许配陆家，便不顾龙颜大怒，立即入宫进谏："陛下为人父母，应该抚爱百姓，忧他们所忧，乐他们所乐。居住在宫廷之中，要想到百姓的居行是否安定；吃着山珍海味，要想到百姓有无饥寒之患；嫔妃满院，要想到百姓也有家室之欢。而现在郑官员的女儿，早已订婚，陛下将她纳入宫中，如果传闻出去，实在不合为民父母的道理呀！"太宗听后大惊，当即决定收回成命。

但一些想讨好太宗的臣子，不经考察就说郑女没有定亲，坚持诏令有效。这时，唐太宗半信半疑，又召来魏征询问。魏征直截了当地说："陆家之所以否认此事，是害怕陛下借此加害于他全家。其中缘故十分清楚，不足为怪。"虽然，这件事让太宗脸面不光彩，但是听魏征一说，还是坚决地收回了诏书。

由于魏征能够犯颜直谏，即使太宗在盛怒之际，他也敢面折廷争，从不退让，所以，唐太宗有时对他也会产生敬畏之心。

有一次，唐太宗想要去秦岭山中打猎取乐，行装都已准备妥当，但却迟迟未能成行。后来，魏征问及此事，太宗笑着答道："当初确有这个想法，但害怕你又要直言进谏，所以很快又打消了这个念头。"

还有一次太宗得到了一只上好的鹞鹰，把它放在自己的肩膀上，很是得意。但当他看见魏征远远地向他走来时，便赶紧把鹰藏在怀中。魏征故意奏事很久，致使鹞鹰闷死在太宗怀中。

后来，魏征病死。唐太宗流着眼泪说："用铜做镜子，可以照见衣帽是不是穿戴端正；用历史作镜子，可以看到国家兴亡的原因；用人作镜子，可以发现自己做得对不对。魏征一死，我就少了一面好镜子了。"这堪称对魏征成功人生价值的最佳诠释。

● 妙语点睛

不顾龙颜，敢于直言犯上，这就是一代名臣魏征。他在贞观年间先后上疏二百余条，强调"兼听则明，偏听则暗"，这对唐太宗开创的千古称颂的"贞观之治"起了重要作用。

举贤为国不为私

——狄仁杰的奉公故事

● 榜样人物

狄仁杰（607—700），字怀英。唐代太原（今山西太原）人。武则天时期宰相。他出生于一个官宦之家，通过明经科考试及第，出任汴州判佐。后被人诬告，阎立本在受理案件过程中，发现他是不可多得的人才，推荐他作了并州都督府法曹，这对他一生的政治活动都有重大影响。一生刚直不阿，政绩颇丰，尤其在武则天执政时，以不畏权势著称，直言力谏，成为一代名相。狄仁杰死后，武则天追赠其为文昌右相。

● 榜样故事

691年，狄仁杰被任命为地官（户部）侍郎、同凤阁（中书省）鸾台（门下省）平章事，开始了他短暂的第一次宰相生涯。身居要职，狄仁杰谨慎自持，从严律己。

狄仁杰的社会声望不断提高。武则天为了表彰他的功绩，赐给他紫袍、龟带，并亲自在紫袍上写了"敷政木，守清勤，升显位，励相臣"12个金字。697年，狄仁杰被武则天召回朝中，官拜鸾台（门下省）侍郎、同凤阁鸾台平章事，加银青光禄大夫，兼纳言，恢复了宰相职务，成为辅佐武则天掌握国家大权的左右手。此时，狄仁杰已年老体衰，力不从心。但他深感个人责任的重大，仍然尽心竭力，关心社会命运和国家前途，提出一些有益于社会和国家的建议或措施，在以后几年国家的社会政治生活中发挥了巨大的作用。

作为一名精忠谋国的宰相，狄仁杰很有知人之明，也常以举贤为意。一次，武则天让他举荐一名将相之才。狄仁杰向她推举了荆州长史张柬之。武则天将张柬之提升为洛州司马。过了几天，又让狄仁杰举荐将相之才，狄仁杰曰："前荐张柬之，尚未用也。"武则天答已经将他提升了。狄仁杰曰："臣所荐者可为宰相，非司马也。"由于狄仁杰的大力举荐，张柬之被武则天任命为秋官侍郎，又过了一个时期，被升为宰相。后来，在狄仁杰死后的神龙元年（705年），张柬之趁武则天病重，拥戴唐中宗复位，为匡复唐室作出了巨大的贡献。狄仁杰还先后举荐了桓彦范、敬晖、窦怀贞、姚崇等数十位忠贞廉洁、精明干练的官员。他们被武则天委以重任之后，政风为之一变，朝中出现了一种刚正之气。以后，他们都成为唐代中兴名臣。对于少数民族将领，狄仁杰也能举贤荐能。契丹猛将李楷固曾经屡次率兵打败武周军队，后兵败来降，有关部门主张处斩。狄仁杰认为李楷固有骁将之才，若恕其死罪，必能感恩效节，于是奏请授其官爵，委以专征。武则天接受了狄仁杰的建议。果然，李楷固等率军讨伐契丹，凯旋。武则天设宴庆功，举杯对狄仁杰说："公之功也。"由于狄仁杰有知人之明，有人对狄仁杰说："天下桃李，悉在公门矣。"狄仁杰回答："举贤为国，非为私也。"

在狄仁杰为相的几年中，武则天对他的信重是群臣莫及的，她常称狄仁杰为"国老"。狄仁杰喜欢面引廷争，武则天"每屈意从之"。狄仁杰曾多次以年老告退，武则天不许，入见，常阻止其拜。武则天曾告诫朝中官吏："自非军国大事，勿以烦公。"

● 妙语点睛

狄仁杰刚正廉明，执法如山，兢兢业业。为了维护法律制度，他甚至敢于犯颜直谏。正是他这种忘私奉公的品格使他得到武则天对他的信重，同时也赢得了百姓的拥戴。

清正廉洁　奉公守法

——李勉的奉公故事

● 榜样人物

李勉（717—788），字玄卿。唐代中期名臣，唐朝宗室，其曾祖李元懿为唐高祖李渊之子。李勉以近属陪位入仕，历任开封府尉、监察御史、河南少尹、京兆尹兼河南尹、广州刺史兼岭南节度观察使等职。晚年入朝为相，任吏部尚书，平章事。

● 榜样故事

李勉少年时家庭贫困，一次客游外地时，和一个书生同行。路上书生突然得了急病，快要死的时候，取出所带金银交给李勉，说："反正也没有其他人知道，多亏有你和我在一起，你用一些银子把我埋葬，剩余的你都留下吧。"李勉为了能让他安心而逝，就答应了他的要求。可是安葬的时候，李勉却将多余的金银放入书生的棺材里。后来，书生的家人来拜访，李勉便和他们一块打开坟墓，把金银全部交给了他们。

767年，李勉任京兆尹兼御史大夫。当时宦官鱼朝恩做观军容使，知国子监事，每到国子监视学，随从数百。前京兆尹黎干倾心侍候，动心求媚，每次都指使府中上下预备数百人的酒食，鱼朝恩还是不甚满意。李勉到任后，鱼朝恩来国子监，府吏请示李勉。李勉不允许铺张浪费来招待。他说："军容使判国子监事，勉候太学，军容应具主礼。"鱼朝恩碰了个软钉子，从此再也不到太学骚扰了。

769年，李勉任广州刺史兼岭南节度观察史，此时的广州"地当会要，俗号殷繁，交易之徒，素所奔凑"。他到任后，对商人更加抚慰，商船入口，不许侵夺。一年后广州商船如织，经济很快繁荣起来，许多商人为感谢他，送来厚礼，都被他婉言拒绝。

封建官场贪污受贿成风，为整饬吏治，李勉制定严刑峻法。他当开封府尉时，上任后立即张贴告示："有人受了人家的贿赂，我都知道了。希望自首，但不得超过3天，逾期不交代的，抬着棺材来，咱们再说话。"告示贴出后，有一个自恃有点背景的污吏，一天受贿后故意放出风来，让李勉知道。那个受贿的吏卒故意拖过期限，而且还让人抬着棺材去见李勉。李勉弄清真相后，说："故意受贿枉法，罪加一等。"对方不以为然，李勉毫不客气，命令拿石灰、荆棘放在棺材里，令手下将污吏装入棺材，再用铁钉钉上。这时那个吏卒才如梦方醒，但为时已晚，棺材被扔进河里。然后李勉向按察史汇报。按察史"叹赏久之"。后来，李勉当了大梁节度使，有人问他："今有官人如此，如何待之？"李勉答道："即打腿。"此后，那些手脚不干净的官员心惊肉跳，再也不敢贪赃枉法了。

怒打行贿人

——白居易的奉公故事

● **榜样人物**

白居易（772—846），唐代诗人。字乐天，号香山居士。谥号"文"，世称白傅、白文公。祖籍太原(今属山西)。先后担任太子宾客、河南尹、太子少傅等职。主要作品有：《江南送北客·因凭寄徐州兄弟书》《赋得古原草·送别》《新乐府》《秦中吟》《长恨歌》《琵琶行》等，有《白氏长庆集》71卷。公元846年白居易病终，葬于龙门香山琵琶峰。诗人李商隐为其撰墓志。

● **榜样故事**

在唐朝贞元年间，白居易考中进士后，被派到陕西周至任县令。

他刚刚上任，城西的赵乡绅和李财主就为争夺一块地跑到县衙打官司。赵乡绅和李财主无论从财力和势力上都是当地的名门望族，两家一直势不两立，明争暗斗。对刚刚上任的白居易，他们不是很了解，只不过听别人说过新县令人品正直，为官廉洁。这可难坏了两家人，怎么才能打赢官司呢？赵乡绅想了几天几夜，也没有想出来办法。一天在饭桌上吃饭的时候，赵乡绅看到桌上盘中的鱼，他眼睛一亮，嘿！有主意了。于是赶紧派人买了一条大鲤鱼，在鱼肚子里塞满了银子送到县衙。而李财主这边也在绞尽脑汁想应该如何给新县令送礼，很快他也有了好办法，让长工去田里挑了个大西瓜，掏出瓜瓤，也塞满了银子给白居易送过去。

东西送到县衙后，几个差役费了好大的劲才把鱼和西瓜抬上来。看到这两份"重礼"后，白居易不动声色地吩咐手下贴出告示：明天公开审理赵乡绅和李财主的争地案。

第二天，县衙外挤满了看热闹的老百姓。都想知道新上任的县令如何断案。赵乡绅和李财主分别得意扬扬、大摇大摆地走进县衙大堂。白居易升堂后便问他们两个："你们哪个先讲？"赵乡绅抢着说："大人，我的理（鲤）长，我先讲。"李财主也不甘示弱："我的理（瓜）大，该我先讲。"白居易沉下脸说："什么理长理大？成何体统！"赵乡绅以为县太爷忘了自己送的礼，连忙说："大人息怒，小人是个愚（鱼）民啊！"白居易微微一笑说："本官耳聪目明，用不着你们旁敲侧击，更不喜欢有人暗通关节。来人啊，把贿赂之物取来示众。"

衙役们抬上装满银子的鲤鱼和西瓜，听审的老百姓都唏嘘不已。白居易厉声喝道："大胆刁民，胆敢公然贿赂本官，按大唐律法各打40大板！"

百姓们都拍手称快，称赞县令清正廉洁。至于行贿的银子，白居易都用来救济贫苦的百姓了。

● 妙语点睛

这位心系百姓的大诗人即使在晚年仍关心着人们的疾苦，"心中为念农桑苦，耳里如闻饥冻声"。为官一任，造福一方！无论是为官还是作诗，白居易都可以说是尽心竭力为百姓着想，因此深得民心。

悔过自新　一世清廉

——寇准的奉公故事

● 榜样人物

寇准（961—1023），字平仲。华州下邽(今陕西渭南北)人。北宋政治家、诗人。自幼丧父，家境贫寒，发奋读书，19岁登进士第，以其政治才能和刚正不阿，多次被起用，又多次遭贬。其诗多清新之句，有《寇莱公集》传世。

● 榜样故事

一日，寇准与其妻宋娥正在享用丰盛的晚宴，忽听门官来报："相爷，大门外有个老汉，说是相爷的乡里，非要见相爷不可。"一听是家乡人，寇准忙说："快请他进来!"不一会儿，门官就领来一个衣衫褴褛的老汉。寇准一看，原来是舅舅赵午，便忙拉来夫人一起上前拜见。侍女也急忙搬来椅子，让老人家坐下。谁知老汉两眼发呆，并不理睬寇准夫妇，却大哭起来。寇准忙问："舅舅，是受了什么委屈？还是家里出了什么事？"老汉连连摇头。问了半天，老汉才长叹一口气，叫着寇准的小名，说道："牛娃子，我进了这相府，见你在这里享受荣华富贵，又听你手下人说，你每日每夜都这样，叫我不由得想起我那可怜的老姐了。她一辈子受苦受难，没过上一天好日子!"寇准听舅舅谈起母亲，慌忙跪倒，说："都是甥儿不好，得意忘形，忘了母亲早年所受的苦难。"

赵老汉擦了擦眼泪，拍着寇准的肩膀说："牛娃子，你爹去世时，你才10岁。你娘昼夜纺线织布，供你读书。我送你上华州会试时，你穿的蓝布袍还打着补丁。后来，你一直没回过家。你母亲归天时，你正在关外操劳王事，顾不上奔丧，舅也不能怪你。你现在当了大官，又招了皇姨，一下子就从地下到了天上，欢乐几天也就是了。可你天天作乐，夜夜宴饮。你娘受过的苦难，你不是早忘光了吗?"

寇准忙给舅舅叩了三个头，说："舅舅指教，甥儿受益匪浅。母亲弃世时，我君命在身，忠孝不能两全，是甥儿终生憾事。不过，母亲的苦楚，甥儿实不敢忘。甥儿今为国家大臣，誓以上报宋王，下抚黎民。"说罢，忙和宋娥劝舅舅入席用饭。

老汉看着满席的山珍海味，硬是不入席，却指着宴席说："这一桌饭菜，够咱家乡一家人过几个月哩!你在京城里吃得这么好，可怎知咱华州、同州今年大旱，颗粒不收，一斗米涨到一千钱。现在还没过年，已闹起了饥荒，到明年春天，不知要饿死多少人呢!想到这，我怎么能吃下这样好的饭菜呢?"

寇准也听说家乡有旱情，可是从地方官的奏折里，却看不出灾情的严重程度。听舅舅这一说，顿感自己失职，愧对乡里。他安排舅舅住下，急忙回到大厅，吩咐撤了宴席，并以此为戒，永不盛宴。

第二天早朝，寇准将故里的旱情如实上奏给太宗，并请旨回陕西督赈和询察民情。他回陕西后，为家乡办了一些好事，还把关中的赋税免征三年。

寇准为官清廉，办事公正，深得民心。寇准有一年从京都汴梁回到老家渭南乡下探亲，正逢50大寿。乡亲们送来寿桃、寿面、寿匾表示祝贺，寇准摆寿宴相待。酒过三巡，忽然手下人捧来个精致的桐木盒子，寇准打开一看，里面装着50个晶莹透亮如同水晶石一般的点心。在点心上面，还放着一张红纸，整整齐齐地写着落款是渭北老叟的一首诗：

> 公有水晶目，
> 又有水晶心，
> 能辨忠与奸，
> 清白不染尘。

● 妙语点睛

清廉、公正，是千百年来百姓的至盼，寇准做到了，用政绩换来了政声。政绩、政望不及政声，石碑、口碑何如心碑，政声和心碑造就出一代名臣。

勇言朝政先天忧

——范仲淹的奉公故事

● 榜样人物

范仲淹（989—1052），字希文。苏州吴县（今江苏省吴县）人。北宋著名的政治家、文学家。进第后，历任西溪盐官，陕西经略安抚招讨副使，参知政事和杭州、青州太守等职。著有《范文正公集》29卷；散文以抒发个人政治抱负的《岳阳楼记》为代表作；词存5首，《渔家傲》为其名作。

● 榜样故事

范仲淹从小家境贫寒，幼年丧父。但他胸怀大志，刻苦学习，对下层人民的痛苦深有感触。进第为官后也一直心怀社稷，廉洁奉公，始终以天下事为己任，世人都称他为"五胆忠臣"。

一胆：敢于指责朝政。宋仁宗时大兴土木。朝廷从陕西征购木材，运往京城建造宫殿。范仲淹看到浩大的土木建设工程给民众带来的巨大苦难，于是不顾他人劝阻，上书朝廷，直陈其弊端和危害，引起了仁宗的高度重视和警醒。仁宗立即下令停止宫殿建设，并要求臣民要"以仲淹为忠"。后来，范仲淹还针对朝政存在的问题，书写了《救弊十事》，令朝政为之一震。

二胆：敢于斗权贵。当时朝中权臣吕夷简利用手中权力，拉帮结派，徇私舞弊，视范仲淹为眼中钉。他多次派人暗中威胁范仲淹"勿言朝政，妄议国事"，但范仲淹毫不惧怕，多次表示宁可舍去官位性命，也不姑息养奸。为刁难范仲淹，吕夷简调范仲淹去管理关系盘根错节、矛盾错综复杂的开封府，想借皇亲国戚和官僚大臣，甚至那些贪官污吏的手，杀杀范仲淹的锐气。没想到范仲淹到任后，从清理弊端入手，敢于查处污吏，克服各种阻力，奏请朝廷惩治，很快开封府"肃然称治"。

三胆：敢于举腐败。为了彻底揭露吕夷简等人任人唯亲、朋比为奸的做法，范仲淹深入调查，掌握了大量证据，上书给宋仁宗。并将吕夷简结党营私，提升贪官污吏的情况，绘成"百官图"呈献给皇上。宋仁宗一眼就看清了贪官污吏们的所作所为。之后，他又先后为皇上书《帝王尚好》《选贤任能》等政文，使朝政存在的腐败问题得到了很好的治理整顿。

四胆：敢于用清官。庆历三年，由于范仲淹在抵抗西夏入侵中立下大功，被调回京师任参知政事，领导进行"庆历新政"。范仲淹掌握一定权力后，进行的第一件事就是整顿吏治。他采取职能业绩评定和群众评议的办法，对重要岗位的官吏进行了任职考核。很快一些庸碌、无能、腐败的官吏被罢免，一些主事刻薄、惯于搜刮民财的贪官污吏被整治。特别是对那些具有皇亲国戚背景的官吏，范仲淹也是只管政绩不重关系，该撤的撤，该查的查，一时间官风大变。同时，对精明能干、正直清廉的官吏，只要是克己奉公者都被提拔到重要位置。同时，为保证官吏正确使用权力，他还上奏朝廷制定了官吏考核办法。

五胆：勇于不留财。范仲淹为政清廉，个人生活十分节俭。官位渐高，日渐富贵后，他仍然是"非宾客不食重肉。妻子衣食，仅能自充"。后来，当了大官，他始终坚持教育子孙要"知节俭，莫贪富贵"。晚年时，范仲淹没有把一生的积蓄留给子孙，而是广置义庄、义田和义宅，用来赈济穷苦百姓。范仲淹61岁时，子孙们劝他在洛阳建造宅第，颐养天年，范仲淹听后坚持说："人若有道之乐，形骸可外而况室乎？吾将以薪俸有余者，赈济宗族。"后来，范仲淹还建义学使贫困者有了安身之处，子弟有受教就学之所。他64岁去世时，"虽位高禄厚而以贫终其身"，"其殁之日，身无以殓，死无以为丧。"

● 妙语点睛

"先天下之忧而忧，后天下之乐而乐"概括了范仲淹一生所追求的为人准则，是他忧国忧民思想的高度概括。范仲淹所倡导的先忧后乐的思想，是中华文明史上闪烁异彩的精神财富。朱熹称他为有史以来天地间第一流人物！

三谏宋仁宗

——包拯的奉公故事

● 榜样人物

包拯（999—1062），字希仁。生于北宋庐州（今安徽省合肥市）东县解集乡包村。天圣年间中进士，历任大理监事、建昌知县、和州税监、天长知县、端州知州、迁殿中丞、监察御史。后任龙图阁大学士、三司使。任开封府知府时，以廉洁著称，执法严明，杜绝吏奸，不畏权贵。被誉为"包青天"。

● 榜样故事

故事发生在北宋皇祐二年，宋仁宗下诏任命三司使、户部侍郎张尧佐为宣徽南院使、淮康军节度使、景灵宫使。张尧佐是张贵妃的父亲张尧封的堂兄。由于张贵妃很受宋仁宗的宠爱，所以使得张尧佐青云直上。

那时候包拯出任监察御史，负责对皇帝百官的纠弹。他认为宋仁宗一再提升张尧佐，任人唯亲，非常不合大宋的法度。他上书指出宋仁宗如此提拔张尧佐是不合理的，并分析这是由于后宫参政、个别大臣曲意逢迎的结果。包拯此举如石破天惊，得到了一片称赞声，大臣们纷纷上书表示反对任命张尧佐。面对强大的舆论压力，宋仁宗只好收回成命。

转眼到了第二年正月，宋仁宗经不住张贵妃的一再请求，再次下旨擢升张尧佐。包拯不惜再次触犯宋仁宗和张贵妃，又一次挺身直谏。张尧佐见包拯等人言辞激烈，感到众怒难犯，当即表示不接受委任。可是张贵妃却因此很不高兴，一再地对宋仁宗吹枕边风。这年八月，宋仁宗早朝，张贵妃特意送到门口，柔声柔气地说："不要忘了封宣徽使之事啊。"

金殿之上，宋仁宗果然又一次降旨擢升张尧佐。可谕旨一下，包拯立刻上奏。这一回，宋仁宗打定主意坚持己见，就说："张尧佐并无大过，可以擢升。"

包拯谏驳道："各地官吏违法征收赋税，闹得民怨纷纷。张尧佐身为主管，怎么能说无大过呢？"

宋仁宗叹了口气，婉转说道："这已是第三次下旨任命了。朕既贵为天子，难道擢任一个人就这么不容易？"

包拯闻言直趋御座，高声说道："难道陛下愿意不顾民心向背么？臣既为谏官，岂能自顾安危而不据理力争！"张尧佐站在一旁，听得心惊肉跳。

宋仁宗见包拯这么执着，众大臣又纷纷赞同，而自己又没有合适的理由反驳，心里非常生气，扭头便回到宫里。

张贵妃早已派人打探到消息，知道又是包拯犯颜直谏，惹得仁宗下不了台，所以等仁宗一回来，她马上就迎上前去谢罪。

宋仁宗余怒未消，举袖擦脸，说："包拯说话，唾沫直溅到朕的脸上！你只知道宣徽使，宣徽使，就不知道包拯他还在当御史！"

● 妙语点睛

敢于为民做主，不畏权贵，清官的化身——包青天。正如包公祠一副对联所说："理冤狱，关节不通，自是阎罗气象；赈灾黎，慈善无量，依然菩萨心肠。"总结了包公无私爱民的高尚品格。

秉公执法断案

——章润的奉公故事

● 榜样人物

章润（1388—1443），字时雨，号沛霖。生于今福建省宁德市屏南县长桥村。明永乐十二年中举人，翌年举进士，初任刑部主事，后升迁刑部郎中。为官二十余载，身居要职，始终"不轻贫贱，不阿权贵，大小案件秉公而断"，"断狱数千，无有称冤者"，时人称之"章铁板"。

● 榜样故事

章润从小聪敏好学，力求上进。1414年中举人。1415年会试中进士时，他才27岁，初授刑部主事。这时章润身强力壮，风华正茂，为人正直，处事刚果，受朝廷器重，诰授奉政大夫。后官累升至正四品都察院佥都御史等职。

1416年京城郊外南关村李某之妻潘氏，与富家子弟李耀祖勾搭成奸，并协力以砒霜毒杀李某。村民议论纷纷，疑窦丛生。李某的兄弟也呈状于县衙、府衙，吁请查明李某死亡真相。但已被李耀祖买通的知县、知府则置之不理，且以诬告罪恐吓鸣冤上诉者。此时，适逢刑部主事章润也在府衙，他觉得案件疑点颇多，意欲把状纸及原告带回审理，知府求之不得，一推了之。章润回到刑部衙门的第二天，便带吴姓检校一人深入南关村调查核实，很快了解到案件的来龙去脉，并决定采取"敲山震虎"的办法，诱使凶手就范。他让吴检校放出风声称李某含冤而死，刑部决定开堂审理此案。李耀祖一听消息，惶惶然像热锅上的蚂蚁，但他确信"有钱能使鬼推磨"，便于次日晚来到吴检校家中，送上白银500两，请求开棺验尸时予以关照，勿使真相暴露。吴检校当即收下银两，以防李耀祖狗急跳墙。李耀祖对吴检校行贿的举动，不打自招地承认了自己是凶手，这进一步坚定了章润开棺验尸的决心和信心。这一日，天气晴朗，艳阳高照，好像是老天爷睁开了眼，南关村群众听到刑部决定对李某死亡一案开棺验尸的消息，一大早便聚集到验尸地点，翘首等待冤情能大白于天下。验尸结果：死者肉体已腐烂，全副骨骼呈乌黑色。结论：死者砒霜中毒而亡。李耀祖和潘氏被带回刑部衙门，取得口供，奸夫李耀祖被处以极刑，淫妇潘氏被活剐示众。处决了李耀祖，为南关村除了一害，乡亲们拍手称快！

1420年的一天清早，一老农妇在城西桥头出售青菜。忽然，五六个人骑马结队飞驰而来，卖菜老妇躲避不及，一声惨叫，被撞落桥下，摔倒在河石滩上，双腿被摔断了。肇事者们却策马飞奔远去，在场群众都认得领头的是当朝兵部尚书的外甥，名叫吴忠。此人仗着有钱有势，在京城横行霸道、惹是生非，劣迹累累，罄竹难书。百姓恨之入骨，但敢怒不敢言，只有忍气吞声。由于章润在任数年，秉公执法，故在京城一带享有很高的威信。因此，老妇人的邻里抱着一线希望——能在章润那里为她讨回公道，得到应有的赔偿。于是乡亲们相邀结伴来到刑部，求见章润，请求他受理此案，为民做主。章润也觉得吴忠这个恶棍如不惩处，国法何在？但要到兵部衙内捉拿尚书的外甥谈何容易！于是他派人整天守候在兵部门口附近，伺机而动。待到第三天早上，吴忠带领两个爪牙威风凛凛地走出门来，立即被等候多时的马快巡捕抓获带回刑部衙门。章润立即备好文书通报兵部尚书，说案子一经审结，便立即把人送还，并请予以理解和支持。尚书阅毕来文，心里虽不痛快，但也无可奈何。原来这吴忠平时肆无忌惮，但落入章润手中也自知罪责难逃，便老实了几分。他很快坦白了事情经过，表示愿意赔偿，请求从宽处置。章润决定由吴忠赔偿老妇人各种费用共计白银300两，责其亲自送到老妇人手里，并赔礼道歉，保证今后不再行凶作恶。随后，章润将处理结果备文通报兵部尚书阅，并派人将吴忠送还。尚书觉得章润对此案的处理倒也有法、有理、有节也有情，只好默认了。从此，吴忠也就不敢那么目中无人、狂妄自大了。

1443年章润病逝，享年56岁，古田县衙和乡绅念其为官清廉公正，为彰其美德，将其英名供于古田县（当时古屏合邑）"乡贤祠"，教化后代。

● 妙语点睛

　　章润为官前后达二十多年，秉公执法、勤政爱民，两袖清风。章润一生处处以人民利益为重，为自己考虑得少，事事开诚布公，平易近人，最终得到群众的尊崇。

不徇私情　两袖清风

——海瑞的奉公故事

● 榜样人物

　　海瑞（1514—1587），字汝贤。明广东琼山（今属海南）人。海瑞一生居官清廉，刚直不阿，深得民众的尊敬与爱戴。他生活的年代，正是明王朝由盛及衰的转折时期。海瑞为官，历经三朝，多次冒死进谏，他严于执法，除暴安良，生活清廉，同情百姓，招抚流民，注意发展生产，兴修水利，限制大地主无止境的盘剥，改革落后的风俗习惯等，得到了百姓的广泛拥护。

● 榜样故事

　　在《万历十五年》中，黄仁宇先生一直把海瑞视为一个"古怪的模范官僚"。他那种"以一个有教养的读书人服务于公众而牺牲自我的精神"，在当时宛若污水横流中的一脉清泉。

　　嘉靖四十五年，户部主事、六品官海瑞上书直斥皇帝。嘉靖皇帝读了海瑞的奏疏，十分愤怒，把奏疏扔在地上，对左右说："快把他逮起来，不要让他跑掉。"宦官黄锦在旁边说："这个人向来就有傻名。听说他写奏疏时，自己知道冒犯该死，已经买了棺材，并和妻子话别，在朝廷听候治罪。他家的奴仆们也四处逃散，所以他是不会逃跑的。"皇上听了后默默无语。户部有个司务叫何以尚的，揣摩皇上没有杀死海瑞的心意，上书陈请释放海瑞。皇上大怒，命锦衣卫杖打何以尚100大棍，关进牢狱，昼夜严刑拷打。

　　过了两个月，嘉靖死了，明穆宗继位。牢里的主事听说嘉靖皇帝死了，认为海瑞不仅会被释放而且还会被重用，就办了酒菜来款待海瑞。海瑞当时怀疑自己是要被斩首，便不管别的纵情吃喝。而后主事附在他耳边悄悄说："皇上已经死了，先生现在即将出狱受重用了。"海瑞问："确实吗？"随即悲痛大哭，直哭得把刚才吃的东西全部吐出来，又晕倒在地，醒后又哭，就这样整整哭了一夜。

万历十四年，海瑞出任南京右都御史。何以尚以部郎的身份前去拜访，令他伤心的是海瑞竟将他的座位设在了靠边的角落里。何以尚说："如果按名位，你这样安排座位我没有意见，不过我们曾经同甘共苦，结有情谊，难道你就不能以客礼待我吗？"何以尚此去并非公事，应该说他的要求属于人之常情，并不为过，但是却遭到了海瑞的拒绝。受到冷落的何以尚非常气愤，当即离去并发誓："不及黄泉，无相见也。"为此事海瑞一直感觉愧对何以尚，可是他却不得如此，否则就违背了朝廷的规矩，海瑞这是以身作则。

万历十五年，身为南京都察院右都御史的海瑞病逝。颇有海瑞之风的金都御史王用汲前去吊唁，见海瑞所居之处"葛帏敝籯，有寒士所不堪者"。王用汲痛哭流涕，募捐了一些钱为海瑞殡葬。海瑞在生病期间，有人前去探望他，见其卧在草垫之上，无席无帐，身上仅盖着一件妇人的裙子。想想看，尽管明代官员的俸禄极低，但他乃是朝廷的二品官员，难道连置办一袭布帐、一床被子的钱都拿不出来吗？难怪时人谢肇淛说："海忠介之清，似出天性。"

公而忘私　舍己为人

——雷锋的奉公故事

● 榜样人物

雷锋（1940—1962），湖南望城县人。中国人民解放军全心全意为人民服务的楷模，共产主义战士。1962 年 8 月 15 日因公殉职。周恩来题词"向雷锋同志学习：憎爱分明的阶级立场，言行一致的革命精神，公而忘私的共产主义风格，奋不顾身的无产阶级斗志"。

● 榜样故事

一次，雷锋在沈阳车站换车的时候，一出检票口，发现一群人围看一个背着小孩的中年妇女。原来这位妇女从山东到吉林去看丈夫，车票和钱丢了。雷锋用自己的津贴买了一张去吉林的火车票塞到妇女手里，妇女含着眼泪说："大兄弟，你叫什么名字，是哪个单位的？"雷锋说："我叫解放军，就住在中国。"

一天，雷锋冒雨要去沈阳，他为了赶早车，五点多就起来，带了几个干馒头披上雨衣上路了。突然，雷锋见路上一位妇女怀里抱着小孩，手里拉着一个小孩，身上还背着包袱，在大雨中一步一滑地走着。雷锋忙上前一打听，才知道这位妇女从外地探亲归来，要去十几里外的樟子沟，她着急地说："同志啊，今天雨都把我浇迷糊了，我还带着孩子，我哭也哭不到家啊！"

雷锋把雨衣披在妇女身上，抱起那个大一点的孩子冒雨朝樟子沟走去，自己被淋得透湿，一直走了两个多小时，才把她们母子送到家。那位妇女感激地说："同志，我可怎么感谢你呀！"

雷锋从安东回部队，又在沈阳转车，过地下通道时，看见一位白发苍苍的老大娘，挂着棍，背了个大包袱，很吃力地走着，雷锋走上前去问道："大娘，你到哪去？"老人上气不接下气地说："俺从关内来，到抚顺去看儿子呀！"雷锋一听跟自己同路，立刻把大包袱接过来，手扶着老人说："走，大娘，我送你去抚顺。"老人感动得一口一个好孩子地夸他。

进了车厢，他给大娘找了座位，自己就站在旁边，掏出刚买来的面包，塞到大娘手里。老大娘急忙说："孩子，俺不饿，你吃吧！""别客气，大娘，吃吧！先垫垫饥。""孩子"这个亲热的称呼，给了雷锋很大的感触，他觉得就像母亲叫着自己小名似的那样亲切。他在老人身边，和老人唠起了家常。老人说，他儿子是工人，出来好几年了。她这是第一次来，还不知道儿子住在什么地方，说着，掏出一封信。雷锋接过一看，上面的地址他也不知道，但他知道老人找儿子的急切心情，就说："大娘，你放心，我一定帮助你找到他。"

雷锋说到做到，到了抚顺，背起老人的包袱，搀扶着老人，东打听，西打听，找了两个多小时，才找到老人的儿子。

过年的时候，战友们在一起组织了各种文娱活动。雷锋和大家在俱乐部打了一阵乒乓球，突然想到每逢年节，服务和运输部门最忙，这些地方多么需要人帮忙啊。他放下球拍，叫上同班的几个同志，一起请假后直奔附近的瓢儿屯车站，这个帮着打扫候车室，那个给旅客倒水……

1960年初夏的一个星期天，雷锋肚子疼得很厉害，他来到团部卫生连开了些药回来，回来的路上见一个建筑工地正热火朝天地进行施工。雷锋情不自禁地推起一辆小车，加入运砖的行列中。到了中午休息的时候，雷锋被一群工人围住了。面对大家他说："我们都是为社会主义建设添砖加瓦，我和大家一样，只是尽了自己的一点义务。"这天下午，打听到雷锋名字及部队驻地的市二建公司组织工人敲锣打鼓送来感谢信，大家才知道病中的雷锋做了一件好事，过了个特殊的星期天。

1960年8月，驻地抚顺发洪水，运输连接到了抗洪抢险命令。雷锋忍着刚刚参加救火被烧伤的疼痛的手又和战友们在上寺水库大坝上连续奋战了7天7夜，被记了一次二等功。

望花区召开了大生产号召动员大会，声势很大。雷锋上街办事正好看到这个场面，他取出存折上的200元钱，跑到望花区党委办公室要捐献出来。接待他的同志实在无法拒绝他的这份热情，只好收下一半。另一半在辽阳遭受百年不遇洪水的时候他捐献给了辽阳人民。

1961年9月，全团上下一致推举雷锋为抚顺市人大代表。雷锋参加完人代会回到连里就担任了二排四班班长，在他的带领下，四班成了"四好班"，雷锋也成了全连的四好班长。

雷锋入伍以来，多次立功受奖。他被选为市人大代表，出席过沈阳军区首届共青团代表大会。他的照片，日记和模范事迹，报纸，电台做了广泛的宣传。雷锋陆续收到来自全国各地热情赞扬他的来信，他在日记中写下了这样一段话："我的一切都是党给的，光荣应该归于党，归于热情帮助我的同志，至于我个人做的工作，那是太少了，我这么一点点贡献，比起对我的要求和期望还是很不够的……"

● 妙语点睛

雷锋精神是中华民族传统美德的一种积淀，是一种随着时代进步而不断发展的与时俱进的精神。雷锋那种全心全意为人民服务，把有限的生命投入到无限的为人民服务中去的精神，那种干一行爱一行、立足岗位、艰苦奋斗的敬业精神，那种对同志、对群众像春天般温暖、舍己为人、助人为乐的精神，值得我们永远学习。

清正廉洁品德高

——焦裕禄的奉公故事

● 榜样人物

焦裕禄（1922—1964），出生于山东一个贫农家庭。1953年6月，任洛阳矿山机器制造厂车间主任、科长。1962年6月，任尉氏县县委书记处书记。1962年12月任兰考县委第二书记、书记。1964年5月14日，焦裕禄因肝癌急性复发逝世，终年42岁。1966年2月1日，河南省人民政府授予他革命烈士称号。1966年2月7日《人民日报》发表了《向毛泽东同志的好学生焦裕禄学习》的社论和《县委书记的榜样——焦裕禄》的长篇报道。

● 榜样故事

1963年春节，连年灾害的兰考肉类和副食供应比较紧张。县委办公室的一位同志给焦裕禄家里送去了几斤肉。焦裕禄问他："人人都有份吗？"这位同志回答："要过年了，书记们工作忙，顾不上买肉，这是特意照顾几位领导同志的。"焦裕禄听后对这位同志说："谢谢了，我家的肉已经买好了。请你把肉提回去，看办公室还有谁没买，这肉就照顾谁吧。"他还嘱咐这位同志，以后不要再单独照顾领导了。

焦裕禄到兰考后，看到城内有个大水坑，就建议城关镇在坑里种莲放鱼苗。半年后，放养的鱼苗已长到一斤左右。城关镇鱼场为感谢焦裕禄的指导，又想让身患肝病的焦书记补补身体，就派一名职工用水桶装了十多条活鱼，送到焦裕禄家。焦裕禄的孩子们一见活蹦乱跳的鱼儿，高兴得围着水桶直嚷着要吃鱼。焦裕禄回家后，问清楚了来龙去脉，就对嚷着要吃鱼的孩子们说："这鱼是鱼场的叔叔辛辛苦苦养大的，是集体财产，咱一家怎能先吃呢？如果大家都占集体的便宜，那集体的事业还能办好吗？"焦裕禄的大儿子国庆当即就带着弟妹们，把一桶活鱼又送回了养鱼场。

一次，国家给兰考拨来一批救济棉花，救灾办公室的同志看到焦裕禄的棉袄补丁摞补丁，决定照顾他3斤，让他做件新棉袄。焦裕禄的妻子徐俊雅拿着3斤棉花票，等焦裕禄一进家门，就兴奋地跟他商量做新棉衣的事。焦裕禄一听又是"照顾"他的东西，开口就说："那不中。"稍停，他平心静气地对妻子说："兰考现在还有好多群众缺衣少穿，救灾物资是给群众的，这棉花咱咋能要？我是领导，可不能搞特殊啊！"

焦裕禄夫妇尽管省吃俭用，但因要赡养两位老人（双方的老母亲），抚育6个子女，有时还接济穷困群众，日子过得相当紧巴。1964年春节前的一天，风雪交加，焦裕禄到县政府大院找到县长程世平，说他多年没回山东老家看望母亲了，打算春节带着全家回老家一趟。接着，焦裕禄显然有些难为情地说："老程，你手头宽不宽裕，能不能借给我三四百元？"程世平虽知道焦裕禄家的日子过得紧巴，可没想到他一个十五级干部连回老家探亲的路费也凑不够。见焦裕禄说话直打哆嗦，程世平急忙问："老焦，你是不是病了？"焦裕禄说："没有，就是有点冷。"程世平顺手摸了摸焦裕禄的胳膊，吃惊地说："老焦，大腊月里下着雪你咋穿个空筒袄，连件秋衣也不套？"焦裕禄也是当着真人掏心窝说话："老程，我没啥衣服套啊！没布票，手头也紧，能将就过冬就行了。再说了，老百姓有的连空筒袄还穿不上哩！"听了焦裕禄的心里话，程世平又钦佩又心酸，直想流眼泪。

焦裕禄的子女们没有谁能从他那里得到所谓的"照顾"。他的大女儿焦守凤初中毕业没考上高中，在家待业。有人向他提议："小学教师不够用，让守凤去学校教书吧？"还有人向他透露信息："邮政局要招收话务员，小梅（焦守凤小名）干这个工作挺合适。"焦裕禄对于这些热心的提议，一再摇头否定。后来，焦守凤到兰考县食品加工厂当了一名临时工。刚去上班，焦裕禄就专门找到时任厂长的张树森，特别交代，"我的女儿来厂里当临时工，分配工作时一定要把她安排到酱菜组，这样对改造她的思想有好处。"临走时，焦裕禄又强调一句："你们不要以为是我的女儿，就另眼相看，应该对她严格要求。"

● 妙语点睛

焦裕禄秉承全心全意为人民服务的宗旨，吃苦在前，享乐在后，心里装着群众，唯独没有自己；他实事求是，脚踏实地，艰苦奋斗，不向困难低头，不断开拓进取；他清正廉洁，无私奉献，为人民利益鞠躬尽瘁，死而后已。焦裕禄精神的影响，已远远跨出了兰考，跨出了河南，催生了一批又一批焦裕禄式的好干部。

人民公仆　时代先锋

——孔繁森的奉公故事

● 榜样人物

孔繁森（1944—1994），聊城市堂邑五里墩村人。1994年9月被国务院授予"全国民族团结进步先进个人"称号。1994年11月29日，在带领工作组赴新疆塔城地区考察时，不幸以身殉职。为纪念孔繁森，发扬孔繁森的无私奉献的精神。《人民日报》发表《向孔繁森同志学习》的社论。中共中央组织部追授孔繁森"模范共产党员""优秀领导干部"的称号。

● 榜样故事

1979年，孔繁森第一次进藏担任岗巴县委副书记。在岗巴工作的3年里，他跑遍了全县的乡村、牧区，与藏族群众结下了深厚的友谊。

1988年，孔繁森在母亲年迈、3个孩子尚未成年、妻子体弱多病的情况下，仍然克服困难，再次带队进藏，任拉萨市副市长，分管文教、卫生和民政工作。为了发展当地教育事业，他跑遍了全市8个区县所有公办学校和一半以上的乡、村办小学，使拉萨的适龄儿童入学率从45%提高到80%。全市56个敬老院，他走访过48个，给孤寡老人送去了党和政府的温暖。因西藏偏远地区医疗卫生条件较差，他每次下乡时都特地带上一个医疗箱，买上数百元的常用药，送给急需的农牧民。一个医药箱虽然解决不了所有问题，但对需要治疗的患者来说，却往往是雪中送炭。

孔繁森对于分管的卫生和民政工作也同样很投入，为了结束尼木县续迈等三个乡群众易患大骨节病的历史，他几次爬到海拔近五千米的山顶水源处采集水样，帮助群众解决饮水问题。

1992年底，孔繁森第二次调藏工作期满，西藏自治区党委决定任命他为阿里地委书记，这一任命意味着孔繁森将继续留在西藏工作。面对人生之路的又一次重大选择，他毫不犹豫地服从了党的决定，人民的需要。为了摸清实际情况，他深入调查研究，求计问策，寻找带领群众脱贫致富的路子。不到两年的时间，他跑遍了全地区106个乡中的98个。阿里是西藏最偏僻和平均海拔最高的地区，孔繁森每次下乡外出时常常一天也看不到一个人影，饿了就吃口风干的牛羊肉，渴了就喝口山上流下来的雪水。旅途虽然艰苦，孔繁森却充满乐观精神，他常风趣地对随行人员说："快尝尝，这是上等的矿泉水，高原没有污染，等我们开发出来了，让外国人花美元来买！"在孔繁森的努力工作下，阿里经济有了较快的发展。为此，他带领有关部门，亲自到新疆塔城进行边贸考察。1994年11月29日，在完成任务返回阿里途中，孔繁森不幸发生车祸以身殉职。

● 妙语点睛

两次进藏，一次延期，视少数民族同胞为骨肉，最终以身殉职，倒在了他所热爱的雪域高原，实现了"青山处处埋忠骨，一腔热血洒高原"的誓言。这就是孔繁森。他一生两袖清风，精神却是富有的，他拥有人世间最美好的心灵、最丰富的情感和最高尚的精神境界……

孝道篇

　　孝敬父母，尊敬长辈，这是做人的本分，是各种品德形成的前提，因而历来受到人们的称赞。在人的一生中，父母的关心和爱护是最真挚、最无私的，父母的养育之恩是永远也诉说不完的：吮着母亲的乳汁离开襁褓；揪着父母的心迈开人生的第一步；在甜甜的儿歌声中入睡；在无微不至的关怀中成长；灾灾病病使父母熬过多少个不眠之夜；读书升学花去父母多少心血；立业成家铺垫着父母多少艰辛。可以说，父母为养育自己的儿女付出了毕生的心血。这种恩情比天高，比地厚，是人世间最伟大的力量。如果人类应该有爱，那么首先爱自己的父母，其次才能谈到爱他人，爱集体，爱社会……孝敬父母，不但要很好地承担对父母应尽的赡养义务，而且要尽心尽力满足父母在精神生活，感情方面的需求。

久病床前有孝子

——汉文帝的孝道故事

● 榜样人物

汉文帝（前202—前157），名刘恒，西汉皇帝，高祖刘邦之子。在位23年，对稳定汉初封建统治秩序，恢复发展经济，起了重要作用。文帝与其子景帝的两代统治，历来被视为盛世，史称"文景之治"。

● 榜样故事

汉文帝刘恒不仅是一位"无为而治"的明君，他还是一位以孝顺著称的皇帝。

汉文帝是汉高祖刘邦的第三个儿子，本不是太子，后因素有孝顺贤德之名，而被群臣拥立为帝。汉文帝即位之后，侍奉生母薄太后依然是非常殷勤体贴。

一次薄太后生病，三年卧床不起。文帝一直尽心尽力地在床前照顾，几乎没有很好地睡过一觉。有时连衣服都不脱就躺在床上，以备母亲随时召唤。每当汤药煎好要给母亲喝之前，文帝都先亲自尝一尝，看看药的火候是不是适中，会不会太苦，是不是太烫，然后才送给母亲服用。薄太后看在眼里，很是感动，也特别心疼自己的儿子，就说："宫里这么多人，都可以照顾我，你不要亲自辛苦操劳了，而我的病又不是三两天就能好的。以后叫宫女们服侍我就可以了。"汉文帝忙跪下来对母亲说："如果孩儿不能在您有生之年，亲自为您做点事，尽点孝道，那什么时候才能有机会报答您的养育之恩呢？"

● 妙语点睛

现代人"久病床前无孝子"的说法，早在两千多年前就被汉文帝用他的实际行动给推翻了。他用耐心、勤劳、体贴，真正做到了《弟子规》中的"亲有疾，药先尝，昼夜侍，不离床"，向我们示范什么是真正的孝子！汉文帝的至仁至孝，传遍四方，感化了当时所有人。

孝感天子

——缇萦的孝道故事

● **榜样人物**

缇萦，西汉人。居住在山东。缇萦是淳于意5个女儿当中最小的一个。淳于意从前当过官，后来弃官行医，救死扶伤，深受百姓尊敬。人们从四面八方长途跋涉，找他求医治病。淳于意精于医术，替人医病，差不多治一个好一个。

● **榜样故事**

缇萦的父亲淳于意，本来是个读书人，因为喜欢医学，经常给人治病，并因此出了名。后来他做了太仓令，但他不愿意跟做官的来往，也不会拍上司的马屁。没有多久，便辞了职，当起医生来了。

有一次，有个大商人的妻子生了病，请淳于意医。那病人吃了药，病非但没见好转，过了几天却死了。大商人仗势向官府告了淳于意一状，说他是误诊。当地的官吏要判淳于意"肉刑"（当时的肉刑有脸上刺字，割去鼻子，砍去左足或右足等），要把他押解到长安去受刑。

淳于意有5个女儿，没有儿子。他被押解去长安要离开家的时候，望着女儿们叹气，说："唉，可惜我没有男孩，遇到急难，一个有用的也没有。"

几个女儿都低着头伤心得直哭，只有最小的女儿缇萦又是悲伤，又是气愤。她想："为什么女儿就没有用呢？"

她提出要陪父亲一起去长安，家里人再三劝阻她也没有用。

缇萦到了长安，托人写了一封奏章。

汉文帝接到奏章，知道上书的是个小姑娘，倒很重视。那奏章上写着："我叫缇萦，是太仓令淳于意的小女儿。我父亲做官的时候，齐地的人都说他是个清官。这回他犯了罪，被判处肉刑。我不但为父亲难过，也为所有受肉刑的人伤心。一个人砍去脚就残废了；割去了鼻子，不能再按上去，以后就是想改过自新，也没有办法了。我情愿给官府收为奴婢，来替父亲赎罪，好让他有个改过自新的机会。"

汉文帝看了信，十分同情这个小姑娘，并被他救父的精神所感动，又觉得她说得有道理，就召集大臣们说："犯了罪该受罚，这是无话可说的。可是受了罚，也该让他重新做人才是。现在惩办一个犯人，在他脸上刺字或者毁坏他的肢体，这样的刑罚怎么能劝人为善呢。你们商量一个代替肉刑的办法吧！"

大臣们一商议，拟定一个办法，把肉刑改用打板子。原来判砍去脚的，改为打500板子；原来判割鼻子的改为打300板子。汉文帝于是正式下令废除肉刑。这样，缇萦用一颗孝心救了她的父亲。

● 妙语点睛

缇萦凭着对父亲的孝心所带来的毅力和勇气，不但使父亲免受肉刑，而且也使汉文帝深受感动，从而废除这种残酷的肉刑。

温席表孝心

——黄香的孝道故事

● 榜样人物

黄香，字文疆，东汉江夏安陆（今湖北安陆西北）人，东汉大臣。他博学经典，精通道术，善做文章，闻名天下。汉肃宗曾诏他上殿对策，然后赞赏地对文武百官说："这就是天下无双的江夏黄香呀！"文武百官莫不钦佩称奇。此后相继任尚书令、东郡太守等要职。黄香是江夏黄姓始祖。著有《九宫赋》《天子冠颂》等。《后汉书·黄香传》载有他的生平事迹。

● 榜样故事

小黄香9岁时，母亲去世了，他悲痛欲绝。在母亲卧床生病期间，小黄香一直不离左右，守护在母亲的病床前。母亲离开后，黄香就担当起了照顾父亲的责任。

冬天的夜晚特别寒冷。那时候，农户家里没有任何取暖的设备，冷得很难入睡。一天晚上，小黄香读书时，感到特别冷，浑身发抖，捧着书卷的手一会儿就冰凉冰凉。他突然想到，在这么冷的天气里，父亲一定也会冷的，他老人家白天干了一天的活，这么冷晚上还能好好地睡觉吗？想到这儿，小黄香的心里很不安。为让父亲少挨冷受冻，他读完书便悄悄走进父亲的房里，给父亲铺好被，然后自己脱了衣服，钻进父亲的被窝里。用自己的体温，温暖了父亲冰冷的被窝之后，才招呼父亲躺下。黄香用自己的孝敬之心，温暖了父亲的心。黄香温席的故事，很快传开了，街坊邻居人人夸奖小黄香。

夏天到了，黄香家低矮的房子格外闷热，而且蚊蝇也很多。到了晚上，大家都在院里乘凉，尽管每人都不停地摇着手中的蒲扇，可仍不觉得凉快。入夜了，大家也困了，都准备回去睡觉，这时，才发现小黄香不见了。

"香儿，香儿。"父亲忙提高嗓门喊他。

"爸爸，我在这儿呢。"说着，黄香从父亲的房中走出来。满头大汗，手里还拿着一把大蒲扇。

"你干什么呢？这么热的天。"爸爸心疼地说。

"屋里太热，蚊子又多，我用扇子使劲扇，蚊虫就跑了，屋子也显得凉快些，这样睡觉您会舒服些。"黄香说完。爸爸紧紧地搂住黄香，"我的好孩子，可你自己却出了一身汗呀！"

就这样，黄香为了让父亲休息好，每天晚饭后，都拿着扇子，去把蚊蝇赶跑，还要扇凉父亲睡觉的床和枕头，让劳累一天的父亲能够早些安然入睡。

● 妙语点睛

孔子曾说："孝悌也者，其为人之本欤。"尊敬长辈，友爱兄弟，是做人的根本。旧传元代郭守正挑选了历史上的24位孝子，辑成《二十四孝》一书，作为楷模，黄香名列其中。

代父从军

——花木兰的孝道故事

● 榜样人物

花木兰，姓魏，名木兰。花木兰是河南省商丘市虞城营郭镇周庄村人。木兰秉承父志，自幼习武，尤工剑术。突厥犯边，木兰女扮男装，代父从军，征战疆场12载，屡建功勋。

● 榜样故事

北魏末年，柔然、契丹等少数民族日渐强大，他们经常派兵侵扰中原地区，抢劫财物。北魏朝廷为了对付他们，常常大量征兵，加强北部边境的驻防。

花木兰从小跟着父亲读书写字，平日料理家务。她还喜欢骑马射箭，练得一身好武艺。有一天，衙门里的差役送来了征兵的通知，要征木兰的父亲去当兵。但父亲年纪老迈，又怎能参军打仗呢？木兰没有哥哥，弟弟又太小，她不忍心让年老的父亲去受苦，于是决定女扮男装，代父从军。木兰父母虽不舍得女儿出征，但又无他法，只好同意她去了。

木兰随着队伍，到了北方边境。她担心自己女扮男装的秘密被人发现，因此处处加倍小心。白天行军，木兰紧紧地跟上队伍，从不敢掉队。夜晚宿营，她从来不敢脱衣服。作战的时候，她凭着一身好武艺，总是冲杀在前。从军12年，木兰屡建奇功。同伴们对她十分敬佩，赞扬她是个勇敢的好男儿。

战争结束了，皇帝召见有功的将士，论功行赏。但木兰既不想做官，也不想要财物，她只希望得到一匹快马，好让她立刻回家。皇帝欣然答应，并派使者护送木兰回去。

木兰的父母听说木兰回来了，非常欢喜，立刻赶到城外去迎接。弟弟在家里也杀猪宰羊，以慰劳为国立功的姐姐。木兰回家后，脱下战袍，换上女装，梳好头发，出来向护送她回家的同伴们道谢。同伴们见木兰原是女儿身，都万分惊奇，没想到共同战斗12年的战友竟是一位漂亮的女子。

● 妙语点睛

感人的木兰代父从军的故事一代传一代，人们都佩服她的勇敢和一颗炙热的孝女之心。

孝行教后人

——陆陇其的孝道故事

● 榜样人物

陆陇其（1630—1692），原名尤其，字稼书。浙江平湖人。康熙时的著名清官。他自幼读书，生性恬淡清高，不为名利所拘，赴任后即"以兴利除害，移风易俗为己任"，并"以德化民"。他提倡"崇尚实学，培养淳风"。认为读书以精熟为贵，当循序渐进，身体力行。著有《三鱼堂文集》等。

● 榜样故事

陆陇其素以孝闻名。

据说，他父亲去世的时候，他正在京城考试，一听说父亲去世了，立刻赤足步行往家赶。到了家里，日夜哭泣，每天也不入内室，只是席地而卧。

他在灵寿当知县的时候，为政清廉，深得人民爱戴。有一天，一位老妇人来状告她不孝的儿子，那是一个20岁的青年。陆陇其对老妇人说："我没有小仆人，你的儿子可以暂时来帮忙，如果我找到合适人选了，我就给他施以杖刑然后遣送回家。"从此以后，这位青年就侍奉在陆陇其左右。每天早晨，陆陇其都恭候在自己老母亲的房门外，等母亲起床了，就照应着母亲洗漱、吃早饭。午饭的时候，他也在旁边服侍着。每次都是等母亲吃完了，他才吃剩下的东西。晚饭也是如此。如果有空余时间，他就会陪母亲说话，讲些笑话逗母亲开心。母亲稍有不适，陆陇其立刻找来医生，亲自去买药、煎药，日夜陪伴在母亲的床前，有的时候甚至几夜都不睡，不知疲倦地细心照顾着母亲。陆陇其对母亲的所作所为，那个青年都看在眼里。几个月过去了，有一天那个青年突然跪在陆陇其面前，请求让他回家去看望母亲，陆陇其问："你不是和母亲不和吗？为什么还要看她呢？"年轻人哭着说："过去是我不懂事，对母亲不好，现在好后悔啊！"于是陆陇其就安排他们母子相见。见面后，母子俩抱头痛哭。青年和母亲回家后，对待母亲与以前判若两人，后来青年也因为孝顺而闻名乡里。

● **妙语点睛**

人生在世，是父母给了我们生命，教给我们最基本的生活技能，辛勤养育之恩终生难以回报，所以说孝敬父母，尊敬长辈，是做人的本分，是天经地义的美德。父母儿女亲情，是人类最原始，最本能的情感，是一个人善心、爱心和良心形成的基础情感，也是今后各种品德形成的基本前提。

教子学礼

——陈鹤琴的孝道故事

● **榜样人物**

陈鹤琴（1892—1982），浙江上虞人。儿童教育家、儿童心理学家。他建立并完善了中国化、科学化的现代儿童教育理论体系，构建了完整的中国儿童教育结构体系，被誉为"中国的福禄培尔"和"中国幼教之父"。主要著作有：《儿童心理之研究》《家庭教育》等。

● 榜样故事

有一天，陈鹤琴的孩子一鸣（两岁多）因为家里的保姆不听自己的话，就骂保姆："讨厌的东西！"陈鹤琴听到后不禁心头一震，他立刻把一鸣叫到身边，蹲下来轻轻地在一鸣耳边说了几句话。只见一鸣点了点头，跑到保姆跟前，仰起脸说了声："大姐，对不起！"保姆的脸上有了笑意，挽起一鸣的手带他去玩了。

事后，陈鹤琴一直在琢磨这件事。他想：一鸣这样小，就会骂保姆，妄自尊大，这绝不是天生的，而是做父母的没有好好教育孩子的缘故。做父母的在教育小孩子讲礼貌的同时，平时也要注意自己的态度言行，做小孩子的榜样。于是他按着自己的想法去做了，不仅加强教育孩子，也检点家里大人的行为，以后就再也没有出现这种现象。

有一天，一鸣坐在小凳子上玩，祖母在他旁边站着，陈鹤琴进屋看见了，就俯身对孩子说："一鸣，你去拿把椅子给祖母坐。"一鸣应了一声，立刻站起身来，费力地搬来一把椅子给祖母。祖母接过椅子，笑眯眯地坐了下来。陈鹤琴认为，教孩子这样做除了让他练习动作外，更重要的是教他尊敬长辈。

陈鹤琴指出："无论什么人对待长者都应当有礼貌，要孝敬父母。要让他们对待长者有礼貌，他们小的时候，做父母的就要留心教他们。"他认为，父母首先应当做到以礼待长辈，平时还应留心用种种方法去教育孩子，如称赞有礼貌的人，对孩子敬重长辈的行为给予鼓励等，使孩子学会自觉地尊敬长辈。

● 妙语点睛

凡是文明的民族、礼仪之邦，均注重和讲究礼节礼貌，将礼貌言行视作衡量道德水准高低和有无教养的尺度，所有人都应从小学会尊重他人、谦虚恭敬、礼貌待人、孝敬父母，并且首先应从自身做起。

孝心终生伴

——廖承志的孝道故事

● 榜样人物

廖承志（1908—1983），广东人。无产阶级革命家、杰出的社会活动家、党和国家的优秀领导人。通晓五种外语，擅长书画、诗词、戏剧。新中国成立后，担任中共中央统战部副部长、国务院外事办公室主任、中日友好协会会长等职，长期致力于巩固和发展爱国统一战线，为祖国的统一事业作出了重大贡献。

● 榜样故事

1925年，廖仲恺遭暗杀。父亲去了，廖承志与母亲间感情上的互爱日益笃深，到了相依为命的地步。母亲如果一段时间里得不到儿子的音讯，就会坐卧不宁，茶饭无心。儿子只要有空，第一件事就是去看望母亲。

廖承志知道母亲在日本养成了爱吃酱菜和"生果子"的习惯，看望母亲时常去日本商店买点日本酱菜和"生果子"之类的食品给母亲换换口味。一次，他去看望母亲，见母亲手背上贴了块胶布，心疼地拉起她的手，轻轻揉按了一两个小时，嘴里还不停地劝慰母亲："今后再也不要过分地操劳了。"

母亲的眼里始终噙着泪花。她仔细端详着儿子，觉得儿子长大了。

此时，廖承志已是一名共产党员了。而母亲由于对国民党右派政权的愤慨和失望，辞去了在国民党中的所有事务，开始了隐居作画的生涯。

新中国成立后，母子终于能长时期地聚首一堂了。

廖承志这时虽然已身居要职，但只要人在北京，每天早上都要到母亲的房里去请安问好，遇上母亲去外地休养或有事，儿子得暇也经常随行照料。空闲时，母子不是在一起回顾往事，便是一起作画题诗，以表达胸志和情怀。后来在逆境中，这些画有的竟成了激励他们不向淫威屈服的精神武器。

1972年9月1日，何香凝在忧病交加中去世。毛泽东和周恩来为遂她生前欲与廖仲恺先生"生则同衾，死则同穴"的愿望，特派专车将灵柩送往南京与廖仲恺先生合葬。

从此，每年的清明节，廖承志总不忘悼念双亲，多次来到自己手书的墓碑前祭扫。

1983年5月，75岁高龄的廖承志又一次来到双亲墓前悼念致哀，还写了一首小诗，诗中说："金陵无限好，来到正清明。信笔记心事，鲜花唁老亲。"

一个月后，廖承志因心脏病突发，在北京逝世，这次祭扫竟成了他最后的一次尽孝。

在国难当头、硝烟弥漫的战乱时期，一个小家庭的好梦是不得长久的。廖承志要践履父亲"留汝哀思事母亲"的遗愿，但多少桩有关国家千秋大业的事要他去干，使得他为了尽忠而难以尽孝。但他知道，他与母亲之间爱的内涵却越来越丰富，不仅是"慈"与"孝"的爱，而且融入了为共同的事业勠力同心的革命之爱。

病母床前尽孝心

——冰心的孝道故事

● 榜样人物

冰心(1900—1999)，原名谢婉莹，福建长乐人。因一生刚好度过了一个世纪，所以被称为"世纪老人"，其名言是"有了爱就有了一切"。冰心一生都伴随着世纪风云变幻，一直跟着时代的脚步，坚持写作了75年。她是我国第一代儿童文学作家，是著名的中国现代小说家、散文家、诗人、翻译家。她的文学影响超越国界，作品被翻译成多国文字，得到海内外读者的赞赏。

● 榜样故事

冰心新婚不久，一封电报催她回上海——操劳一生的母亲病倒了，得的又是一种极为痛苦的骨痛病！母亲此痛，由指而臂，而肩背，而膝骨，全身僵痛……冰心潸然泪下。于是，她冒着冬天的寒冷，忍受着自己慢性阑尾炎复发的疼痛，南归了。

此时的母亲已经病得脱了人形，有时甚至昏迷不醒，但只要病痛稍有减轻，她就跟女儿谈话："……你父亲常说：'你自幼至今吃的药，总集起来，够开一间药房的了。'真是我万想不到，我会活到60岁……人家说，久病床前无孝子，我这次病倒了5个月，你们真是心力交瘁，我对于我的女儿、儿子、媳妇，没有一毫的不满意。"

母亲的病日重一日，日夜都处在昏迷状态之中。然而，一次当她稍清醒后，竟对冰心说："你的衣服太单薄了，不如穿上我的黑驼绒袍子，省得冻着……"母亲居然在自己这种状况下，心中想的依然是孩子，冰心不禁泪如雨下。

当母亲知道自己已到生命终点时，便拒绝进食，并大声命令丈夫：

“快把安眠药给我，我实在不愿再拖延了！”

母亲早就告诉过冰心，她早准备下了足够的安眠药，以便在痛到不能忍受时，就一并服下，以求早日解脱，免得家人遭罪。

1930年1月7日，母亲与世长辞。

冰心泪湿衣襟，她伏在玻璃棺盖上瞻仰着母亲最后的遗容，接着，她将大家剪下的一缕头发，装在了一个小白信封里，又将母亲为她保存了30年的、自己第一次剃头的胎发，以及她在燕京大学获得的金钥匙，一并殉葬了。

● 妙语点睛

母爱既非千篇一律，也永远不会赶潮流、追时尚，这是天底下最无私的一种情感，因此人要尊敬自己的父母。

乐观篇

乐观就是无论在什么情况下,都能保持良好的心态,相信坏事情总会过去,阳光总会到来。

忧愁、顾虑和悲观,可以使人变得弱小;积极、愉快和坚强的意志和乐观的情绪,可以战胜失败,可以使人变得强大。

人的一生总要经历挫折。凡成大事业者,无一不是在挫折与失败中经受磨砺。他们以乐观的心态面对挫折与失败,最终战胜各种困难取得成功。

乐观者在每次危难中都会看到机会,而悲观者在每个机会中都看到了危难。

嬉笑暗藏玄机

——鲁迅的乐观故事

● 榜样人物

鲁迅（1881—1936），中国现代伟大的文学家、思想家和革命家，新文学运动的奠基人。1918年5月，首次以"鲁迅"为笔名，发表中国现代文学史上第一篇白话小说《狂人日记》，对人吃人的制度进行揭露和抨击，这是中国现代文学史上杰出的作品之一。

● 榜样故事

生活中的鲁迅，不乏幽默、风趣。有一次他的侄女问他："你的鼻子为何比我爸爸(周建人)矮一点，扁一点呢？"鲁迅笑了笑："我原来的鼻子和你爸爸的鼻子一样高，可是我住的环境比较黑暗，到处碰壁，所以额头、鼻子都碰矮了！"

鲁迅爱憎分明，一切假恶丑的东西在鲁迅面前都无以遁形。1934年，国民党北平市长下令禁止男女同泳。鲁迅先生听到这件事后，对几个青年朋友说："男女同泳，偶尔皮肉相触，有碍男女大防。不过禁止以后，男女还是同吸着天地间的空气。空气从这个男人的鼻孔呼出来，被那个女人的鼻孔吸进去，又从那个女人的鼻孔呼出来，被另一个男人的鼻孔吸进去，简直淆乱乾坤。还不如下一道命令，规定男女老幼诸人，一律戴上防毒面具，既禁空气流通，又防抛头露面！"说着还模拟戴着防毒面具走路状。听讲的人笑得前仰后合。

名流免不了被邀请作演讲，鲁迅也不例外。他演讲时旁征博引，妙趣横生，常常被掌声和笑声所包围。一次，鲁迅从上海回到北平，北师大请他去讲演，题目是《文学与武力》。有的同学已在报上看到不少攻击他的文章，很为他不平。鲁迅在讲演中说："有人说我这次到北平，是来抢饭碗的，是'卷土重来'；但是请放心，我马上要'卷土重去'了。"一席话顿时引得会场上充满了笑声。

鲁迅先生在厦门大学任教期间，经常是几个月才理一次发。有一次，他走进一家理发店，理发的师傅看见鲁迅长发垂耳，衣着寒酸，心中看他不起，便马马虎虎地一理了事。理完之后，鲁迅不动声色，随手抓了一把铜圆，数也不数，直接塞给那师傅，然后飘然而去。那师傅接过铜圆一数，发现竟然比牌价多出几倍，一时又惊又喜。

过了一段时间，鲁迅又来这家店理发，衣着打扮，一如既往。理发的师傅认得是上次来的那位"阔佬"，立刻殷勤起来，又是端茶，又是敬烟，理起发来，也是一丝不苟。理完之后，先生不慌不忙掏出一把铜圆，看了一眼牌价，然后小心翼翼地挑出几个，如数付款，一个子儿也不多。理发师傅接过钱来，脸上写满了失望之情。先生看在眼里，便笑着说："上次你给我乱剪，我付钱也就乱付；这次你剪得很规矩，我也只好规规矩矩地付钱。"

对于那位势利的师傅，先生既没有大发雷霆、拂袖而去，也没有苦口婆心、谆谆教诲，而是不失时机地幽上一默，让人在一笑之中，若有所悟。

这便是鲁迅先生的可爱之处，嬉笑中暗藏玄机，温和中透着睿智。

● 妙语点睛

"乐则大笑，悲则大叫，愤则大骂"，鲁迅是这么一个率性至情的人，鲁迅不是冷冰冰的一个简单的文化斗士，而是极富有人情味的人。唯此，鲁迅的幽默乐观，鲁迅的人格魅力，才真正地得以立体、全方位地呈现在我们面前。

乐观重塑生命

——史铁生的乐观故事

● 榜样人物

史铁生（1951— ），生于北京，著名小说家。1967年毕业于清华大学附属中学。1969年到陕西延川插队落户。1972年因病致瘫，转回北京。1974年到1981年在北京某街道工厂做工。1979年发表第一篇小说《法学教授及其夫人》，1983年加入中国作家协会。小说《我的遥远的清平湾》《奶奶的星星》分别获得1983年、1984年全国优秀短篇小说奖。还著有长篇小说《务虚笔记》，短篇小说《命若琴弦》，散文《我与地坛》等。

● 榜样故事

他坐上轮椅已经三十多个年头，写作生涯已二十多年；他用150万字的小说、散文和剧本讲述了关于病痛、死亡、生命的思考。曾经有一个评论家说："他是最爱笑的作家。"这就是北京作家史铁生。有人说，史铁生是当代中国最令人敬佩的作家之一，他的写作与他的生命完全同构在一起。他用残缺的身体，说出了最为健全而丰满的思想。他体验到的是生命的苦难，表达出的却是明朗和欢乐。

对于自己瘫痪的事实，史铁生说："我也是第一次面对这样的灾难，但是心里很平静，这可能是因为我已经很习惯面对死亡，自然不觉得可怕。这些并没有从根本上改变什么，该怎样生活就怎样生活，人要乐观一点。命运对我非常善待。"

人家让他拜佛，他不拜。因为，佛不能使他瘫痪的双腿站立起来，如果佛要人"拜"才肯保佑人，那就不能称其为佛。他认为佛的本义是"觉悟"，这是一个动词。觉悟了，人生就豁达了。

人家让铁生算命，他不算。他认为如果命好就不用算了，"好"自会来；如命不好，更不必算，活一天就高兴一天，就不必天天担心前程险恶，不必担心步步逼近那灾难，整天战战兢兢！自称高人的人说算命能"为你避灾"，铁生也不信，因为那就是命运无定了，既然是有变数的，又怎么能算得准？还算它干什么？还是那句话，人要乐观点，管它前程似锦，还是道路崎岖呢！

史铁生最了悟人生，最豁达，也最真诚。因为身体的残疾，他曾一度悲痛欲绝，但当他终于觉悟到无差别便不成为世界时，他便坦然"接受"了残疾的身体，"接受"了自己与别人的差别，并努力做一个精神上的健康人。

"苦难消灭自然也就无可忧悲，但苦难消灭不了一切"。人万不可追求绝对的公平、永远的利益以及完全无忧无虑的所谓"幸福"，没有遗憾的人生——这才是真正的人生。

● 妙语点睛

"经受痛苦，所以乐观"。这是史铁生自己的信条。乐观地接受现实，乐观地看待未来，才能看到美丽的人生。

身残志坚

——张海迪的乐观故事

● 榜样人物

张海迪（1955— ），生于济南，5岁时因患脊髓血管瘤，造成高位截瘫，胸部以下失去知觉。虽然没有机会走进校门，却自学了小学、中学全部课程，大学英语、日语、德语、世界语，并攻读了大学和硕士研究生的全部课程。是山东省作家协会创作室一级作家，中国残疾人联合会副主席、中国作家协会全国委员会委员，山东省作家协会副主席。被誉为"当代保尔"。先后翻译了《海边诊所》《丽贝卡在新学校》《小米勒旅行记》《莫多克——一头大象的真实故事》等，代表作品主要有：《向天空敞开的窗口》《轮椅上的梦》《生命的追问》。

● 榜样故事

不到6岁的张海迪突然得病了。医生检查的结果让张海迪的父母大吃一惊，妈妈的耳边一直不断地回响着医生的话："这孩子有可能终生不能行走了！"这怎么可能呢！多么活泼、聪明、好动的女儿呀！怎么能得这种病呢！可是现实证明了这个残酷事实。于是，妈妈忍住泪水对海迪说："孩子，医生让你吃什么药你就吃，好吗？打针你也不要怕疼！"懂事的海迪看着妈妈，似乎感觉到了什么，就坚定地说："妈妈，我不怕疼！"听了这话，妈妈的鼻子一酸，紧紧搂住了海迪。

海迪得的是脊髓血管瘤，病情反复发作，非常难治。5年中，她被迫做了3次大手术，脊椎板被摘去6块，最后高位截瘫。这样，原本活泼好动的海迪，病后只能整天卧在床上。

看着伙伴们高高兴兴地跳皮筋儿，背着书包去上学，海迪简直就要被痛苦压碎了。听说了海迪的不幸后，过去的小伙伴们常常来看她，给她讲学校里的事。她们经常一起畅谈理想。有一次，一个小伙伴问她："海迪，你长大了想做什么？"她回答说："我想当一名医生，让每个不能行走的孩子都站起来！"

尽管小伙伴们的爱给了海迪很多鼓舞，可她们毕竟不能总陪着自己，爸爸妈妈也要上班，海迪只能一个人被锁在家里。在屋子里待久了，海迪就会觉得心烦，心事也越来越重。为了不让她感到太孤单、寂寞，爸爸给她买来了收音机，妈妈给她订阅了《小朋友》，妹妹一步不离地陪伴着她。许多叔叔阿姨舍不得花钱给自己的孩子买玩具，但看望海迪时，总是想方设法给她带来新奇的礼物。海迪怎么也数不清关怀、帮助、照顾过她的人到底有多少。可是这些都不能使她摆脱孤单寂寞带来的苦恼。

海迪从7岁起，一连4次报名上学都没有去成。最后爸爸妈妈决定由他们在下班后亲自教，海迪就在床上铺开了课本。她躺在床上，腰腿僵硬，脚背直伸。如果能使支配肌肉的神经松弛下来，使下肢稍稍屈伸，她就能坐起来了。在爸爸妈妈的帮助下，她天天捶腿肌，用力搬下肢。胳膊每用一次力，肋间神经就钻心地疼。她吞下两倍的止疼药，硬是咬着牙关按、摸、捶。有时让妈妈帮忙。妈妈舍不得用力，她就不高兴；妈妈用力了，她送给妈妈的是挂着汗珠的笑脸。僵硬的腿脚终于软化了。当她能倚着被子坐一会儿，或挣扎着用胳膊支撑着趴在桌子上时，她惊喜万分。病痛退一分，海迪就向前跨上一大步。"别人能会的，我也要会。"海迪经常对自己这样说。

海迪特别爱学习，但手术造成的肋间神经痛时时折磨着她娇小的身躯。有时，她实在感到疲倦，连作业都无力完成，就对妈妈说："这些作业我明天再做行吗？"妈妈却郑重地对海迪说："今日事今日毕！"听了妈妈的话，海迪明白，学习是自己的事，绝不能拖拉，就在心里告诉自己说："我要像在学校里的孩子一样，每天按时完成作业！"

尽管海迪非常有决心，但疾病却是无情的。每当病痛折磨她时，坚强的海迪没有流泪，疼得实在厉害时，为了分散注意力，她就猛揪自己的辫子，打算用一种疼痛来代替另外一种疼痛。渐渐地，她揪下来的头发，都能编成一条辫子了。她忍受了多么大的痛苦啊！

除了语文，海迪对别的功课也非常用心，一点儿也不肯浪费时间。在整个童年，她以顽强的毅力，认真学习，始终用心对待每一个字，每一行句子，并自学了小学、中学的全部课程，实现了"轮椅上的梦"。用海迪自己的话说，她没有愧对自己的童年，也没有愧对那些美好的光阴。

1970年，全家人搬到了山东聊城莘县，开始了农村生活。在那儿，经常会有一群孩子跑过来，围到张海迪身边，抢着问这问那。

孩子们都愿意推张海迪出去散步，到田野玩。有一次来到野外的孩子们像脱了缰的野马一样，飞快地跑着，跳着。由于推得太快，轮椅突然倒在地上，张海迪的胳膊被摔破了，可她却还和孩子们一起哈哈大笑。长了这么大，张海迪还是第一次体验到自然的广大和真正的欢乐。

一次，一个孩子对张海迪说："海迪姐，要是用我的腿换上你的腿就好了！"听了这话，张海迪感激地望着那个孩子，忍不住哭了。

● 妙语点睛

不要因为身残就向命运低头，而要以一种昂扬向上的乐观心智去生活，去学习，不把自己看作是弱者，而是把自己当作弱者的敌人，让不幸远离自己。

与灰色绝缘的阳光女孩

——桑兰的乐观故事

● 榜样人物

桑兰（1981— ），浙江宁波人，原国家女子体操队队员。1993年底进入国家队。曾在全国性运动会上获得跳马冠军。1998年7月代表中国去美国参加第四届友好运动会，比赛时不幸从跳马上摔下，因脊椎严重受挫而瘫痪。曾获美国纽约长岛纳苏郡体育运动委员会颁发的第五届"勇敢运动员奖"。代表中国残疾人艺术团赴美演出。接受北京奥申委员会的邀请，成为北京2008年奥运会申奥"形象大使"。第三届中国特殊奥林匹克运动会"爱心大使"。星空卫视《桑兰2008》电视节目主持人。雅典圣火中国地区火炬手之一。

● 榜样故事

1998年7月21日，桑兰在美国举行的世界友好运动会女子跳马决赛试跳中脊椎受重伤。17岁，是一个运动员的黄金年龄，也可以说是人一生之中的黄金阶段。但是，一次意外的事故却使她永远不能再参加比赛，甚至永远不能再站起来了。

现在的桑兰依然在坚持着康复训练，虽然在机能上没有什么改善，可她始终没有懈怠过，这种绝不放弃的精神也恰恰是年轻的桑兰最吸引人的魅力。那场几乎让人无法接受的意外对于青春的天空正涂满着玫瑰色的少女来说，是让人绝望的，可桑兰从这场灾难中坚强地"站"了起来，"外人的帮助只能是一种辅助，能够一直支持着自己的只有自己，自己的心态，自己怎么去看待遇到的每一件事。乐观的心态是支持我的源泉。"虽然桑兰说得很轻松，但这些年的艰辛又有几人能体会呢？"生活中遇到的困难太多了，我自己都记不清楚了。任何一件事对我来说都是困难和挫折远远大于成功和喜悦，那恐怕是正常人很难想象的，所以，我每天都在面对困难，都在战胜困难。虽然我不一定每次都能胜利，但我会始终从正面去面对！"她以惊人的毅力，坚韧不拔的拼搏精神战胜病魔，重新鼓起了生命的风帆。现在，桑兰以顽强的毅力学会了使用电脑，英语会话，使自己成为对社会有用的人。

在未名湖畔经营着自己多彩青春的桑兰像很多同学一样，每天都在上课、做作业、泡图书馆、上网，尽管都要带着支架，但她用网络聊起天来也是个好手，"她们都说我速度不错！"桑兰总是骄傲地说。

桑兰在"星空卫视"主持一档《桑兰2008》的体育节目，她把这一切都看作是自己"奥运冠军梦想"的延续。因为她希望能在自己跌倒的地方勇敢站起来，换一个角度再次亲近她最爱的体育运动。

● 妙语点睛

一个妙龄女孩，不幸能折断她的躯体，却对她的意志无能为力，靠的是乐观向上的精神。她无论是作为体操冠军，还是一名普通的新闻工作者，都是生活的强者。

在磨砺中成长

——洪战辉的乐观故事

● 榜样人物

洪战辉（1982—　），出生在河南省周口市西华县东夏镇洪庄村。读高中时，洪战辉就把和自己并没有血缘关系的妹妹带在身边，一边读书一边照顾年幼的妹妹，靠做点小生意和打零工来维持生活，并把妹妹带到自己上大学的异地上学。2005年被评为"感动中国十大人物"之一。

● 榜样故事

1997年东夏镇中学考上河南省重点高中西华一中的只有3个学生，洪战辉就是其中之一。他接到录取通知书后，马上收拾好行李准备出去打工，挣钱读书，还要养家。精神时好时坏的父亲当时清醒地用家里的一袋小麦口粮换了50元钱，颤抖着递给洪战辉，眼含热泪，愧疚地对他说："娃儿呀！爸对不起你！考上了学却没钱上……"

洪战辉怀揣50元钱，只身一人出外打工。由于自己长得又瘦又小，因此很难找到工作。可是洪战辉没有放弃，他的遭遇引起了一个建筑工地小工头的同情。在软磨硬泡了两三天后，那个工头就在自己装雨棚的工地上，给了洪战辉一份传递钉枪的工作。洪战辉拼命地干活，一个暑假，他挣了七百多元钱。这年9月1日，洪战辉终于按时到西华一中报到了。

来到县城读书后，一切开支都大了起来，而且高中的学习压力也远大于初中。但是洪战辉知道，如果失去了经济来源，父亲的病情好转、弟弟和妹妹的生活以及自己美好的理想都会化为泡影，打工挣钱成了洪战辉繁重学业之外最大的任务。

于是洪战辉开始做起了商品推销。高中生在校园搞推销是被人瞧不起的，甚至引起了一些师生的反感。一次在推销商品的时候，一位老师毫不留情地将洪战辉赶出教室，并且说了一些让洪战辉很伤心的话语。洪战辉没有辩解，忍住泪水，默默地离开了。

洪战辉边挣钱、边学习、边照顾小妹妹，还得定时给父亲送药。这种日子持续了一年多，在洪战辉上高二的时候，父亲的精神病突然又犯了。父亲住院需要照顾、用钱，为了借钱，洪战辉几乎找遍所有的亲朋好友，可是跑了两天才借来四十多元钱。

生活的压力、家庭的现状迫使洪战辉不得不辍学。高二时，洪战辉挥泪告别了校园。

2003年6月，断断续续读了5年高中的洪战辉，终于迈进了高考考场。高考成绩公布后，洪战辉以490分的成绩被湖南怀化学院录取。

● 妙语点睛

当他还是一个孩子的时候，就对另一个更弱小的孩子承担起了责任，就撑起了困境中的家庭。正是他的乐观、友善、勇敢和坚强，让他战胜了逆境，并且过早地开始收获生活。他在贫困中求学，在艰辛中自强。他看起来文弱，但是在精神上，却从来都是强者。

微笑面对厄运

——荷马的乐观故事

● 榜样人物

荷马（约公元前10—前9、8世纪），古希腊盲诗人。相传记述公元前12—前11世纪特洛伊战争及有关海上冒险故事的古希腊长篇叙事史诗《伊利亚特》和《奥德赛》，是他根据民间流传的短歌综合编写而成。

● 榜样故事

公元前870年，荷马出生于希腊境内小亚细亚的一个世袭贵族家庭，从小就受到了良好的教育。在他无忧无虑的幼年时期，最倾心的是自然山水和神庙建筑。

然而，幸运女神并没有一直垂青这个孩子。就在他风华正茂的少年时代，小亚细亚城邦发生了一场可怕的瘟疫，整整持续了半年多的时间，夺去了一批又一批患者的生命。小荷马也不幸染上了瘟疫，父母为他请来了最好的医生悉心诊治。虽蒙命运垂青，保住了小荷马的生命，但他那双明亮的眼睛却永远地失明了。

"厄运是一座深不可测的宝藏，越往里走，越璀璨夺目。"在母亲的鼓舞和教诲下，小荷马开始迎接厄运的挑战，对厄运报以乐观的态度，朝气蓬勃地投入了新的生活。

有一天，小荷马的母亲请来了一位会弹竖琴的行吟诗人，为他弹唱古代英雄的故事。这位行吟诗人的表演达到了炉火纯青的境界，小荷马被优美的琴声和悲壮的故事感动得流下了热泪。他当即请求母亲将这位行吟诗人留在家里，教自己吟诗弹琴，母亲满怀希望地答应了小荷马的请求。

通过3年的刻苦学习，聪慧的小荷马已经比较熟练地掌握了弹琴的技巧，并且学会了用诗歌来吟唱故事。由于他的琴声和歌声都极其富有魅力，很快就引起了人们的关注。但为了吟唱诗歌和搜集古老的故事，年仅17岁的荷马毅然决定远行。

从此，他在黑暗的世界中冒险前行，风餐露宿，历尽千辛万苦，几乎走遍了整个希腊的大地。后来在广泛收集民间故事的基础上，荷马凭借自己丰富的想象力和非凡的文学才华，创作出了两部史诗——《伊利亚特》和《奥德赛》。这两部永留青史的辉煌史诗，后来被公认为是希腊文学的源头，对世界文学的发展产生了深远的影响。

● 妙语点睛

厄运和挫折是魔鬼，也是天使。要在厄运和挫折中赶走魔鬼、拥抱天使，最重要的美德就是乐观。盲人荷马的乐观，让他创作出两部永留青史的辉煌史诗。从某种程度上而言，决定荷马成功的诸多因素中，再没有什么比乐观更可贵的品质了。乐观几乎让人战无不胜，即便对手是冷酷的大自然。

听不见声音的乐圣

——贝多芬的乐观故事

● 榜样人物

路德维希·凡·贝多芬(1770—1827)，出生于德国波恩的平民家庭，德国最伟大的音乐家、钢琴家，维也纳古典乐派代表人物之一，与海顿、莫扎特一起被后人称为"维也纳三杰"。贝多芬集古典音乐的大成，同时开辟了浪漫时期音乐的道路，对世界音乐的发展有着举足轻重的作用，为人类留下了许多无价的音乐宝藏，因此，世人尊称他为"乐圣"。他创作了大量充满时代气息的优秀作品，如《英雄》《命运》《哀格蒙特》《悲怆》《月光曲》《暴风雨》《致爱丽丝》等。

● 榜样故事

贝多芬26岁开始感到听觉日渐衰弱，但是直到1801年，当他确信自己的耳疾无法医治时，才把这件事情告诉自己的朋友。这对他来说是个很残酷的打击，为了怕被人发觉他耳聋，贝多芬逐渐离群索居，变得越来越孤僻。这时，他正与一名少女朱丽叶塔·古奇阿帝相恋。朱丽叶塔·古奇阿帝是伯爵的女儿，比贝多芬小14岁，两人真诚相爱。因门第的巨大差距，伯爵使用各种办法加以阻挠，迫使两人分开。贝多芬在遭受这一沉重打击之后，把由封建等级制度造成的内心痛苦和强烈悲愤全部用在钢琴曲的创作之中。著名的十四号钢琴奏鸣曲《月光》就是贝多芬为自己心爱的人所创作的，是纪念他们相恋的作品。

1802年贝多芬迁到离维也纳车程一小时的海利金宁静村庄作曲，他在那里完成了第二号交响曲。但耳疾恶化使他痛苦万分，感情和身体上的折磨几乎要压垮这位音乐家，因而他写下了海利根施塔特遗书，陈述着自己的悲惨遭遇与不幸。正当他苦恼彷徨的时候，康德的哲学观使他重建了信心。对艺术和对生活的爱也使他战胜了个人的苦痛和绝望——苦难变成了他创作力量的源泉。于是他重新振作回到维也纳，开始埋头于音乐创作之中，以此为乐并创作出一批批不朽之作。就是在这样一个人生的低谷时期，开始创作他的乐观主义的《英雄交响曲》。《英雄交响曲》标志着贝多芬精神面貌的转机，同时也标志着他创作的"英雄年代"的开始。他的创作集中体现了他那巨人般的性格，反映了那个时代的进步思想，它的革命英雄主义形象可以用"通过苦难走向欢乐；通过斗争获得胜利"加以概括。

● 妙语点睛

身体上的残疾并不可怕，可怕的是精神上的残疾。不要因为身体残疾就失去对生活的信心，要用一颗坚强与乐观的心，成就一番事业，造就自己辉煌的人生。

生命的奇迹

——海伦·凯勒的乐观故事

● 榜样人物

海伦·凯勒(1880—1968)，出生于亚拉巴马州北部一个叫塔斯喀姆比亚的城镇。是美国盲聋女作家和残障教育家。她在很小的时候因为一次重病被夺去了视力和听力，接着，又丧失了语言表达能力。她以顽强的毅力和乐观的精神坚持学会读书和说话，并开始和其他人沟通。并且以优异的成绩毕业于美国拉德克利夫学院，成为一个学识渊博，掌握英、法、德、拉丁、希腊五种文字的著名作家和教育家。主要作品有：《假如给我三天光明》《我的生活》《我的老师》等。

● 榜样故事

海伦·凯勒好像注定要为人类创造奇迹，或者说，上帝让她来到人间，是向常人昭示着残疾人的伟大。一场突如其来的大病，夺走了她的眼睛、耳朵和那一张灵巧的嘴。从此，她坠入了一个黑暗而沉寂的世界，陷进了痛苦的深渊。

1887年3月3日，对海伦来说这是个极重要的日子。这一天，家里为她请来了一位教师——安妮·莎莉文小姐。安妮教会她写字、手语。当波金斯盲人学校的亚纳格诺先生以惊讶的神情读到一封海伦完整地道的法文信后，这样写道："谁都难以想象我是多么地惊奇和喜悦。对于她的能力我素来深信不疑，可也难以相信，她通过3个月的学习就取得这么好的成绩，在美国，别人要达到这程度，就得花一年工夫。"这时，海伦才9岁。

然而，一个人在无声、无光的世界里，要想与他人进行有声语言的交流几乎不可能，因为每一条通道都已紧紧关闭。但是，海伦是个奇迹。她竟然一步步从地狱走入天堂，这段历程的艰难程度超出常人的想象。她学发声，要用触觉来领会发音时喉咙的颤动和嘴的运动，而这往往是不准确的。为此，海伦不得不反复练习发音，有时为发一个音一练就是几个小时。失败和疲劳使她心力交瘁，一个坚强的人竟为此流下过绝望的泪水。可是她始终没有退缩，夜以继日地刻苦努力，终于可以流利地说出"爸爸""妈妈""妹妹"了，全家人惊喜地拥抱在一起，连她心爱的那只小狗也似乎听懂了她的呼唤，跑到跟前直舔她的手。

海伦把一生献给了盲人福利和教育事业，赢得了全世界人民的尊敬。联合国还曾发起"海伦·凯勒"世界运动。1968年6月1日，海伦·凯勒——这位谱写出人类文明史上辉煌生命赞歌的聋哑盲学者、作家、教育家，告别了人世。然而，她那不屈不挠的乐观精神，她那带有传奇色彩的一生，却永远载入了史册。正如著名作家马克·吐温所言：19世纪出现了两个了不起的人物，一个是拿破仑，另一个就是海伦·凯勒。

● 妙语点睛

时隔100年后，当我们穿越悠长的时间隧道，回眸凝视这位度过了87年无光、无声的孤独岁月的弱女子，我们不由得惊叹：生命的奇迹就是这样创造的，只有不屈不挠地与命运抗争的人才能创造生命的奇迹。

戏里戏外的"喜剧"

——卓别林的乐观故事

● 榜样人物

卓别林（1889—1977），著名电影表演艺术大师、导演、制片人。幼年丧父，曾在游艺场和巡回剧团卖艺或打杂。1913年，随剧团去美国演出，被美国导演M·塞纳特看中，从此开始了他的电影生涯。1914年2月28日，头戴圆顶礼帽、手持竹手杖、足蹬大皮靴、走路像鸭子的流浪汉夏尔洛的形象首次出现在影片《阵雨之间》中。1952年，他受到麦卡锡主义的迫害，被迫离开美国，定居瑞士。1972年，美国隆重邀请卓别林回到好莱坞，授予他奥斯卡终身成就奖，称他"在20世纪为电影艺术作出了不可估量的贡献"。

● 榜样故事

卓别林是黑白片时代世界上最著名的喜剧演员，生活中的卓别林也是非常搞笑的。

有一天，卓别林从电影场拿到了自己的片酬，拎着一大包钱回家。这时天已经黑了，从电影场到卓别林的家要路过一段漆黑的小路，路边没有路灯。当时微风吹着树叶，月黑风高。卓别林拎着这包钱，拄着拐棍往前走，心里嘀咕着可千万别碰到劫匪。

越怕什么就越来什么，就在卓别林马上走出这条路的时候。突然从一棵树后蹿出来一个彪形大汉，手里拿着一把手枪说："此山是我开，此树是我栽，要从此路过，留下买路财。"

卓别林一看，好家伙，真碰到劫匪了。他马上说："大哥呀，你千万不要开枪，钱我这里有，但是这钱是我们老板的，不是我的，你行行好，你给我的帽子上来两枪，打两个洞，我回去也好和老板交代。"劫匪一听，反正钱给我，开两枪就开两枪。于是他照着卓别林的帽子就是两枪。卓别林把帽子摘下一看，不错不错，又把帽子戴上了。

卓别林又说："大哥，您再给我衣服上两枪，这样才显得真。"劫匪一想，行，那就再给你衣服上来两枪。于是啪啪又给了衣服上两枪。

卓别林一看，挺好挺好，又说："麻烦您再给我裤子上来两枪，这样就更像了。"这时劫匪有点烦了，说："你这个人真麻烦。"于是又啪啪给他的裤子上开了两枪。卓别林又说了："要不然您再给我胳膊两枪，这样见点血就更真了。"这时劫匪有点忍无可忍了："你这个胆小鬼，怎么这么多事呀！"拿枪照着卓别林的胳膊咔咔两下，但是没响，原来枪里没子弹了。正在劫匪愣神的时候，卓别林一看傻小子没子弹了，于是抬腿就跑，一边跑还一边和劫匪说："回头见，下次您多带点子弹。"

卓别林以他的讽刺喜剧艺术名震影坛，模仿他的人也多起来了。某公司特别举办了一次比赛会，看看谁最像卓别林，并请了一些研究卓别林的专家担任裁判。

卓别林听到这个消息，也赶来参加比赛。但是评判结果，他却屈居第二。

发奖的那一天，公司邀请真卓别林前来讲话。卓别林回信说："世界上只有一个卓别林，那就是我。为难的是，应该尊重评论家的意见，我既被评为第二名，还是请第一名讲话吧。"

有一天，卓别林来到了一个偏远的小镇，他忽然觉得自己该理发了，据当地人介绍，由于这个小镇很偏僻，只有两家理发店，每家店只有一个理发师，至于到哪家店就由他自己决定吧。

于是，卓别林走进了第一家理发店，一看不禁皱了皱眉，原来这个理发店房子小，座椅旧，地上还有不少头发渣，最糟糕的是那个理发师自己的头发非常难看，该长的地方很短，该短的却又很长，既像个麻雀窝，又像是被老鼠刚啃过似的。于是卓别林退了出来。

他走进了第二家理发店。这儿的情况可大不一样，房子宽敞明亮，座椅是弹簧垫子，店内地上非常干净，再看这理发师的头发，端端正正、大大方方的……这时，你一定认为卓别林会在这家理发店理发了。错啦！卓别林想了想，又返回到第一家去理发了。

是第一家理发店价格便宜吗？不是。是卓别林喜欢自己理成"麻雀窝""老鼠啃"吗？更不是。那么是什么原因呢？原来是卓别林在想，小镇这么偏远，只有两家理发店，就此可以推断：第一家理发师的"麻雀窝""老鼠啃"的头发就是第二家理发师理的。另外，从第一家理发店的地上撒满的头发渣也可以说明顾客很多，也就是理发师的技术与服务肯定比第二家好。

在一次会议中，卓别林一直在用手拍着围绕他头部飞来飞去的苍蝇。后来，他找到一把苍蝇拍，拍了几次都没有拍着。最后，一只苍蝇停留在他的面前，卓别林拿起拍子，准备狠狠地一击。突然，他不拍了，眼睛盯住那只苍蝇。有人问他："你为什么不打死这只苍蝇呀？"他耸耸肩膀说："它不是刚才侵犯我的那只苍蝇！"

1926年，爱因斯坦来到美国加利福尼亚州讲学。他忽然产生一个奇怪的念头：非常想见见当时红遍天下的电影演员、滑稽大师卓别林先生。卓别林一边迈着他那八字脚步，一边寻思："这个大科学家为什么要见我呢？他想要干什么？莫非要研究我身上有什么相对论的奥秘之处？这个相对论的发现者是个什么样的人呢？"在环球电影制片厂的一个客厅里，他们终于见面了。

卓别林准备了丰盛的晚餐，以家宴的形式招待了这位伟大的科学家。

在这个家庭宴会上，卓别林作为一个艺术家，不知为什么居然对相对论产生了浓厚的兴趣。卓别林对于相对论那深奥的理论感到新奇，但突然又把兴趣集中在这样一个问题上："相对论是怎么在博士的头脑里产生的？你怎么想起发明相对论的呢？"卓别林滑稽的眼光落在爱因斯坦的脸上，他一定要当场问个明白。

"还是让我来说说发现相对论那天早晨的情况吧。"爱因斯坦夫人看了看不知所措的教授，然后讲述了人类科学发生转折的那天早晨的情景："博士和往日一样，穿着他的睡衣从楼上走下来用早餐，但是那天他几乎什么东西也没吃。我以为博士不太舒服，便问个究竟，他说：'我有一个惊人的想法。'他喝完了咖啡，就走到钢琴前，开始弹钢琴。他时而弹几下，时而停一会儿，又记下了一些什么东西，然后他又说：'我有一个惊人的想法，一个绝妙的想法！'我说：'你究竟有什么想法呀？你就讲出来吧，别叫人闷在葫芦里啦。'他说：'这很难说，我得把它推导出来。'博士又继续弹钢琴，有时停下来用笔写些什么。大约经过半个小时，然后回到楼上的书房里，并告诉我，别让人来打扰他。从此，他在楼上一待就是两个星期，每天叫人把饭菜送上楼去，黄昏的时候，他出去散一会儿步，活动活动，然后又回到楼上去工作了。一天，教授终于从他的书房里走下来了，他面色苍白。'喏，就是这个。'他对我说，一面把两张纸放在桌上，那就是举世闻名的'相对论'。"

卓别林听得有些发呆了，"当啷"一声，不由自主地把手里的刀叉扔到盘子里，两只手合起来快速地搓了几下，眼珠子在眼眶里用力转了几圈，然后对爱因斯坦说道："爱因斯坦先生，你的确是位艺术家，是浪漫主义艺术家。从今天起，就从今天起，你将成为我艺术生涯的朋友！"

● 妙语点睛

很多事情很可笑，但未必就是幽默。有个定义是这么下的：使人一看就发笑的，是笑话；使人想了一下才笑的，是幽默。笑话使我们发笑是因为我们看到了愚蠢，而幽默使我们发笑则因为我们体验到了智慧。那个头戴圆顶礼帽、手持竹手杖、足蹬大皮靴、走路像鸭子一跛一跛的卓别林渐行渐远，但镌刻在人们心目中的艺术形象却永远不朽。喜剧大师卓别林留给我们的不仅仅是捧腹，还有回味。

绝境重生

——霍金的乐观故事

● 榜样人物

史蒂芬·霍金（1942— ），当代享有盛誉的伟人之一，被称为在世的最伟大的科学家，当今的爱因斯坦。他在统一20世纪物理学的两大基础理论——爱因斯坦的相对论和普朗克的量子论方面走出了重要一步。1989年获得英国爵士荣誉称号。他是英国皇家学会会员和美国科学院外籍院士。在黑洞和宇宙论的研究上获得重大成就。主要著作有：《时间简史续编》《霍金讲演录——黑洞、婴儿宇宙及其他》《时空本性》《未来的魅力》《果壳中的宇宙》等。

● 榜样故事

霍金生于1942年1月8日，那天刚好是伽利略逝世300周年纪念日之时。霍金少年时代就下定决心要从事物理学和天文学的研究。17岁那年，他就获得了自然科学的奖学金，顺利进入牛津大学。学士毕业后他转到剑桥大学攻读博士，研究宇宙学。

不久他发现自己患上了会导致肌肉萎缩的卢伽雷病——"肌肉萎缩性脊髓侧索硬化症"。医生对他说："得了这种病的人最多不会活过两年!"医生的这些话无异于给自己宣判了死刑，面对这些，霍金绝望了。起初他打算放弃理想，但后来病情恶化的速度减慢了，他便重拾信心，排除万难，从挫折中站起来，勇敢地面对这次不幸，继续潜心于研究。

霍金全身只有3个手指会动，但他只能通过一个手指来"说"。他的秘书曾私下对别人讲，他写一篇一小时的演讲稿需要三天的时间，打一段话需要近一个小时。

几年下来他克服了种种困难！20世纪70年代，他和彭罗斯证明了著名的奇性定理，并在1988年共同获得沃尔夫物理奖。他还证明了黑洞的面积不会随时间减少。1973年，他发现黑洞辐射的温度和其质量成反比，即黑洞会因为辐射而变小，但温度却会升高，最终会发生爆炸而消失。

霍金虽然身体的残疾日益严重，但霍金却力图像普通人一样生活，完成自己想做的任何事情。他甚至是活泼好动的——这听起来有些好笑，在已经完全无法移动之后，他仍然有唯一可以活动的手指驱动着轮椅在前往办公室的路上"横冲直撞"。当霍金与查尔斯王子会晤时，他通过旋转自己的轮椅来炫耀，结果轧到了查尔斯王子的脚。

霍金一生贡献于理论物理学的研究，被誉为当今最杰出的科学家之一。他凭着坚强不屈的意志，战胜了疾病，创造了一个奇迹，也证明了残疾并非成功的障碍。

● 妙语点睛

谁也无法战胜自己，能够打败自己的只有自己。霍金的魅力不仅在于他是一个充满传奇色彩的物理天才，也因为他是一个令人折服的生活强者。他不断求索的科学精神和勇敢顽强乐观的人格力量深深地吸引了每一个知道他的人。

心灵的通道

——波切利的乐观故事

● 榜样人物

安德烈·波切利，生于意大利拉亚蒂科，是意大利新近升起的男高音新星。他双目失明，却拥有一个好嗓子。波切利从小就对音乐非常敏感。7岁时开始学习钢琴，随后又学长笛、萨克斯管。小小年纪就对歌剧特别感兴趣。

波切利出生在意大利一个叫拉亚蒂科的小村庄，在那里他们家有一个葡萄园。波切利很小的时候就表现出很高的音乐天赋，于是父母在他7岁的时候找来老师教他弹钢琴，随后他又学习吹长笛、萨克斯和弹吉他。

除了练习乐器外，他最喜欢的一件事情就是和小伙伴一起去骑马、踢足球。

在一次学校的足球赛场上，波切利被足球打中了眼睛（从小就患有先天性青光眼，那双眼睛经过20多次手术仍然没有治好）。这次意外，让弱视的他变成了全盲，他陷入了彻底的黑暗中。

世界在一个12岁的少年眼前突然消失，他想不明白自己活着还有什么意思。于是，他陷入痛苦之中，无法自拔，他开始把自己关在家里，不和任何人接触，连话都不说，更不要说弹琴和唱歌，最后他开始用绝食来抗议命运对他的不公……

看着儿子这样，母亲开导他、劝慰他，得到的却是他声嘶力竭的咆哮："这么美的世界，我却再也看不见……这一生，我除了在黑暗中无声无息地死去，还能做什么？我这样活着又有什么意义？"他泪流满面。听到这些，母亲也流下了心酸的泪水。就在这时向来寡言少语的父亲拍了拍波切利的肩膀，附在他耳边说了一句悄悄话，"小家伙，别气馁！这个世界属于每一个人。虽然，你看不见你眼前的世界，但是，你至少可以做一件事：那就是让这个世界看见你！"

母亲没有听清楚丈夫对儿子说了什么，但她惊异地发现儿子的泪水戛然而止。第二天，波切利在失明后第一次摸索着走出了家门，回到了孩子们中间。出门前，他像失明前那样端坐在镜子前，问自己的模样是不是可笑，然后要母亲把他打理得干净利落。从那以后，他开始回到了波洛尼亚盲人学校，靠"点字乐谱"重新学起音乐。他学习非常勤奋，最终以优异的成绩考进了比萨大学法律系。在大学的四年里，他一边学法律，一边勤练吹拉弹唱，并在课余到一家酒吧兼职弹琴唱歌，自己挣钱交学费。

波切利30岁才开始正式学习声乐。他的第一位声乐老师是贝塔里尼；3年后他又随柯莱里学习声乐；帕瓦罗蒂在歌唱技法上也给过他重要的意见："记住要唱得柔和，不要强迫用嗓……"至今他像说话似的唱法就是受到帕瓦罗蒂的启示。

当古典音乐开始像流行音乐一样被更多非古典音乐迷欣赏时，似乎意味着它的品味也滑向通俗，这当然是古典音乐迷所不愿看到的。于是所谓的音乐评论家们开始从技术上分析非古典的歌唱家——波切利，他们认为30岁开始学习声乐的他从嗓音的纯度、美度，到演唱的激情和技巧，都远在许多优秀的男高音之下，他们甚至拒绝把他纳入纯粹男高音歌手的范畴。

不过这丝毫不影响观众对波切利的喜爱，人们还是会在第一次听到他的歌声后就被这个拥有金属般质感、低缓柔和的嗓音所深深地吸引。

"我希望那些听它的人会被感动，体会到我第一次发现这首曲子那种深沉的感情。我希望通过我用心去歌唱给它注入个人色彩。我相信，用心是唯一的方式。"波切利自己如此解释从流行转向古典时他的自信。

这一切也许对一个身体健全的人来说，没有什么值得特别的关注。但是对于波切利这样一个双目失明的人来说，失去了眼神的交流，他只能用心去打动听众。这印证了法国作家安东尼·德·圣·尤伯瑞的话，"心灵是通向世界的唯一窗口"。

● 妙语点睛

不要让身体的不幸影响自己，对于强者来说，自信、乐观是战胜不幸的最有力的武器。

尊师篇

　　老师,是心灵的拓荒者。蒙昧的童心,有了老师的辛勤耕耘,便萌发出春天般的勃勃生机,坚硬了翱翔于未来世界的翅膀。教育是能人和英才的孵化器,而老师则是智慧之光的引路人:一次循循善诱的点拨,可能启动一名未来科学家探根寻底的执着;一次情真意切的赞许,可能激发一名未来艺术家才华四射的灵性;一次满怀期待的鼓励,可能打开一名未来文学家包容万物的胸襟……桃李不言,下自成蹊。不管是就读于大城市的名校,还是曾经发蒙于简陋的村小,这一生最受用不尽的,就是老师在你心中播下的知识的种子。即使你的成就已经令人仰视,也决不能忘记,是你的老师们用坚实的肩膀,托起了你今日的辉煌。

重礼尊师

——孔子的尊师故事

● 榜样人物

孔子（前551—前479），名丘，字仲尼。春秋末期思想家、政治家、教育家，儒家学派的创始人。鲁国陬邑（今山东曲阜东南）人。孔子一生的主要言行，经其弟子和再传弟子整理编成《论语》一书，成为后世儒家学派的经典。孔子是当时社会上最博学者之一，并且被后世尊为至圣（圣人之中的圣人）、万世师表。曾修《诗》《书》，定《礼》《乐》，序《周易》，作《春秋》。孔子的思想及学说对后世产生了极其深远的影响。

● 榜样故事

孔子和他的朋友驾车去晋国。一个孩子在路当中堆碎石瓦片玩，挡住了他们的去路。孔子说："你不该在路当中玩，会挡住车辆！"孩子指着地上说："老人家，您看这是什么？"孔子一看，是用碎石瓦片摆的一座城。孩子又说："您说，应该是城给车让路还是车给城让路呢？"孔子被问住了。孔子觉得这孩子很懂礼貌，便问："你叫什么？几岁啦？"孩子说："我叫项橐，7岁！"孔子对自己的学生说："项橐7岁懂礼，他可以做我的老师啊！"

孔子十分重礼，认为对一般人来说，"不学礼，无以立"（《季氏》）。对统治者来说，"上好礼，则民易使"（《宪问》），"上好礼，则民莫敢不敬"（《子路》）。因此，孔子主张"克己复礼"，要求人们"非礼勿视，非礼勿听，非礼勿言，非礼勿动"（《颜渊》）。但孔子对于礼有自己独特的理解。他曾说"礼云礼云，玉帛云乎哉！乐云乐云，钟鼓云乎哉！"（《阳货》）。孔子的意思是说，礼乐不仅仅是一种形式和节奏，而是有着更为本质的内涵。所谓礼的本质内涵不是别的，正是仁。孔子说："人而不仁，如礼何？人而不仁，如乐何？"

公元前521年春，孔子得知他的学生宫敬叔奉鲁国国君之命，要前往周朝京都洛阳去朝拜天子，觉得这是个向周朝守藏史老子请教"礼制"的好机会。于是孔子征得鲁昭公的同意后，与宫敬叔同行。到达京都的第二天，孔子便徒步前往守藏史府去拜望老子。正在书写《道德经》的老子听说誉满天下的孔子前来求教，赶忙放下手中笔，整顿衣冠出迎。孔子见大门里出来一位年逾古稀、精神矍铄的老人，料想便是老子，急忙跑向前，恭恭敬敬地向老子行了弟子礼。进入大厅后，孔子再拜后才坐下来。老子问孔子为何事而来，孔子离座回答："我学识浅薄，对古代的'礼制'一无所知，特地向老师请教。"老子见孔子这样诚恳，便详细地发表了自己的见解。

回到鲁国后，孔子的学生们请求他讲解老子的学识。孔子说："老子博古通今，通礼乐之源，明道德之归，确实是我的好老师。"同时还打比方赞扬老子，他说："鸟儿，我知道它能飞；鱼儿，我知道它能游；野兽，我知道它能跑。善跑的野兽我可以结网来逮住它，会游的鱼儿我可以用丝条缚上鱼钩来钓到它，高飞的鸟儿我可以用良箭把它射下来。至于龙，我却不能知道它是如何乘风云上天的。老子，就像龙一样！"

● 妙语点睛

孔子的思想是历史的产物，是中国历史文化的重要组成部分，长期以来受到人们赞同，在人与人、人与自然和谐发展方面有着它的历史意义和现代价值。至于孔子的政治、法律、哲学思想更是得到全世界的认可。孔子开创的儒家道德精神与伦理道德逐渐成为引领民众道德生活的文化理念，尤其是"己所不欲，勿施于人"的思想对当今世界上国与国之间、人与人之间的关系有着一定指导意义。

老师的误会

——颜回的尊师故事

● 榜样人物

颜回（前521—前481），字子渊，亦颜渊，孔子最得意弟子。春秋末期鲁国人。为人谦逊好学，他异常尊重老师，对孔子无事不从、无言不悦，以德行著称。自汉代起，颜回被列为72贤之首。此后历代统治者不断追加谥号：唐太宗尊之为"先师"，唐玄宗尊之为"兖公"，宋真宗加封为"兖国公"，元文宗又尊为"兖国复圣公"，明嘉靖九年改称"复圣"。山东曲阜还有"复圣庙"。

● 榜样故事

孔子带领他的学生们周游列国，在去陈国和蔡国的路上被困，一连好几天没吃上一顿饭。

孔子实在忍受不住，只好躺下睡觉，想以此来忘却饥饿。孔子的弟子颜回见老师饿得很，心中十分忧伤，心想，老师上了年纪，怎能经得住这般折磨啊！再不想出办法，怕是要出危险了。颜回也没有什么好办法可想，只好去向人乞讨。这一次真是天不绝人，居然碰上一个好心肠的老婆婆，给了他一些白米。颜回高高兴兴地把米拿回来，急忙洗好倒进锅里，砍柴生火，不一会儿，饭就熟了。

孔子这时刚好醒来，突然闻到一股扑鼻的饭香，好生奇怪，便起来探看。刚一跨出房门，就看见颜回正从锅里抓了一把米饭往嘴里送。孔子又高兴又生气：高兴的是有饭吃了；生气的是，颜回竟然如此无礼，老师尚未吃，他却自己先吃了起来。过了一会儿，颜回恭恭敬敬地端来一大碗香喷喷、热腾腾的白米饭，送到孔子面前，说："今日幸好遇到好心人赠米，现在饭做好了，先请老师进食。"不料孔子一下子站起身来，说："刚才我在睡梦中见到去世的父亲，让我先用这碗白米饭祭奠他老人家。"颜回一把将那碗米饭夺了回去，连忙说："不行！不行！这米饭不干净，不能用它来祭奠！"孔夫子故作不解地问道："为何说它不干净呢？"颜回答道："刚才我煮饭时，不小心把一块炭灰掉到上面，我感到很为难，倒掉吧，太可惜了，但又不能把弄脏的饭给老师吃呀！后来，我把上面沾有炭灰的饭吃了。这掉过炭灰的米饭怎能用来祭奠呢？"

孔夫子听了颜回的话，恍然大悟，消除了对颜回的误解，深感这个弟子是个贤德之人。

● 妙语点睛

颜回聪敏过人，虚心好学，使他较早地体会到孔子学说的精深博大，他对孔子的尊敬已超出一般弟子的尊师之情，亲若父子。

跪拜荆条

——秦始皇的尊师故事

● 榜样人物

秦始皇（公元前259—前210），嬴政，秦庄襄王之子。出生于赵国邯郸（今河北省邯郸市）。中国第一个封建王朝——秦王朝的始皇帝。后人称之为"千古一帝"。自公元前230年至前221年，先后灭韩、赵、魏、楚、燕、齐六国，完成了统一中国的大业，建立起强大的多民族统一的封建大帝国——秦朝，定都咸阳。秦王认为自己的功劳胜过之前的三皇五帝，将大臣议定的尊号改为"皇帝"。

● 榜样故事

秦始皇焚书坑儒，为此而落得个千古骂名，可他尊敬老师的故事却鲜为人知。

那是秦始皇统一六国后，即公元前215年的秋天，他第四次出巡时发生的事。当时，秦始皇在文武群臣的护卫下，乘着车辇，浩浩荡荡地从碣石向东北的仙岛前进。伴随着均匀的马蹄声，秦始皇不觉沉入对往事的追忆中：回想起自己幼年的老师，仿佛就在眼前，虽说严厉，可令人钦敬难忘。我嬴政能有今日，其中也有他的一份功劳呢！他第一堂课讲的就是舜爷赐给我们家的姓。他先分别讲了"亡，口，月，女，凡"，然后再把它们合成一个"嬴"字。第二天就要背写，"老师，这字太难写了。""什么？一个嬴字就难住了，将来秦国要你去治理，难事多着哩，能知难而不进吗？"说着就举起了荆条棍……

可惜自己已多年没见过这位老师，听说他老人家已经去世了。突然，车停了。前卫奏道："仙岛离此不远，请万岁乘马。"于是，秦始皇换乘了心爱的大白马。过不多时，便到了岛上。秦始皇环视渤海，胸襟万里，豪气昂然，更加思绪万千。待到他低头察看眼前后，却突然下马，撩衣跪拜起来。随从的大臣们见此情景，尽管感到莫名其妙，也只好跟着参拜。等秦始皇站起身来，大臣李斯才问他为何参拜。秦始皇深情地说："众位卿家，此岛所生荆条，正是朕幼年在邯郸时老师所用的荆条，朕见荆条，如见恩师，怎能不拜？"后来，人们就把这个岛称为秦皇岛。传说岛上的荆条为秦始皇敬师的精神所感动，皆垂首向下，如叩头答谢状。

● 妙语点睛

秦始皇是中国第一位皇帝，也是皇帝尊号的创立者，同时也是中国皇帝制度创立者，是使中国进入多民族中央集权帝制时代的人。他也使中国第一次完成了政治上的统一，形成了"车同轨，书同文"的局面，为其后各朝代谋求统一奠定了基础。就是这样的人物也时时不忘恩师的教诲。

诚心得军书

——张良的尊师故事

● 榜样人物

张良（？—前186），字子房，汉初三杰之一。传为汉初城父人。先世原为韩国贵族。楚汉战争期间，提出不立六国后代，联合英布、彭越，重用韩信等策略，又主张追击项羽，歼灭楚军，刘邦西入武关后，用计破敌；鸿门宴上帮助刘邦脱离险境；"为汉王请汉中地"；在楚汉战争中"长计谋平天下"，都为刘邦所采纳。汉朝建立，封留侯。

● 榜样故事

张良年轻时，曾计划要刺杀暴君秦始皇，失败后，被悬榜通缉，不得不隐姓埋名，潜藏在下邳，静候风声。一天，张良闲步桥头，遇见一位穿着粗布短袍的老翁，这个老翁走到张良的身边时，故意把鞋掉在桥下，然后傲慢地差使张良道："小子，下去给我捡鞋!"张良愕然，但还是强忍心中的不满，违心地替他取了上来。随后，老人又跷起脚来，命张良给他穿上。此时的张良真想挥拳揍他，但因他已久历人间沧桑，饱经漂泊生活的种种磨难，因而强压怒火，膝跪于前，小心翼翼地帮老人穿好鞋。老人非但不谢，反而仰面长笑而去。张良呆视良久，只见那老翁走出里许之地，又返回桥上，对张良赞叹道："孺子可教矣。"并约张良五天后的凌晨再到桥头相会。张良不知何意，但还是恭敬地跪地应诺。

5天后，鸡鸣时分，张良急匆匆地赶到桥上。谁知老人故意提前来到桥上，此刻已等在桥头，见张良来到，愤愤地斥责道："跟老人约会还会迟到，岂有此理，过5天再早些来见我!"说罢离去。

又过5天后，天还没亮，张良便匆匆地赶到了桥上，可是不知怎么的，他还是比老翁来得晚。老翁这回更不高兴了，只是重复了一遍上回说的话，就拂袖而去了。

这下张良可有点儿急了，又过了5天，他索性觉也不睡了，在午夜之前便来到桥上等着。一会儿老翁来了，见张良经受住了考验，甚至诚感动了老者。于是老者就从袖中拿出一本书，很神秘地说："你读了这本王者之书，就可以做帝王的先生了。10年之后，天下大乱，再过13年，你到济北，可以与我重逢，谷城山下的那块黄石，便是我的化身。"

说罢，飘然而去。这位老人就是传说中的神秘人物：隐身岩穴的高士黄石公。

张良惊喜异常，天亮时分，捧书一看，乃《太公兵法》也。从此，张良日夜研习兵书，俯仰天下大事，终于成为一个深明韬略、文武兼备、足智多谋的"智囊"。

● 妙语点睛

"运筹于帷幄之中，决胜于千里之外"的汉代开国谋臣张良，身居乱世，胸怀国亡家败的悲愤，虚心向人请教，尊师敬师。他为刘邦击败项羽以及汉朝的建立立下了不可磨灭的功劳。官拜大司马之后，辞官归隐，是汉初三杰之一。

教子尊师

——唐太宗的尊师故事

● 榜样人物

唐太宗（598—649），李世民，李渊次子。唐太宗李世民在位23年，使唐朝经济发展，社会安定，政治清明，人民富裕安康，出现了空前的繁荣。由于他在位时年号为贞观，所以人们把他统治的这一段时期称为"贞观之治"。"贞观之治"是我国历史上最为璀璨夺目的时期。

● 榜样故事

唐太宗李世民是我国历史上一个少有的明君，他认为国家要兴旺发达，长治久安，搞好教育是非常重要的，认为教诲太子诸王是当日之急。因此，他给几个儿子选择的老师都是德高望重，学识渊博的人。并且，一再告诫子女一定要尊重老师。

一次，太子的老师李纲因患脚疾，不能行走。怎么办呢？在封建社会，后宫森严，除了皇帝和他的后妃、子女可以坐轿外，其他官员不要说坐轿，就是出入也是诚惶诚恐的。唐太宗知道后竟特许李纲坐轿进宫讲学，并诏令皇太子亲自迎接老师。

后来，唐太宗又叫礼部尚书王圭当他儿子魏王的老师。有一天，唐太宗听到有人反映魏王对老师不尊敬，十分生气，就当着王圭的面批评儿子，说："以后你每次见到王圭，如同见到我一样，应当尊敬，不得有半点放松。"从此，魏王每次见到老师王圭，总是毕恭毕敬，听课也认真了。

由于唐太宗家教很严，他的几个儿子对老师都很尊敬，从不失礼。唐太宗教子尊师的故事也被后人传为佳话。

● 妙语点睛

唐太宗李世民不愧为我国历史上一位伟大的政治家、军事家、战略家、文学家、书法家，影响中华乃至世界进程的杰出人物。他完善科举制度、大力兴办学校、重视教育活动。为中华民族做出了杰出贡献，留下了辉耀千古的丰功伟业及精神财富，因此受到人们的崇敬。正如筑东阳先生所说"他是继孔子之后中国数一数二的伟人"。

程门立雪

——杨时的尊师故事

● 榜样人物

杨时（1053—1135），字中立，号龟山先生，世居南剑州将乐县北龟山。北宋著名学者。从小聪明异常。熙宁九年，中进士第，辞官不去赴任。拜程颢为师，颢死，又拜程颐为师。著有《龟山集》28卷，《文献通考》及《二程粹言》等。

● 榜样故事

宋朝，有一位很有学问的人，名叫杨时。他对老师十分尊敬，一向虚心好学。

杨时学习非常刻苦，后来考取进士，他不愿做官，于是继续访师求教，钻研学问。当时程颢、程颐兄弟俩是全国有名的学问家，杨时先拜程颢为师，学到不少知识。4年后，程颢去世了。为了继续学习，杨时又拜程颐为师。这时候，杨时已经40岁了，但对老师还是那么谦虚、恭敬。

有一天，天空浓云密布，眼看一场大雪就要到来。吃过午饭，杨时想向老师请教一个问题，于是约了同学游酢一起去程颐家。到了程颐家后，守门人对他们说，程颐正在睡午觉。他们不愿打扰老师午睡，便一声不响地站在门外等待。

鹅毛大雪在天空飘舞，凛冽的寒风在呼呼地吹着，顷刻间大地变成了银白色的世界。他们的身上、头上很快就落满了雪。他们冻得浑身发抖，却仍旧站在门外等老师睡醒。

过了好长时间，程颐睡醒了，这才知道杨时和游酢在门外雪地里已经等了很久，便赶快叫他们进屋。

这时候，门外的雪，已经积得有一尺多厚了。

这就是程门立雪的故事。

杨时这种尊敬老师的优良品德，一直受到人们的称赞。由于他能够尊敬师长，虚心向老师求教，学业进步很快，后来终于成为一位全国知名的学者。各地不少人，都不远千里来拜他为师。人们都尊称他为"龟山先生"。

● 妙语点睛

"程门立雪"的故事为尊师重道的佳话。古往今来，尊师重道，已成传统，代代相传。尊师重道，是中华民族传统美德的重要规范。其本质是尊重知识、尊重教育、尊重人才。对青少年进行尊师重道教育，这是人类生存发展和社会文明进步的需要。莘莘学子应不辞劳苦，虔诚拜师。尊师重道在近现代更加得以发扬。

成功不忘恩师

——居里夫人的尊师故事

● 榜样人物

玛丽亚·居里（1867—1934），生于波兰。是法国的物理学家、化学家。世界著名科学家，研究放射性现象，发现镭和钋两种天然放射性元素，一生两次获诺贝尔奖（第一次获得诺贝尔物理学奖，第二次获得诺贝尔化学奖）。作为杰出科学家，居里夫人有一般科学家所没有的社会影响。

● 榜样故事

1903年，居里夫人发现了一种新的物质——镭，这一发现，震惊了全世界。居里夫人成了世界上第一个获得诺贝尔奖奖金的科学家，她享有盛誉，博得了人们的敬仰。可她对自己过去的老师仍然十分尊敬。

居里夫人的法语老师最大的愿望是重游她的出生地——法国北部的第厄普。可是，她付不起由波兰到法国的一大笔旅费，回乡的希望总是那么渺茫。居里夫人当时正好住在法国，她非常理解老师的心情，不但代付了老师的全部旅费，还邀请老师到家里做客。居里夫人的热情接待使老师感到像回到了自己家里一样。

1932 年 5 月，华沙镭研究所建成，居里夫人回到祖国参加落成典礼。许多著名人物都簇拥在她的周围。典礼将要开始的时候，居里夫人忽然从主席台上跑下来，穿过捧着鲜花的人群，来到一位坐在轮椅上的老年妇女面前，深情地亲吻了她的双颊，亲自推着她走上了主席台。这位老年妇女就是居里夫人小时候的老师。在场的人都被这动人的情景所感动，热烈地鼓掌，老人也流下了热泪。居里夫人就是这样，当她成为一个伟大的科学家之后，仍旧没有忘记曾经传授给她知识的老师。

● 妙语点睛

对于居里夫人，我们首先会想到她在科学上的杰出贡献，即她因成功提炼出放射性元素而两次获得诺贝尔奖的卓越成就。但是更令世人钦佩和崇仰的是她那伟大无私又谦虚质朴的高尚品格；她在科学探索中表现出的坚毅刻苦、锲而不舍的顽强精神。

持节篇

　　孟子有言:"穷则独善其身,达则兼济天下。"一个人无论是失意还是得志,都应力所能及地承担应负的责任。不管身处顺境还是逆境,都要坚守心中的道德准则,保持高尚的气节。这是古人对"持节"这一概念最恰当的诠释。

　　杨靖宇为国捐躯是持节,江姐用鲜血染红了国旗依然是持节。"宁为玉碎,不为瓦全"是对持节者再好不过的赞美!

　　"时穷节乃见,一一垂丹青",在艰难困苦的时候,崇高的气节才能显示出来,这种气节永垂青史。

留胡节不辱

——苏武的持节故事

● 榜样人物

苏武（？—公元前60），字子卿。西汉杜陵（今陕西西安）人，代郡太守，苏建之子。早年以父荫为郎，稍后迁为中厩监。天汉元年拜中郎将，奉命持节出使匈奴。因为匈奴内乱被困于匈奴，历经苦难。始元六年返回长安，拜典属国。

● 榜样故事

公元前100年，且鞮刚刚被立为单于，唯恐受到汉的袭击，于是就说："汉皇帝，是我的长辈。"并全部送还了汉廷使节路充国等人。汉武帝赞许且鞮这种通晓情理的做法，于是派遣苏武以中郎将的身份出使，持旄节护送扣留在汉的匈奴使者回国，顺便送给单于很丰厚的礼物，以答谢他的好意。苏武同副中郎将张胜以及临时委派的使臣属官常惠等，加上招募来的士卒一百多人共同前往。

当苏武完成任务，准备回国的时候，适逢缑王与虞常等人在匈奴内部谋反，而汉使张胜也参与了密谋活动，谋反失败。张胜听到这个消息，担心他和虞常私下说的那些话被揭发，便把事情经过告诉了苏武。苏武说："事情到了如此地步，一定会牵连到我们。等着受到侮辱后才去死，更对不起国家！"便想自杀殉国。

单于派卫律召唤苏武来受审讯。苏武对常惠说："丧失气节、玷辱使命，即使活着，还有什么脸面回到汉廷去呢！"说着拔刀自刎，卫律大吃一惊，扶好苏武，派人骑快马去找医生。常惠等人哭泣着，把苏武拉回营帐。单于钦佩苏武的节操，早、晚派人探望、询问苏武，而把张胜逮捕监禁起来。

卫律本是汉臣，投降了匈奴，单于让他来劝降苏武，说："我也是不得已才投降匈奴的，单于待我好，封我为王，给我几万名的部下和满山的牛羊，享尽荣华富贵。先生如果能够投降匈奴，明天也跟我一样，何必白白送掉性命呢？"苏武怒气冲冲地站起来，说："卫律！你是汉人的儿子，却做了匈奴的臣子。你忘恩负义，背叛了父母，背叛了朝廷，厚颜无耻地做了汉奸，还有什么脸来和我说话？我绝不会投降，怎么逼我也没有用。"

匈奴单于见苏武不投降，便把他关在一个阴冷的地窖里。这时候正是隆冬季节，外面下着鹅毛大雪。苏武忍饥挨饿，渴了，就捧一把雪止渴；饿了，就扯一些皮带、羊皮片啃着充饥，这样才免于饿死。

苏武拒不投降，单于又把他流放到北海（今俄罗斯贝加尔湖），单于给了他一群公羊，说要等公羊生下羊羔，才放苏武回去！苏武迁移到北海后，粮食运不到，只能掘取野鼠储藏的野果来吃。他拄着汉廷的旄节牧羊，连睡觉都拿着，以致系在节上的牦牛尾毛全部脱尽。

苏武被扣在匈奴19年后，于汉昭帝始元六年春回到长安。昭帝下令叫苏武带一份祭品去拜谒武帝的陵墓和祠庙，任命苏武做典属国。

● 妙语点睛

苏武用他的睿智，铭记下对大汉忠贞不渝的信念。在漫天风雪中且行且歌，把那光秃秃的旄节升华为一段千古的惊奇，书写了一段铭传千古的悲歌。在大漠黄沙中渐行渐远，与那群枯瘦的羊群定格为一段不朽的历史，挥洒成就一曲可歌可泣的壮丽诗篇。在浮华与坚守之间，北海的苏武，那流放于荒山原野的铁血男儿，用不屈与铮铮傲骨做出了最完美的诠释：忘却富足，成就气节；铭记祖国，造就伟大。

赴汤蹈火　威武不屈

——颜真卿的持节故事

● 榜样人物

颜真卿（708—784），字清臣，京兆万年（今陕西西安）人。唐代杰出书法家，伟大的爱国者。其曾祖、祖父、父亲都工篆隶，母亲殷氏亦长于书法。他创立的"颜体"楷书与赵孟頫、柳公权、欧阳询并称"楷书四大家"。书法作品有138种。楷书有《多宝塔碑》《麻姑仙坛记》等，行草书有《祭侄文稿》《争坐位帖》《裴将军帖》《自书告身》等，其中《祭侄文稿》是在极其悲愤的心情下进入的最高艺术境界，被称为"天下第二行书"。

● 榜样故事

安史之乱使唐朝转向衰落，出现了藩镇割据的局面。代宗死后，他的儿子李适即位，为德宗，但实权却被宰相卢杞把持。卢杞一直对颜真卿的才略和耿直嫉恨。

782年，唐德宗想改变藩镇专权的局面，却引发了藩镇叛乱。其中淮西节度使李希烈兵势最强，他自称天下都元帅，向朝廷进攻，朝野大为震惊。唐德宗找宰相卢杞商量，卢杞欲借机铲除颜真卿，于是说："不要紧。只要派一位德高望重的大臣去劝导他们，不用动一刀一枪，就能把叛乱平息下来。"

卢杞推荐了年老的太子太师颜真卿。这时候，颜真卿已经是70开外的老人了。文武官员听说朝廷派颜真卿到叛镇去做劝导，都为他的安全担心。但是，颜真卿却不在乎，带了几个随从就赶往淮西。

唐朝宗室李勉听到这件事，觉得朝廷将失去一位元老，于是秘密上奏请求留住他，并派人到路上去拦截他，但没有追赶上。

李希烈听到颜真卿来了，想给他一个下马威。在见面的时候，叫他的部将和养子一千多人都聚集在厅堂内外。颜真卿刚刚开始劝说李希烈停止叛乱，那些部将和养子就冲了上来，个个手里拿着明晃晃的尖刀，围住颜真卿又是谩骂，又是威胁。但颜真卿却面不改色，朝着他们冷笑。

李希烈令人退下，接着，把颜真卿送到驿馆里，企图慢慢感化他。

叛镇的头目都派使者来跟李希烈联络，劝李希烈即位称帝。李希烈大摆筵席招待他们，也请颜真卿参加。叛镇派来的使者见到颜真卿来了，都向李希烈祝贺说："早就听到颜太师德高望重，现在元帅将要即位称帝，正好太师来到这里，不是有了现成的宰相吗？"

颜真卿扬起眉毛，朝着叛镇使者骂道："什么宰相不宰相！我年纪快八十了，要杀要剐都不怕，难道会受你们的诱惑，怕你们的威胁吗？"

李希烈没办法，只好把颜真卿关起来，派士兵监视着。士兵们在院子里掘了一个一丈见方的土坑，扬言要把颜真卿活埋在坑里。第二天，李希烈来看他，颜真卿对李希烈说："我的死活已经定了，何必玩弄这些花招。你把我一刀砍了，岂不痛快！"

过了一年，李希烈自称楚帝，又派部将逼颜真卿投降。士兵们在关颜真卿的院子里，堆起柴火，浇足了油，威胁颜真卿说："再不投降，就把你放在火里烧！"

颜真卿二话没说，就纵身往火里跳去，叛将们把他拦住，向李希烈汇报。

785年8月23日，李希烈想尽办法，终没能使颜真卿屈服，就派人将其缢杀，终年77岁。

● 妙语点睛

颜真卿文武双全，横扫燕赵屡建奇功，人如其字，刚正威武有气节。颜真卿的一生，一半是在沙场、在朝廷的错综斗争中度过的。而另一半是在书斋中度过的，他钻研艺术、文学，酷爱书法，这是他一方宁静的天地。

与城池共存亡

——南霁云的持节故事

● 榜样人物

南霁云（712—756），生于魏州顿丘（今河南省清丰县）南寨村。因排行第八，人称"南八"。在平定"安史之乱"中屡建奇功。南霁云青少年时代勤劳能干，喜爱学习，平时收工后总要习文练武。

● 榜样故事

755年冬，三镇节度使安禄山发动了叛乱。带领15万步兵骑兵一路南下，很快攻占了许多地区。巨野（今山东巨野）尉张沼起兵抗敌。他看南霁云善射，拔以为将。南霁云受命到睢阳（今河南商丘南）随唐将张巡守城。

安禄山部将尹子奇带了重兵来攻睢阳城。把睢阳围得铁桶一般，水泄不通。睢阳守军只有几千人，双方力量悬殊。但睢阳守城将士英勇善战，几次打退叛军进攻。双方激战半月余，歼敌两万多人。

一天夜里，张巡叫兵士敲起战鼓，准备出城交战。城外的叛军也摆开阵势，准备交锋。等到天亮，还没见唐军出城。尹子奇见城里静悄悄的，就放松了警惕，命令兵士卸了盔甲休息。叛军将士紧张了一夜，倒地便大睡起来。正在这时，南霁云、张巡等将领每人各带50名骑兵，打开城门杀了出来。叛军没有防备，又被唐军杀了5 000人。

张巡和南霁云总想射杀尹子奇。但是，尹子奇非常狡猾。平时出战，总让几个将领随着，他们穿着一色的衣服，骑着同样的战马，唐军无法辨认出哪个是主将。张巡想出了一个办法。有一次，在两军对阵的时候，张巡叫士兵把一支用野蒿削成的箭射到敌阵里，叛军拾到这支箭，以为城里的箭已经用完了，便去报告尹子奇。

尹子奇把蒿箭接到手里。这一切，南霁云看得清清楚楚，南霁云一箭射去，正中尹子奇左眼。尹子奇大叫一声，跌下马来，南霁云出城拼杀，又打了一个大胜仗。

尹子奇瞎了一只眼睛，恼羞成怒，他回去养了一阵子伤，又带了几万大军，把睢阳围住。城里的守军越打越少，到后来，睢阳守军只剩下1 600人，粮食渐尽。唐军每天只分到一合米，拿树皮、纸张来充饥。

情况越来越危急。为了解救睢阳城，南霁云奉命带领30名骑兵，杀出重围，到临淮（今江苏盱眙西北）向唐将贺兰请求救援，贺兰嫉妒张巡、许远的名声威望和功劳业绩超过自己，不肯出兵援救。贺兰喜欢南霁云的英勇和豪壮，不听他求救的要求，硬要留他下来，大摆酒席，准备歌舞，邀请南霁云入座。南霁云情绪激昂地说："我南霁云来的时候，睢阳城内的人已经有一个多月没东西吃了。我即使想一个人吃，道义上也不忍心这样做，即使吃也咽不下去。"于是抽出随身佩带的刀砍断一个手指，鲜血淋漓，来给贺兰看。满座的人非常震惊，都感动得掉下泪水。南霁云明白贺兰终究不会为自己出兵，就飞马离去了。快要出城的时候，抽出一支箭射向佛寺的高塔，箭射中在塔上，有一半箭头穿进砖里。他说："我这次回去，如果打败了叛贼，一定回来灭掉贺兰！这一箭就作为我报仇的记号。"南霁云离开临淮回到睢阳。被叛军发现，在城下展开了一场血战。张巡出城接应，打开城门，杀退敌兵。把南霁云接应进城。

张巡和南霁云反复商量，认为睢阳是江淮的屏障，为了保卫江淮，应死守睢阳城。城里粮食完全断了，守城兵士就吃树皮，树皮吃完，就杀战马，战马杀光了，只好捉麻雀老鼠吃。

到了最后，全城只剩下400人，尹子奇派兵用云梯爬上城头，城头上的守军饿得连使弓箭的力气都没有了。757年，睢阳城终于陷落。张巡、许远、南霁云等30名将领全部被俘。叛将逼他们投降。把刀架在张巡脖子上，张巡宁死不屈，把叛将痛骂了一顿。叛军威胁南霁云，南霁云没有作声。张巡转过脸来，对着南霁云高声喊道："南八（南霁云排行第八），男子汉死就死，不能在叛军面前屈服啊！"南霁云笑着回答说："我原想要有所作为。现在您说的这话，正合我意，我死意已定。"于是他昂首挺胸英勇就义。

● 妙语点睛

南霁云凛凛正气，不向不义者屈服，宁掉头颅垂青史，不留骂名在人间，可以说是一个堂堂的男子汉大丈夫。正如后人诗云：洒血睢阳谁笑痴？故乡粗豆靡穷期；李唐社稷今何在？不及将军尚有祠！

头可断志不可屈

——史可法的持节故事

● **榜样人物**

史可法（1601—1645），字宪之。河南祥符（河南开封市）人。明末政治家，军事家，民族英雄。崇祯元年进士。历任西安府推官、户部主事、郎中、佥都御史、兵部尚书等职。

● **榜样故事**

1644年，身为南明兵部尚书的史可法一心想打退清军，恢复大明江山。他到扬州后，同士兵们同甘共苦。

1645年，多铎率军南下，一路城镇望风而降。不久，清军到了扬州城，史可法急调防准诸将进入保卫扬州，亲率扬州军民构筑工事迎战。西门最险要，史可法亲自坐守。多铎让一个降将去劝降，被史可法乱箭射走。清军还不死心，后来又5次找来乡民拿着降书去见史可法，史可法看都没看就把它们烧了。史可法对投降变节的败类，最为鄙视。自己早已下定决心：城在人在，城陷人亡。在战事万分紧急的一个深夜，他知道已到了千钧一发的关头，就在灯下给母亲、妻子及其他亲属疾书遗书，表达以死报国的决心。还向其部下史德威说："我无后，愿你为我义子，我矢志与扬州共存亡，活着决不负于国家。"此情此景，令人为之动容。

很快，清军开始攻城。但在扬州军民的顽强抵抗下死伤惨重。可双方实力相差太悬殊，清军终于在第4天以惨痛的代价攻进扬州城。史可法一见大势已去，拔出宝剑便要自杀，被周围几个将士拦下。将士们护着他往外冲，不幸碰上一大批清军，史可法见状大叫："我就是史可法！"清军将史可法押至多铎面前。多铎说："史先生，我过去给你写了许多信，你都没有回音。现在你落到我的手里，是不是可以回心转意了呢？"史可法瞪着眼睛说："我身为大明的臣子，决不会贪生怕死，干背叛国家的事情。"多铎很佩服他的忠肝义胆，又说："你对明朝已经尽了忠心，我们大清也很佩服先生的为人，只要你归顺我……"没等他把话说完，史可法就斩钉截铁地说："我早已下定决心，城亡我亡，决不投降你们。"清将又劝降了3天，史可法依然毫不屈服，最终被杀害。

史可法死后，家人来收殓，可死尸太多，已辨认不出他的遗体，只好将他生前穿过的袍子和用过的朝板埋葬在扬州的梅花岭上。这就是有名的史可法衣冠冢。今天，人们还经常到这里凭吊追念这位爱国英雄。

● 妙语点睛

史可法铮铮铁骨、忠贞为国，捐躯战场的高尚气节永留史册。清代文人张尔为史可法撰写了一副对联："数点梅花亡国泪，二分明月故臣心。"

危难受命　宁死不屈

——阎应元的持节故事

● 榜样人物

阎应元(? —1645)，字丽亨，明末爱国英雄。北京通州人。1644年任江阴典史，因讨伐海盗有功，升任英德(今属广东省)主簿。1645年清攻陷南京，阎应元被江阴人推为抗清首领守城。固守江阴共81日，带伤奋战。城陷后率将士与清军巷战，后投水被执，是夜被清军杀害。

● 榜样故事

清军入关后，迅速南下，一举攻陷南京，活捉南明弘光帝。之后，清廷派出使者招抚南直隶各府县。绝大多数地方都慑于清朝兵威，纷纷投降。清廷以为大局已定，遂颁布剃发令，不料导致江南各地绅民群情激奋，纷纷自发举兵抗清。首先高举义旗的是常州府属的江阴县。

江阴与扬州、嘉定这些重镇相比，不过是一座小小的要塞，全城仅9万人。阎应元被百姓们推举为守城统帅，在24万清寇的大炮、强弩之下，担当起了9万平民百姓的指挥官。在81天的血战中，阎应元与全城百姓同仇敌忾，击毙清寇7.5万余人，其中有3位王爷、18位大将。阎典史几乎使用了三十六计中的所有计谋，诈降、设伏、火攻，草船借箭、装神弄鬼、声东击西、夜袭敌营、城头楚歌，居然连人体炸弹也用上了。阎应元招募志愿老者出城诈降，将炸药放在装银两的木桶夹层中，献纳时引燃导火索，几位须发皆白的老者与清寇玉石俱焚，清寇不得不三军挂孝。

清军把大炮全部搬到花家坝，专打东北城。炮弹入城，穿透洞门十三重，落地深数尺。当日雨势甚急，外用牛皮帐护炮装药，城头危如累卵。城上因敌炮猛烈，见燃火，即躲到围墙后面。炮声过后，再登上城楼。清寇看到这种情况，故意放空炮，并让炮中只放狼烟，烟漫障天，咫尺莫辨。守城者只听炮声霹雳，认为清寇不能很快进入，而不知清寇已潜渡城河，在烟雾中蜂拥而上，众人来不及防御而崩溃。江阴终于被攻陷了。当清寇上城时，一队队民兵对城列阵。清寇怕有埋伏，僵持半日不敢进攻。到黄昏时，城中鼎沸，民兵阵脚散乱，清寇才敢下城。城破之时，阎应元端坐于东城敌楼之上，要了一支笔，在城门上提道："八十日带发效忠，表太祖十七朝人物，十万人同心死义，留大明三百里江山。"题讫，带着千人上马格斗，杀死清寇无数，欲从西门突围而不得。他环顾从者道："为我谢百姓，吾报国事毕矣！"自拔短刀，刺向胸口，投入前湖。义民陆正先想把他从水中救起，正赶上刘良佐遣兵来擒，良佐自称与阎应元有旧，要生擒他，于是清寇把他捞起绑住，没有杀他。良佐踞坐在明佛殿，见应元来了，跳起，两手拍应元后背大声哭。应元道："有什么好哭的，事已至此，只有一死。速杀我！"博洛坐在县署，急忙让应元到堂上。阎应元挺立不屈，背向贝勒，骂不绝口。一个士兵拿枪刺他的小腿，阎应元血流如注，不支倒地。博洛命人把他关到栖霞庵。当夜，寺中僧人不停听到"速杀我"的声音，天亮的时候，阎应元遇难。

● 妙语点睛

阎应元的天才就在于他把自己仅有的一点力量恣肆张扬地发挥到了极致，多少抗争和呐喊，多少谋略和鲜血，多少英雄泪和儿女情，把走向结局的每一步都演绎得奇诡辉煌。这样，当最后的结局降临时，轰然坍塌的只是断垣残壁的江阴城楼，而傲然立起的则是一尊悲剧英雄的雕像。

少年英雄舍生取义

——夏完淳的持节故事

● 榜样人物

夏完淳（1631—1647），别名复，字存古，号小隐、灵首（一作灵胥），乳名端哥。南明诗人，爱国英雄。明松江府华亭县人（现上海市松江）。夏完淳短暂的一生中的作品被编为《玉樊堂集》《内史集》《南冠草》《续幸存录》等，辑有《云间三子新诗合编》。

● 榜样故事

松江（在今上海市）有一批读书人正在酝酿抗清，带头的是夏允彝和陈子龙。夏允彝有个15岁的儿子叫夏完淳，又是陈子龙的学生。夏完淳自小就读了不少书籍，能诗善文，他在父亲、老师影响下，也参加了抗清斗争。

靠几个读书人组织义军是不行的。夏允彝有个学生叫吴志葵，是吴淞总兵，手下还有一些兵力。他们说服吴志葵一起抗清，吴志葵答应了，派出一队人马担任先锋攻打苏州。一开始打得挺顺利，先锋队攻进了苏州城，但是吴志葵临阵犹豫，没有及时增援，结果进城的义军被围全部牺牲，吴志葵的主力在城外也被击败。

不久，清军围攻松江，夏允彝父子和陈子龙冲出清兵包围，到乡下隐蔽起来。清兵到处搜捕，还想引诱夏允彝出来自首。夏允彝不愿落在清兵手里，投到河塘里自杀。他留下遗嘱，要夏完淳继承他的抗清遗志。

父亲的牺牲引起夏完淳万分悲痛，也激起他对清廷的仇恨。他和陈子龙秘密回到松江，准备再组织起义军。这时候，他们打听到太湖有一支由吴易领导的抗清义军。夏完淳把家产全变卖了，捐献给义军做军饷，自己则在吴易手下当了参谋。他还写了一道奏章，派人到绍兴送给鲁王，请鲁王坚持抗清。鲁王听说上书的是个少年，十分赞赏，封给夏完淳一个中书舍人的官衔。

吴易的水军在太湖边出没，把清军打得晕头转向。但是后来由于叛徒的出卖，义军战败，吴易也牺牲了。

过了一年，陈子龙又秘密策动清朝的松江提督吴胜兆反清，这次兵变不幸又失败了，吴胜兆被杀害，陈子龙也被清军逮捕。陈子龙不愿受辱，在被押解到南京的船上，挣脱绳索，跳河自杀。

夏完淳为失去老师而悲痛，因为叛徒告密，他自己也被捕了。清军派重兵把他押到南京。夏完淳在监狱里被关押了80天。他给亲友写了许多可歌可泣的诗篇和书信。死亡的威胁并没有使他恐惧，他感到伤心的就是没有实现保卫民族、恢复中原的壮志。

对夏完淳的审讯开始了，主持审讯的正是招抚江南的洪承畴。洪承畴知道夏完淳是江南出名的"神童"，想用软化的手段让夏完淳屈服。他问夏完淳："听说你给鲁王写过奏章，有这事吗？"夏完淳昂着头回答："正是我的手笔。"洪承畴装出一副温和的神气说："我看你小小年纪，未必会起兵造反，想必是受人指使。只要你肯回头归顺大清，我给你官做。"夏完淳假装不知道上面坐的是洪承畴，厉声说："我听说我朝有个洪亨九（洪承畴的字）先生，是个豪杰，当年松山一战，他以身殉国，震惊中外。我钦佩他的忠烈。我年纪虽小，但是杀身报国，怎能落在他的后面。"这番话把洪承畴说得啼笑皆非，满头是汗。旁边的兵士以为夏完淳真的不认识洪承畴，提醒他说："别胡说，上面坐的就是洪大人。"夏完淳"呸"了一声说："洪先生为国牺牲，天下人谁不知道。

106

崇祯帝曾经亲自设祭，满朝官员为他痛哭哀悼。你们这些叛徒，怎敢冒充先烈，污辱忠魂！"说完，他指着洪承畴骂个不停。洪承畴被骂得脸色死灰一般，不敢再审问下去，一拍惊堂木，喝令兵士把夏完淳拉了出去。

1647年9月秋，夏完淳等30名抗清义士在南京西市慷慨就义。当手提鬼头大刀、凶神恶煞般的刽子手，看着自己面前昂然站立的这位面容白皙的16岁美少年，他砍掉无数人头的双手，也不由自主地颤抖……

● 妙语点睛

有了夏完淳的存在，一部浩瀚中国文学史，平添几多豪气，几多傲骨；有了他，那国破家亡的凄凉，又陡增几许悲壮，几许轩昂。这个16岁为国赴死的少年诗人，应该是中华民族永远的骄傲。少年英雄的侠骨、诗章、柔肠，穿越时空，永放光芒。

侠骨铮铮　义风烈烈

——瞿式耜的持节故事

● 榜样人物

瞿式耜（1590—1650），字起田，号伯略，别号稼轩。民族英雄，瞿式耜著有诗文10卷，1835年有木刻本《瞿忠宣公集》。1981年，上海古籍出版社增补校订出版改称《瞿式耜集》。1986年出版的《中国大百科全书·中国文学》有"瞿式耜"专条。

● 榜样故事

1650年，从前线溃退下来的官军，沿途掳掠，秩序大乱。驻城将领不战而逃。瞿式耜气愤到极点，捶胸顿足说："国家把高官厚禄给这些人，现在这般行径，可耻！可耻！"形势越来越坏，仆从们也都走散了。侍从武官备马请他出城暂避，劝他说："大人是国家栋梁，一身关系国家安危，突围出去，还可号召四方爱国志士，再干大事。"又说："二公子（玄销）经历千难万苦，从常熟赶来看大人，只需暂避一下，父子就能见面了。"瞿式耜挥挥手说："我是留守，我没有守好这个地方，对不起国家，还顾什么子女！"于是整整衣冠，端坐在衙门里。

总督张同敞，从灵川回桂林，听说城里人已走空，只有瞿式耜没走。同敞平时十分敬重瞿式耜,知道他的为人,意识到他已抱定殉国的决心,立即泗水过江,赶到留守衙门,对瞿式耜说:"形势这么危急,你怎么办?"瞿式耜说:"我是留守,有责任守好这地方,'城存与存,城亡与亡'。今天,为国家而死,死得光明磊落。你不是留守,为什么不走?"同敞听了,突然严肃起来,说:"要死,就一起死,老师,你难道不允许我和你一起殉难吗?"就在旁边的椅子上坐下来,和瞿式耜一起饮酒,谈笑自若。东方渐渐发白,清兵冲进衙门,要捆绑他们。瞿式耜说:"我们不怕死,坐等一夜了,用不着捆绑。"和同敞昂首阔步走出衙门。

这次攻陷桂林的是孔有德,是降清的明朝登州守将。他一心想收降瞿式耜,曾写信劝降。瞿式耜"焚书斩使",做了明确答复。这次听到瞿式耜被俘,很高兴,看到瞿式耜进来,赞叹说:"你是瞿阁部吗?好阁部!"式耜笑笑说:"你是王子吗?好王子!"这是有意嘲讽他降清接受封号。孔有德还是和颜悦色地劝降,都被式耜严词拒绝。孔不认识张同敞,要他跪。同敞不跪,反而揭孔的老底,破口大骂。孔恼羞成怒,打同敞耳光;手下的卫士,有的按同敞头,要他低头;有的用刀背敲同敞膝骨,要他下跪。张同敞的骨头被打折,一只眼睛被打瞎……式耜看到这种暴行,遏制不住心头愤怒,挺身挡住同敞大声说:"这是总督张同敞,是国家大臣,他和我一样抱定为国牺牲的决心,要死,我们一起死,不得无礼!"孔有德知道一时无法劝说,命令把两人囚禁在风洞山(今称叠彩山)临时监狱里。

瞿式耜被关在囚室里,孔有德不止一次派人劝降,都被拒绝。瞿式耜的诗,突出地反映了坚贞不屈的民族气节及忠贞不渝,为国献身的精神,有名的《浩气吟》,就是在这种情况下写成的。在诗里,他把自己比作汉朝时身陷匈奴,在冰天雪地中苦熬19年而不屈的苏武;比做南宋末年支撑半壁江山,抗击元朝军队,终于被俘、杀身成仁的文天祥。他把自己的生死置之度外,却念念不忘国家的抗清大业。他写了一封密信给焦琏,告诉他清兵在桂林的虚实情况,要他迅速袭击桂林。怕因自己被囚禁而使焦琏有所顾虑,又叮嘱说:"事关中兴大计,不要考虑我个人的得失。"这封信被巡逻兵搜获,献给孔有德,孔知道无法改变他报国的决心了。

一天上午,几个清兵,到囚室来要他们出去。瞿式耜看到这情景,心里明白,面不改色,写下一首绝命诗,连同《浩气吟》诗稿放在矮桌上,从容走出狱门。遇到张同敞,同敞说:"今天出去,其痛快!死得好!"两人视死如归的英雄气概,连清兵也感动得流下泪来。两人在仙鹤岩(风洞山南),慷慨就义。

瞿式耜于危难之中，仍然以坚贞自守。瞿式耜以抛头颅洒热血谱写了一曲为国捐躯的气节长歌，丰富了中华民族的精神养料。

视死如归

——谭嗣同的持节故事

● 榜样人物

谭嗣同（1865—1898），字复生，号壮飞。湖南长沙浏阳人，清末巡抚谭继洵之子，善文章，好任侠，长于剑术。著名维新人物。1898年参加戊戌变法，变法失败后，于1898年9月28日在北京宣武门外的菜市口刑场英勇就义。同时被害的维新人士还有林旭、杨深秀、刘光第、杨锐、康广仁。六人并称"戊戌六君子"。

● 榜样故事

北京城一夜之间，形势大变。袁世凯叛变，慈禧太后发动政变。维新派被捕的被捕，逃亡的逃亡。康有为乘船逃走，梁启超暂避日本使馆，准备去日本。

此时，谭嗣同却在自己的住处收拾东西，将自己多年来所写的诗文稿件，来往书信，装了满满一箱子，来到梁启超避居的日本使馆，对梁启超说："我们想救皇上，没能救成。现在，一切都无济于事，只好受死。你快到日本去，我只要你把我这箱东西带走就没其他的牵挂了！"说完，悲伤地低下头。

梁启超给他讲了"留得青山在，不怕没柴烧"的道理，劝他一起去日本。谭嗣同却说："不有行者，无以图将来；不有死者，无以酬'圣主'"，他愿梁启超充当"行者"，"以图将来"，而自己要以死来报答光绪皇帝。侠肝义胆的王五找到谭嗣同说："请快走，我会拼死保护你的。"谭嗣同看了看这位自己青少年时代的武术老师，多年的莫逆之交，泪水不禁湿衣，解下随身佩带的"凤矩"宝剑，抚弄一会儿，然后双手递给王五，并说："你我多年，以此物作个纪念吧！"

王五接过宝剑，眼里充满了泪水，他仍苦劝谭嗣同赶快逃走。后来又有些人来劝他逃走，都被他拒绝。他说："各国变法，无不从流血而成，今日中国未闻有因变法而流血者，此国之所以不昌也。有之，请自嗣同始！"他下定死的决心，以期唤醒将来有志图强的人。

谭嗣同被捕了。由于王五送给狱中官吏钱物，才使谭嗣同免受许多皮肉之苦。在狱中，他大义凛然，神情自若，视死如归。他抚今追昔，眷念祖国和水深火热中的人民，在狱壁上写了一首诗：

望门投止思张俭，忍死须臾待杜根。

我自横刀向天笑，去留肝胆两昆仑。

行刑前，谭嗣同面不改色，横眉冷对。只听他高声朗诵："有心杀贼，无力回天；死得其所，快哉快哉！"大声呼罢，哈哈大笑。此情此景，上万围观的人，无不潸然泪下。

谭嗣同死后，大刀王五（一说老管家刘凤池）为他收尸。第二年，骨骸运回原籍湖南浏阳，葬于城外石山下，后人在他墓前华表上刻上一副对联，以扬英灵：亘古不磨，片石苍茫立天地；一峦挺秀，群山奔趋若波涛。

● 妙语点睛

祖国的命运，民族的危亡，如何才能拯救？谭嗣同为变法流血，舍生取义、杀身成仁。沧海浮生、岁月如潮，谭嗣同永在时间里轮回，吾国吾民永远铭记。

朝闻道　夕死可矣

——闻一多的持节故事

● 榜样人物

闻一多（1899—1946），名亦多，字友三，亦字友山，家族排名叫家骅，后改名多，又改名一多。生于湖北浠水。中国诗人、史学家。1912年考取北京清华学校，曾任《清华周报》编辑、《清华学报》学生部编辑，发表旧体诗文多篇。1920年7月，第一首新诗《西岸》发表，以后连续发表新诗。1946年7月15日在李公朴追悼大会上讲演，抨击国民党，当天被国民党特务暗杀。

● 榜样故事

日本投降后，闻一多积极参加各种集会，写下了充满战斗精神的杂文和宣言。特务对他极为仇视，在被称为"民主堡垒"的西南联大里张贴恐吓传单，故意将其名改为类似俄国人的"闻一多夫"。1945年12月

1日，昆明大中学校学生在西南联大举行反内战时事讲演晚会，国民党当局竟出动由特务等组成的"军官总队"，冲入校园投掷手榴弹，制造了震惊中外的"一二·一"惨案。闻一多悲愤已极，亲赴烈士灵堂祭奠，并手书"民不畏死，奈何以死惧之"的挽联，在为四烈士举行的出殡游行时走在队伍最前列。

1946年夏，西南联大解散，闻一多也想随师生北返清华，却由于全家搬迁费用短缺而滞留。这时国民党当局认为昆明民主力量削弱，又嚣张起来，于7月11日夜间用无声手枪暗杀了民盟中央委员李公朴。当时一些著名学者跑到外国领事馆要求避难，市内又盛传黑名单中下一个便是闻一多。地下党通知他暂时隐蔽，闻一多却把生死置之度外，毅然参加了15日下午在云南大学举行的李公朴追悼会。会上本没有安排他发言。当李夫人介绍丈夫被害经过泣不成声时，混入会场的特务却叫嚷捣乱。闻一多忍无可忍，对着会场内的千名师生和嚣张的特务，发表了一生中著名的最后演讲，宣布自己"前脚跨出大门，后脚就不准备再跨进大门"。当天闻一多便被特务暗杀。

1949年8月，毛泽东在《别了，司徒雷登》一文中赞扬了闻一多"拍案而起，横眉怒对国民党的手枪"的精神，提出："我们应当写闻一多颂、写朱自清颂，他们表现了我们民族的英雄气概。"后来毛泽东在读《二十四史》写下的批语中，又称颂闻一多"以身殉志，不亦伟乎！"几十年后的清华园中，已分别矗立起闻亭和自清亭。闻亭前屹立着闻一多戴圆眼镜、叼烟斗的塑像。石碑上刻着他的名言："诗人最主要的天赋是爱。爱他的祖国，爱他的人民。"

"朝闻道，夕死可矣"，从五四狂放诗人最终成为共产党的拥护者，闻一多完成了自己生命的升华。

● 妙语点睛

闻一多的人生充满变化。他曾是以《红烛》《死水》而饮誉一时的诗人；继而从感情奔放的诗人转为冷静的学者；最终走出书斋，为民主自由而英勇献身。这看似充满矛盾，实则一以贯之，即无论是诗人、学者还是战士，闻一多总是在为探寻救国之路上下求索。

怕死不当共产党

——刘胡兰的持节故事

● 榜样人物

刘胡兰（1932—1947），山西省汶水县云周西村（现改名为刘胡兰村）人，1945年进妇女干部训练班。1946年回云周西村做妇女工作，任村妇救会秘书，同年任五区妇救会干事，并成为中国共产党候补党员。1947年1月12日，她的家乡突遭军阀阎锡山部队的袭击，不幸被捕。面对敌人她坚贞不屈，视死如归，后在敌人的铡刀下英勇就义，时年15岁。牺牲后被中共晋绥分局追认为中共正式党员。

● 榜样故事

天空乌云翻滚，广场气氛森严，这时候，刘胡兰已经清楚，一场严峻的考验就在眼前。她轻轻脱下了指环，掏出了手绢和万金油盒，郑重地交给了母亲，决定用鲜血与生命同敌人作一场殊死的斗争。母亲胡文秀看着女儿这不寻常的举动，难过得说不出话来。

审讯刘胡兰的张全宝，沉着脸问道："你就是刘胡兰？"

刘胡兰响亮地回答："我就是刘胡兰，怎么样？"

"你给八路军干过什么事？"

"只要我能办到的，什么都干过。"

"那么你们村长是谁杀的？"

"不知道。"

"你们区上的八路军都到哪里去了？"

"不知道。"

张全宝一连碰了几个钉子，再也沉不住气了："你——你——你就什么也不知道？"

刘胡兰镇静地回答："不知道，就是不知道。"

张全宝想发作，突然，贼眼一转，威胁着说："现在有人供出你是共产党员。"刘胡兰知道自己被坏人出卖，她把头一扬，自豪地说："我就是共产党员，怎么样？"

"你为啥要参加共产党？"

"因为共产党为穷人办事。"

"以后你还会为共产党办事吗？"

"只要我还有一口气，就要为人民干到底。"

张全宝万万没有想到，一个小女孩，竟如此厉害。见硬的不行，就换软的，他奸笑着哄骗刘胡兰说："自白就等于自救，只要你自白，我就放你，还给你一份好土地……"

刘胡兰轻蔑地说："给我一个金人也不自白。"

张全宝恼羞成怒，他收起阴险的笑脸，敲起桌子号叫："你小小年纪，好嘴硬啊，难道你就不怕死吗？"

刘胡兰逼进一步，斩钉截铁地说："怕死不当共产党！"

张全宝无可奈何，站起来无耻地说："刘胡兰，只要你当众说句今后不再给共产党办事，我就放了你。"

刘胡兰坚定地说："那可办不到。"

敌人的利诱和威胁都失败了，但他们并不死心，妄图用死来逼迫刘胡兰投降。

刘胡兰怒不可遏，痛斥敌人："要杀就杀，要砍就砍，我死也不自白，共产党员你们是杀不绝的，革命烈火是扑不灭的，你们的末日不远了。"

刑场就是战场，英雄斗志如钢，刘胡兰昂首挺胸迈着矫健的步伐，向着铡刀走去。

铡刀前，刘胡兰止步回首，平静地告别了父母，告别了养育她的家乡土地和勤劳勇敢的乡亲们。"永别了，乡亲们；战斗吧，同志们，敌人的末日不远了，胜利一定是我们的。"刘胡兰甩了甩披在脸上的短发，仰望翻滚的乌云，环顾大好江山……她坚信，黑夜即将过去，祖国的明天将更加美好灿烂，接着她高呼："中国共产党万岁！毛主席万岁！"从容地走向铡刀……

● 妙语点睛

刘胡兰，以她的高贵品格、革命气节、英雄壮举铸就了光照千秋激励后人的"胡兰精神"。她的精神、她的英名和天地共存，与日月同辉。

不吃嗟来之食

——朱自清的持节故事

● 榜样人物

朱自清（1898—1948），原名自华，字佩弦，号秋实，原籍浙江绍兴。现代散文家、诗人。朱自清一生勤奋，共有诗歌、散文、评论、学术研究著作26种。遗著编入《朱自清集》《朱自清诗文选集》等。代表作品有：《背影》《荷塘月色》《桨声灯影里的秦淮河》等。

● 榜样故事

内战全面爆发，国民党反动派大肆搜刮财物，物价飞涨，老百姓苦不堪言。

那时朱自清教授也过着贫穷的日子，背了一身的债务，在冬天甚至连一件棉衣都做不起，只能穿着单衣过冬。他每月的薪水也仅够买3袋面粉，全家12口人吃都不够，只能靠喝稀粥度日。由于严重营养不良，他的小儿子夭亡了。

反动政府了解到朱自清很有学问，三番五次请他出来做官，答应给他很高的薪水。可是朱自清却打定了主意，宁死不做反动派的官，一次又一次拒绝了国民党反动派的邀请。国民党反动派担心大学教授造反，给他们发了面粉配给证，低价供给美国"援助"的面粉。为了抗议美国支持蒋介石打内战，北京一百多个教授发表声明不买美援面粉。一天，吴晗请朱自清在"抗议美国扶日政策并拒绝领美援面粉"的宣言书上签字，朱自清毅然签了名并说："宁可贫病而死，也不接受这种侮辱性的施舍。"他对妻子说："人穷志不穷，我们要做一个有骨气的中国人，决不乞求美国的所谓恩赐。"

朱自清晚年身患严重的胃病，可是却无钱治病。由于贫困交加，1948年8月12日，朱自清在北京病逝。在逝世前一天，他还告诉夫人："有一件事得记住，我是在拒绝美援面粉的文件上签过名的！"

朱自清先生是旧时代知识分子的典型人物，他曾经是自由主义者，他不大喜欢参加政治活动，特别是比较激烈、斗争性较强的政治活动。但是，他具有正义感，随着国民党和美帝国主义对中国人民奴役、压迫的加强，和向中国人民的武装挑衅、屠杀、镇压，他忍受不住了，他说话了，行动了，表明了他的态度。

"我们中国人是有骨气的。许多曾经是自由主义者或民主个人主义者的人们，在美国帝国主义者及其走狗国民党反动派面前站起来了。"

● 妙语点睛

朱自清明辨是非，爱憎分明，在患病的晚年，有明确的立场，抬起头来，挺起脊梁，宁肯饿死，坚决拒绝敌人的"救济"。这种品德，这种气节，是值得我们今天学习的。

虎口里迸发出的气节

——江竹筠的持节故事

● **榜样人物**

江竹筠又称江姐（1920—1949），1939年考入中国公学附属中学读高中，不久加入中国共产党。1948年6月14日，因叛徒出卖，江竹筠被捕，被关押在重庆中美合作所"渣滓洞"监狱。1949年11月14日，江竹筠与30名难友一起壮烈牺牲于中美合作所集中营内的电台岚垭，年仅29岁。

● **榜样故事**

1948年春，解放军在全国范围内展开了战略反攻。国民党反动派统治下的重庆，已是一派"山雨欲来风满楼"的景象。地下党员江姐带着省委的重要指示，冲破敌人的重重封锁，离开山城，奔赴川北革命根据地。途中，她听到丈夫——华蓥山纵队政委彭松涛同志牺牲的消息，抑制住内心的悲痛，毅然直上华蓥山，见到了游击队司令员"双枪老太婆"，她们率领游击队展开了轰轰烈烈的武装斗争。国民党反动派四处通缉江姐。江姐在群众的掩护下，和同志们一道又一次拦住敌人的军车，缴获大批武器弹药，打击了反动派的嚣张气焰。由于叛徒甫志高的出卖，江姐不幸被捕。

在重庆中美合作所渣滓洞集中营里，面对特务的威逼利诱，面对敌人的各种酷刑，江姐大义凛然，义正词严地痛斥敌人的罪行，表现出共产党员坚贞不屈的革命气节和崇高精神。特务头子得知她是川东临时工委联络员、下川东地委委员，掌握着川东云阳、奉节、巫溪、巫山等县党组织和游击队的情况，便妄图从她身上打开缺口。特务接连对她进行审讯，用夹手指、坐老虎凳、灌辣椒水等酷刑折磨她，使她一次次痛昏过去，但她始终未吐露一点情况，表现了共产党人视死如归的英雄气概和民族气节。

重庆解放前夕，敌人逃跑前，策划屠杀被捕的共产党员和革命者的阴谋。根据上级党组织的指示，为配合我军胜利进军，江姐在集中营组织和领导越狱。在这生死的紧急关头，敌人要提前杀害江姐。为了不暴露越狱计划，保护同志们，江姐毅然走向刑场。

江姐在临死前还写下了一封托孤遗书。当时江姐是用筷子磨成竹签做笔，用棉花灰制成墨水，写下这封遗书的。信里满载着江姐作为一名母亲，对儿子浓浓的思念之情。信中说道："我们有必胜和必活的信心，自入狱起，我就下了坐牢两年的决心，现在时局变化的情况，年底有出牢的可能……我们在牢里也不白坐，我们一直是不断地学习……我们到底还是虎口里的人，生死未定……假若不幸的话，云儿（指江竹筠的孩子彭云）就送给你了，盼教以踏着父母之足迹，以建设新中国为志，为共产主义革命事业奋斗到底。孩子们决不要骄（娇）养，粗服淡饭足矣……"

● 妙语点睛

岁寒，然后知松柏之后凋也。坚贞的人才能经得起严峻的考验，才能为了气节而不惜抛头颅，洒热血。

人不可有傲气　不可无傲骨

——徐悲鸿的持节故事

● 榜样人物

徐悲鸿（1895—1953），江苏宜兴人，父亲是个小有名气的画家。悲鸿少年时代随父学画。1918年，他接受蔡元培聘请，任北京大学画法研究会导师，翌年赴巴黎留学，后又转往比利时等国研习素描和油画。是兼采中西艺术之长的现代绘画大师，美术教育家。徐悲鸿擅长中国画，油画，尤精素描。他的画作满含激情，技巧极高。著名油画有《溪我后》《田横五百士》；国画有《九方皋》《愚公移山》《会师东京》等。最能反映徐悲鸿个性、表达他思想感情的莫过于他画的马。他对马的肌肉、骨骼以及神情动态，做过长期的观察研究，画了数以千计的速写。所以他画的马笔墨酣畅，奔放处不狂躁，精微处不琐屑，筋强骨壮，气势磅礴，形神俱足。

● 榜样故事

徐悲鸿在洋人面前没有丝毫奴颜媚骨。他20岁成名，被法国犹太富翁看中，专邀他到"哈同花园"画像。在优厚的待遇面前，他断然拒绝，保持了"江南布衣"的本色。

1919年到1927年，徐悲鸿在欧洲一些国家留学。当时的中国，军阀混战，贫穷落后，在世界上没有地位，在外国的中国留学生常受到一些人的歧视。

有一次，许多留学生在一起聚会，一个满身散发着酒气的外国学生站起来，恶毒地说："中国人又蠢又笨，只配当亡国奴，就是把他们送到天堂里去深造，也成不了才！"坐在一旁的徐悲鸿被激怒了，他走到这个洋学生面前，大声说："先生，你不是说中国人不行吗？那么，我代表我的祖国，你代表你的国家，我们比一比，等学习结束时，看看到底谁是人才，谁是蠢材！"

从此，徐悲鸿学习更勤奋了。他到巴黎各大博物馆去临摹世界名画的时候，常常是带上一块面包、一壶水，一去就是一整天，不到闭馆的时间不出来。法国画家达仰非常喜欢徐悲鸿，他从这个中国青年身上，看到了中国人民的坚强毅力。他主动邀请徐悲鸿到家做客，在他画室里画画，并亲自给徐悲鸿指导。有志者，事竟成。徐悲鸿进入巴黎国立高等美术学校后在几次竞赛和考试中均获得了第一名。1924年，他的油画在巴黎展出时，轰动了巴黎美术界。这时，那个在大家面前大骂中国人无能的洋学生，不得不承认自己不是中国人的对手。

回国后，徐悲鸿不为高官厚禄所诱惑，也不被政治上的高压所屈服，坚决拒绝为蒋介石画像。他坚持走自己的路，用自己高超的技艺为祖国服务，为中华民族争光。

抗战期间，中日二次会战中方一度失利，长沙为日寇所占。正在马来西亚槟榔屿办艺展募捐的徐悲鸿听闻国难当头，心急如焚。他连夜画出《奔马图》以抒发自己的忧急之情。

● 妙语点睛

徐悲鸿画马，不仅为一般观赏，而大多是借以抒发郁结难言之悲愤和爱国忧世的心情。他借马的形象表达的高尚情操和他在艺术作品中所寄托的内涵更成为鼓舞人们的精神力量。

俭朴篇

俭能养志，亦能养德。古往今来，成名成家之人，又有几人可弃节俭于不顾？俭是一种品质，需要始终坚守。古人云："俭，德之共也；侈，恶之大也。"古往今来，节俭一直被人们视为治国之道、兴业之基、持家之宝而大力提倡。古今中外，许多名人和发达的国家，都把节俭当作是自己崇尚的生活准则和传统美德，他们清楚地知道"成于俭，败于奢"的道理。

黄金本无种，出自勤俭家。

勤俭永不穷，坐食山也空。

节俭本身就是一宗财产，无论是为了我们自己、为了后代子孙，还是为了我们祖国的富强，为了民族的振兴，我们都决不能忘掉节俭这一美德。"从俭入奢易，从奢入俭难。"通过品读名人节俭的故事，树立一种节俭的心智，更好地完善自我，独善其身。

以节俭为立身之本

——季文子的俭朴故事

● **榜样人物**

季文子（？—前568），春秋时鲁国正卿，谥曰文子。辅佐鲁宣公、鲁成公、鲁襄公三代君主。为稳定鲁国政局，曾驱逐公孙归父出境。他掌握着鲁国朝政和财富，大权在握，一心安社稷。忠贞守节，克勤于邦，克俭于家。

● **榜样故事**

季文子出身于三世为相的家庭，是春秋时期鲁国的贵族、著名的外交家，为官三十多年。

他一生俭朴，以节俭为立身的根本，并且要求家人也过俭朴的生活。他穿衣只求朴素整洁，除了朝服以外没有几件像样的衣服，每次外出，所乘坐的马车也极其简陋。

见他如此节俭，有个叫仲孙它的人就劝季文子说："你身为上卿，德高望重，但听说你在家里不准妻妾穿丝绸衣服，也不用粮食喂马。你自己也不注重穿着服饰，这样不是显得太寒酸了吗？不会让别国的人笑话你吗？你这样也有损于我们国家的体面，人家会说鲁国的上卿过的是一种什么样的日子啊。你为什么不改变一下这种生活方式呢？这于己于国都有好处，何乐而不为呢？"

季文子听后淡然一笑，对那人严肃地说："我也希望把家里布置得豪华典雅，但是看看我们国家的百姓，还有许多人在吃着粗糙得难以下咽的食物，穿着破旧不堪的衣服。想到这些，我怎能忍心去为自己添置家产呢？如果平民百姓都粗茶敝衣，而我却妆扮妻妾，精养良马，这哪里还有为官的良心！况且，我听说一个国家的强盛，只能通过臣民的高洁品行表现出来，并不以他们拥有多少美艳的妻妾和良骥骏马来评定。既如此，我又怎能接受你的建议呢？"这一番话，说得仲孙它满脸羞愧，同时也使他内心对季文子更加敬重。

此后，仲孙它也效仿季文子，十分注重生活的俭朴，他的妻妾只穿用普通布做成的衣服，家里的马匹也只是用谷糠、杂草来喂养。在季文子的倡导下，鲁国朝野出现了俭朴的风气，并为后世所传颂。

季文子在鲁国大兴节俭之道，为鲁国政治带来了一股清新的风气，并在客观上起到了表率的作用。季文子的廉洁和节俭正是他忧国忧民之情的外在体现，并因此具有了熏陶和教育后辈的道德力量。

例行节约　以身作则

——汉文帝的俭朴故事

● 榜样人物

汉文帝（公元前202—公元前157），刘恒，谥号"孝文帝"，是汉朝的第五位皇帝。他是汉高祖刘邦第四子，汉惠帝刘盈弟，母薄姬，初被立为代王，建都晋阳。惠帝死后，吕后立非正统的少帝。吕后死，吕产、吕禄企图发动政变夺取帝位。刘恒在周勃、陈平支持下诛灭了诸吕势力，登上皇帝宝座。

● 榜样故事

汉文帝本来想建造一个露台，以欣赏山水风光。他找到了工匠，让他们算算需要花多少钱。工匠们仔细地一算，对他说："不算多，100两金子就足够了。"

汉文帝听了，吃了一惊，连忙问："这100两金子大约相当于多少户中等人家的收入？"

工匠们大略地算了一下，说："10户。" 汉文帝一听，又摇头又摆手，说："快不要建什么露台了，现在朝廷的钱很少，老百姓的生活又很困难，还是把这些钱省下吧。"

后来，露台始终没有造。

汉文帝的生活十分俭朴。他即位后，身上的一件袍子，补了又补，一直穿了20年，也没有换一件新的。他还经常穿粗布衣服，很多生活用品都是前辈皇帝留下来的，自己很少去添新的，就连他宠爱的夫人也不许穿华丽的衣服。

汉文帝十分关心百姓的疾苦，经常亲自耕地种田，让皇后也去采桑养蚕。他即位不久就下令：由国家供养80岁以上的老人，每月都要发给他们米、肉和酒，90岁以上的老人，国家还要发给麻布、绸缎和丝绵。

汉文帝的俭朴，在中国历史上是少有的。他在位期间，执行与民休息和轻徭薄赋的政策，努力避免战争，减轻农民的负担，使社会逐渐安定下来。使得他在位的23年成为汉朝从国家初定走向繁荣昌盛的过渡时期。

卖狗嫁女

——吴隐之的俭朴故事

● 榜样人物

吴隐之（？—414），字处默，东晋濮阳鄄城人，生于东晋后期。曾任中书侍郎、左卫将军、广州刺史等职，官至度支尚书，著名廉吏。

● 榜样故事

吴隐之幼年丧父，跟随母亲艰难度日，养成了勤俭朴素的习惯。做官后，他依然十分讨厌奢侈浪费，始终保持着清廉、简朴、勤劳的品质。他家平时吃得很简单，经常只是一些米饭、青菜和干鱼，从来不吃山珍海味，也不大宴宾客，全家人穿的也只是粗布衣衫。他一直不肯搬进朝廷给他准备的官府，多年来全家只住在几间茅草房里，住处的帐帷摆设也均交到库房。

吴隐之在广州任职多年，离任返乡的时候，小船上装的仍是初来时的简单行装。当吴隐之查看船舱里摆放着的行李时，突然发现有一包东西是自己从未见过的，他拿出那包东西，打开一看，原来是一包沉香。他马上沉下脸来，问妻子是不是收了别人的礼物，妻子连忙解释说是自己买来准备带走的。吴隐之没有再听妻子的解释，推开妻子，不由分说地立即把沉香丢到水里。看着沉入水中的那包沉香，妻子留下了委屈的泪水，那个用自己积攒了好长时间的钱买的沉香就这样顷刻间无影无踪了。

后来吴隐之升任度支尚书、太常后，仍洁身自好，清俭不改，生活还是和平民百姓一样。他每次拿到俸禄后，除了留够用于买口粮的钱外，其余的都散发给别人。家人则以纺线换得的钱来度日，妻子不能用他的一份俸禄。每当隆冬时节读书的时候，吴隐之常常是身披棉被看书。

吴隐之的女儿要出嫁了。当地的百姓都想，作为一个堂堂的朝廷官员，吴隐之一定会好好操办一下。大喜之日这天，谢石将军的管家受命前来贺喜，只见吴家冷冷清清的，一点儿都看不出来要办喜事的样子，管家正在那儿犯嘀咕，突然看到一个仆人从里面牵着一条狗走出来。管家问道："今天可是你们家大喜的日子？你家小姐今天不是要出嫁吗？怎么一点儿筹办喜事的气氛都没有？"仆人皱着眉深深叹了口气说："唉！别提了，我家主人太过于节俭了，小姐今天出嫁，主人昨天晚上才吩咐我们下人准备。我原以为这回主人该破费一下了，因为毕竟是他心爱的女儿要出嫁，可谁知主人竟对我说家里没有钱给小姐办嫁妆，叫我今天早晨到集市上把这条狗卖掉，用卖狗的钱去置办嫁妆。你说，一条狗能卖多少钱？我看平民百姓嫁女儿也比我家主人气派啊！"管家感叹道："人人都说吴大人是少有的以节俭出名的清官，果真名不虚传。"

两晋时的官风十分腐败。何曾父子日食万钱，石崇与王恺比阔斗富都发生在那个时代。在那种环境和条件之下，吴隐之能够清廉自守，确实难能可贵。看着周围的官员聚敛无度，他毫不动心，守住清贫，尤其让人敬佩。后来，朝廷决定派他去广州做刺史，目的就是希望他到那里去树立新的形象，改变过去岭南历任刺史皆贪污受贿中饱私囊的局面。

● 妙语点睛

一个人能否保持清廉俭朴，关键还在于自己，不能怪罪于环境和条件。真正的清廉俭朴之士，是不会因在何种环境和条件下而改变自己的。

教子俭朴　谨身节用

——司马光的俭朴故事

● 榜样人物

司马光（1019—1086），字君实，世称涑水先生。北宋陕州夏县（今山西）涑水乡人。北宋时期著名政治家，史学家，散文家。司马光自幼嗜学，尤喜《春秋左氏传》。他主持编写的《资治通鉴》是我国最大的一部编年史。

● 榜样故事

司马光一生崇尚节俭，从不讲究吃穿，穿的衣服只要能御寒就可以，吃的东西只要能充饥就足够了。但是他却很干净，从来不穿脏衣服出去。他常常教育儿子说，在吃穿上一定不要太奢侈。

为了使儿子认识崇尚俭朴的重要性，他曾经以家书的形式写了一篇论俭约的文章。在文章中他强烈反对生活奢靡，极力提倡节俭朴实。文中他提出，古人以俭约为美德，今人以俭约为耻，实在是要不得的。他又说，近几年，社会风气不好，讲排场，摆阔气，当差的穿的衣服和士人差不多，下地的农夫脚上也穿着丝鞋。为了酬宾会友，经常是几个月聚集在一起，大操大办酒席。他非常痛恶这种糜烂陋习。他还提倡节俭。司马光赞扬了宋真宗、宋仁宗时李沆、鲁宗道和张文节等官员的俭约作风。并援引张文节的话"由俭入奢易，由奢入俭难"，告诫儿子一定要勤俭持家，不要奢靡浪费。司马光为了教育儿子警惕奢侈的危害，常常详细列举史事以为借鉴。

司马光一生为官，贵为宰相，但家中几乎没有积蓄。即使到了晚年，家境也并不富裕。有一首诗真实地描写了他俭朴的生活状况："贫家不办构坚木，缚竹立架擎酴醿。风摇雨渍不耐久，未及三载俱离披。往来遂复废此径，举头碍冠行挂衣。呼奴改作岂得已，抽薪换旧折四篱。来春席地还可饮，日色不到香风吹。"

关于司马光，流传着许多感人的故事。司马光十分注意教育孩子力戒奢侈，谨身节用。他在《答刘蒙书》中说自己"视地而后敢行，顿足而后敢立"。为了完成《资治通鉴》这部历史巨著，他不但找来范祖禹、刘恕、刘攽当助手，还要自己的儿子司马康参加这项工作。当他看到儿子读书使用指甲抓书页时，非常生气，并认真地传授了爱护书籍的经验与方法，他告诉儿子在读书前，先要把书桌擦干净，垫上桌布；读书时，要坐得端端正正；翻书页时，要先用右手拇指的侧面把书页的边缘托起，再用食指轻轻盖住以揭开一页。

司马光还不断告诫孩子：读书要认真，工作要踏实，生活要俭朴。表面上看来这些都不是经国大事，实质上却是兴家繁国之基业。正是这些道德品质，才能修身、齐家，乃至治国、平天下。在他的教育下，儿子司马康从小就懂得了俭朴的重要性，并以俭朴自律，后历任校书郎、著作郎兼任侍讲，也以博古通今，为人廉洁和生活俭朴而称誉于后世。

司马光有言："言有德者皆由俭来也。夫俭则寡欲。君子寡欲则不役于物，可以直道而行；小人寡欲则能谨身节用，远罪丰家。"反之，"侈则多欲。君子多欲则贪慕富贵，枉道速祸；小人多欲则多求妄用，败家丧身。"可见德与俭，息息相关。

● **妙语点睛**

俭朴是中华民族的优良传统美德，现在人类消耗地球资源的速度超过了资源再生的速度，现在的节约正是为了以后长久的发展。

躬行节俭　示法子孙

——朱元璋的俭朴故事

● 榜样人物

明太祖（1328—1398），朱元璋，明朝的开国皇帝，也是继刘邦之后第二位平民出身并且统一全国的君主。朱元璋在位期间实行了抗击外侵、革新政治、发展生产、安定民生等一系列有利于社会前进的政策，在政治、经济、军事、思想等方面大力加强君主专制的中央集权统治，是中国历史上最富传奇色彩也最具争议的皇帝之一。

● 榜样故事

明朝人称赞朱元璋，说他："节于自奉，食不用乐，罢四方异味之贡。非宴群臣，不特设盛馔。功业益崇，益尚俭朴。"这些话的意思是，朱元璋的吃穿用度很节俭，吃饭时不像一些帝王那样需要演奏音乐，他还下令各地停止进贡珍奇异味，如果不是宴请群臣，绝不大摆宴席。朱元璋的功业越高，越崇尚俭朴。

朱元璋还十分爱惜民力，提倡节俭。他即位后，在应天修建宫室，只求坚固耐用，不求奇巧华丽，还让人在墙上画了许多历史故事，以提醒自己。按惯例，朱元璋使用的车舆、器具等物，应该用黄金装饰，朱元璋下令全部以铜代替。主管的官员报告说用不了太多黄金，朱元璋却说，他不是吝惜这点黄金，而是提倡节俭，自己应作为典范。

朱元璋曾经到东阁视察，当时天气酷热，汗流沾衣，跟随的人随即给他换下湿衣，那些衣服都是洗了又洗的。参议宋思颜说："主公躬行节俭，真可示法子孙。"朱元璋听了这话很高兴，于是给了这个参议一些赏赐。

朱元璋厉行节俭，是因为他体会民心，爱惜民力，他认为天下百姓的饥寒冷暖与他息息相关。他说："忧人者常体其心，爱人者每惜其力。朕每进一膳，即思天下民之饥；服一衣，即思天下军民之寒。"

历代由于骄奢淫逸导致败亡的教训太多了，为了明朝的长治久安，朱元璋将其牢记心中，时时作为警示，同时他还以自身的行动做出了榜样。他曾经说："古王者之兴，未尝不由于勤俭；其败亡，未尝不由于奢侈。前代得失可为明鉴，后世昏庸之主，纵欲败度，不知警戒，卒濒于危亡，此深可慨叹。大抵处心清净则无欲，无欲则无奢侈之患。欲心一生，则骄奢淫逸无所不至，不旋踵而败亡随之矣。朕每思念至此，未尝不惕然于心，故必身先节俭，以训于下。"

● 妙语点睛

朱元璋是一个历史上少有的俭朴皇帝，他的俭朴并非出于吝啬，而是出于爱惜民力的真诚。当然，长治久安也一直是他考虑的因素，他担心骄奢淫逸将会导致国家败亡。

"布衣将军"崇尚节俭

——冯玉祥的俭朴故事

● 榜样人物

冯玉祥（1882—1948），字焕章，安徽巢县人。军事家、爱国将领。抗日战争爆发后，相继任国民党第三、第六战区司令长官，不久因蒋介石排挤被迫离职。1946年，被迫以"水利考察专使"名义出访美国。抗战胜利后，反对蒋介石的内战独裁政策，要求组织联合政府。

● 榜样故事

一次，冯玉祥在车上看见两名士兵在闲逛，马上下车走到其中一个士兵面前深深地行了一个90度的鞠躬礼。冯对惊慌失措的士兵说，我不是给你行礼，而是给你穿的那双缎鞋行礼，你的鞋是缎子做的，而我穿的这双鞋是布做的，缎子做的总要比布做的高一级，所以我要给你的缎鞋行个礼。

看到士兵惶惑不解的样子，冯玉祥正色道："当一名士兵，一个月能挣几个钱？穿一双布鞋就蛮好了，何必要花那么多钱买缎鞋呢？有这闲钱何不寄回家去给你父母买点什么？"士兵大窘，表示立马将缎鞋脱下扔掉，但被冯玉祥喝止："这双鞋既然已经买了就穿吧，可是得要比布鞋多穿几个月才行。"说完扭过头对另一名士兵发话："我命令你监视他穿完这双鞋，待穿到不能再穿时，拿来给我看看，我批准后才允许扔掉！知道吗？"两名士兵昂首立正，一齐回答，"是！"冯这才上车离去。

抗战时期，冯玉祥居住在重庆市郊的歌乐山，当地多为高级军政长官的住宅，普通老百姓不敢担任保长，冯玉祥遂自荐当了保长。因他热心服务，颇得居民好评。

有一天，某部队一连士兵进驻该地，连长来找保长借民房，借桌椅，因不满意而横加指责。

冯玉祥身穿蓝粗布裤褂，头上缠一块白布，这是四川农民的标准装束，他见连长发火，便弯腰深深一鞠躬："大人，辛苦了！这个地方住了许多当官的，差事实在不好办，临时驻防，将就一点就是了。"

连长一听，大怒道："要你来教训我！你这个保长架子可不小！"

冯玉祥微笑回答："不敢，我从前也当过兵，从来不愿打扰老百姓。"

连长问："你都做过什么？"

"排长、连长干过，营长、团长也干过。"

那位连长起立，略显客气地说："你还干过什么？"

冯不慌不忙，仍然微笑说："师长、军长也干过，还干过几天总司令。"

连长细看这个大块头，突然如梦初醒，双脚一并："你是冯副委员长？部下该死，请副委员长处分！"

冯玉祥再一鞠躬："大人请坐！在军委会我是副委员长，在这里我是保长，理应侍候大人。"几句话说得这位连长诚惶诚恐、无地自容，匆匆退出。

● 妙语点睛

冯玉祥将军是中国近代史上的一位杰出人物，他的一生波澜壮阔，跌宕起伏，充满着传奇色彩。冯玉祥不仅仅是一位叱咤风云的将军，更是一位坚强不屈的民族英雄和桀骜不驯的民主斗士。他威武而不鲁莽，大气而不失细致。虽一介武夫，却足智在胸，才情四溢，这是他能成为一代英豪的资本。

节俭办学　率先垂范

——徐特立的俭朴故事

● 榜样人物

徐特立（1877—1968），湖南长沙人。原名徐懋恂，又名徐立华，字师陶。革命家和教育家，毛泽东和田汉等著名人士的老师。著作有《徐特立教育文选》等。

● 榜样故事

徐特立在长沙、瑞金、延安亲手创办了很多学校，而且都是在缺钱或少钱的条件下办成的。他凭的就是自力更生、艰苦奋斗、勤俭节约这三大传统法宝。

徐特立在当延安自然科学院院长时，由于日本的侵略，国民党的封锁，条件十分艰苦，没有科学仪器设备，没有必需的图书资料，甚至连普通的校舍、黑板、纸、笔都很缺乏。可是这些困难都难不倒徐特立，他带领师生们，自己做教具、制作实验设备、编写教材，还自己动手挖窑洞、建校舍。

徐特立办长沙师范学院同样也是白手起家。可是在当时那种条件下，学生们没有校舍，怎么上课呢？他想到善化县和长沙县已经合并，善化的学堂闲着，虽然是个破庙，但收拾收拾，临时凑合着也可以用，最起码可以遮阳避雨。教师不够，就找来朋友帮忙，只吃饭不给钱。没有校工，徐特立就自己兼做。就这样，生气勃勃的长沙师范学院办起来了。许多年过去了，长沙师范学院为国家培养了大量优秀人才。徐特立办长沙女子师范学院也是一样，校舍、黑板、桌、椅都是借来的，没有经费，自己就在其他学校兼课，把所得的收入作为长沙女子师范学院的办学经费。

徐特立有一个外号叫"徐二叫化"，原因是他极其俭朴，在吃穿上尤为节俭，经常吃着冷饭咸菜，穿着带补丁的衣服。有一年除夕，他办完事深夜才返校，开水泡冷饭就成了他的年夜饭。徐特立在当长沙师范学院院长时，因为穿着过于粗朴曾被周南女校的门房误认为是下人。更有趣的是他担任国民革命军第十八集团军高级参议时，有一次被张治中将军的门卫挡在门外，说："今天张主席有重要客人来访，恕不接待。"等到徐特立回头拿出名片，张治中将军出来迎接时，门卫才知道这位形似伙夫的老头就是今天的贵客徐特立。徐特立当校长时，教员坐轿子，他步行；教员吃小灶，他和学生一样吃大灶；教员穿皮鞋，他穿草鞋；别人请客，他从不参加。他在《六十自传》里写道："节省日用，谢绝一切应酬，绝对不请朋友吃酒肉和茶点。"

在延安自然科学院当院长时，教师们都是好几个人住一孔窑洞。按规定，徐特立可以单独住一孔，可是他坚持要住三人一孔的窑洞。晚上三个人聚在一盏小油灯下办公。他说："大家住得比我更挤，为什么我要一个人住呢？"当时住地到学校要翻几个山头，每到下雨，山陡路滑。他就赤着脚，拄着拐杖，爬上爬下，从不因为年高路滑而迟到一分钟。那时他已经快70岁了。有这样一位做榜样的校长，教师们在教学上谁都不会掉以轻心，学生也都严格要求自己，崇尚节俭。

● 妙语点睛

为人师表者，一言一行影响着几代人，中华传统美德——俭朴在师者身上得到很好的诠释，也同样在一代又一代人的身上发扬光大。

喜欢简单　不追求奢华

——李嘉诚的俭朴故事

● 榜样人物

李嘉诚（1928—　），生于广东潮州潮安区。1940年，随父母到香港定居。14岁投身商界，22岁正式创业，半个世纪的奋斗始终以"超越"为主题：从超越平凡起跑；为超越对手努力。达到巅峰，超越巅峰；实现自我，超越自我，世人称之为"超人"。他统领长江实业、和黄集团、香港电灯、长江基建等集团公司。

● 榜样故事

世界华人首富李嘉诚，在一次回答记者提问时说："我喜欢简单的生活，不追求物质享受，看重内心的平静，多做些有意义的事。"

这位大富翁的生活一向俭朴，他已经戴了20年的手表是花50元港币买的，因为走时准，尽管式样过时，他依然舍不得换新的。他住的房子是1962年买的。附近有几座带花园的洋房陆续被别人买走，李嘉诚对此并不动心，一直住在老房子里。每天他都在公司和职员们一起吃工作餐。巡视工地时，他也和工人一样吃盒饭。家里人都知道，他从来不让享用山珍海味。

熟悉李嘉诚的人都知道，他一贯不讲排场，即使宴请公司来的贵宾，他也不去高级饭店，而喜欢在公司食堂里多弄几样菜，并要求尽量不能多，让客人既吃饱又不浪费。

李嘉诚的办公室也俭朴得令人难以置信。他的办公室里没有摆放任何奖杯、奖状，没有文件、照片，没有音响与电视。他的办公室片纸不留，他要求今日事今日毕。

李嘉诚的办公室内只有一部手提电脑，用于掌握资讯；还有一部台式电脑，用于查看股市行情；有几部电话机，分别用于与家人朋友、和记黄埔总裁、长江集团大厦内部、集团会议、秘书室通话。另有三幅字画。一是张大千画作，题为"李白诗意"。另一幅是八大山人画作，是描述开心、自在的内容。第三幅是书法，内容为左宗棠所撰"发上等愿，结中等缘，享下等福；择高处立，寻平处住，向宽处行"。

● 妙语点睛

这就是生活中真实的李嘉诚，节俭朴素，不因是首富而铺张浪费，这也许是他成为首富的根本原因。

对孩子的"苛求"

——洛克菲勒的俭朴故事

● 榜样人物

约翰·戴维森·洛克菲勒（1839—1937），生于纽约州里奇福德镇，美国实业家、超级资本家，美孚石油公司（标准石油）创办人，垄断了当时全美的石油业，被称为"石油大王"，在他的领导下，标准石油成为世界上最大的石油公司，同时也为他个人带来了巨大的财富。他把大部分的财产投资于慈善事业。他缔造的洛克菲勒家族成为左右美国经济的三大金融巨头之一。

● 榜样故事

石油大王洛克菲勒是世界上第一个家产超过十亿美元的大富翁，他的家族至今亦是地球上最富有的家族之一。对于中国人来说，"富不过三代"似乎是铁一样的定律，然而洛克菲勒家族从发迹至今已经绵延六代，仍未呈现颓废和没落的迹象，这与他们的财富观念和对子女的教育息息相关。他们的家族崇尚节俭并热衷创造财富。

为了避免孩子被家族的光环宠坏，洛克菲勒家族在教子方面相当花心思，并有一套祖传教育计划。约翰·洛克菲勒认为，富裕家庭的孩子比普通人家的孩子更容易受物质的诱惑，追求更多的享受，贪图走最平坦的道路，因此，"富人进天堂比骆驼钻针眼还困难"。他像自己的父亲一样，为了使洛氏家庭后继有人，不断发展壮大，严格要求孩子懂得每一分钱来之不易，绝不容许轻易浪费。

老约翰·洛克菲勒唯一的儿子和继承人是小约翰·洛克菲勒。尽管那么有钱，他却从不娇惯儿子，从小教育儿子生活要节俭。小约翰·洛克菲勒从父亲手里接过家产以后，继承了父亲重视节俭、严格教育子女的家规。小约翰·洛克菲勒共有6个子女，芭布斯最大，其他都是男孩，从大到小分别是约翰、纳尔逊、劳伦斯、温斯罗普和大卫。童年时期，劳伦斯与年长他两岁的纳尔逊关系最亲密，他们曾一同饲养兔子然后卖给科学实验室换取零用钱。这样的事情听起来似乎很难和富可敌国的洛克菲勒家族联系起来，但事实的确如此。洛克菲勒家族的子孙之所以能获得日后非凡的成就，和他们自小受到的家庭教育有很大关系。在入学以前，约翰从不给孩子零用钱。孩子上学以后，才给他们少量的零用钱。发给的零用钱根据年龄而不同，七八岁时，每周3角；十一二岁时，每周1元；十三岁以上，每周2元，每周发一次。每个孩子都有一个小账本，把零用钱的开支情况随时记录在本子上，每逢向父亲领取零用钱时都要交给父亲检查，凡是账目清楚，开支正当或有节余者，下次递增5分，反之，则递减5分。父亲鼓励劳伦斯他们做家务并给他们支付报酬：逮到走廊上的苍蝇，每百只奖1角钱；捉住阁楼上的耗子每只5分，背柴火、劈柴火也有报酬。劳伦斯和哥哥纳尔逊，分别取得了擦全家皮鞋的特许权，每双皮鞋2分，长筒靴每双1角。

劳伦斯的中学时代是在林肯中学度过的，这所中学以其"实践出真知"的教学理论而著名，劳伦斯在摄影、旅游以及探险等方面的兴趣得到了鼓励及发展。劳伦斯和他的几个哥哥姐姐，尽管出生在美国最富有的家庭，但一直都保持着勤俭的美德，这得益于他们的家庭环境。作为浸礼会教友，洛克菲勒家族抵制跳舞和酗酒，因此在他们的家里看不见富人豪宅里常有的舞厅和酒吧。洛克菲勒家族在优越的生活中一直保持着俭朴节约。

● 妙语点睛

"事成由俭，败由奢"。俭朴者可立业，奢侈者可败家。静以修身，俭以养德，俭朴是一种传统美德。积土成山，积水成河。财富是积累起来的。金钱不是享乐的资本，俭朴要永久提倡。

不甘于安逸和享乐

——爱因斯坦的俭朴故事

● 榜样人物

爱因斯坦（1879—1955），人类历史上最伟大的科学家之一。理论物理学家，相对论的创立者。1921年获诺贝尔物理学奖，是世界公认的

20世纪最杰出的科学家之一。现代物理学的开创者和奠基人。

● 榜样故事

爱因斯坦成名后，有人出高薪请他在电台讲话，被他拒绝了。1952年，以色列总统去世后，请他去当总统，他同样回绝了。他在生命的最后一天，嘱咐家里人，不要给他举行葬礼，不要建立坟墓，也不要修建纪念碑，同时不要让世人知道他葬在哪里。

"我从来不把安逸和享乐看作是生活目的本身"，爱因斯坦是这么说的，更是这么做的。当他创立的"相对论"发表时，一下子轰动了整个科学界，他成了世界瞩目的人。巨大的财富、崇高的荣誉犹如潮水般向他涌来，对此他不屑一顾，断然拒绝无线电台、电影制片厂以及杂志社的高薪聘请，不发表讲话，不上银幕，不写无意义的"应时"之作。他一生需求的只是鞋子、裤子、衬衣、外套，加上一支笔、一沓纸、一烟斗，别无他求。他经常穿着一件旧毛线衣，在柏林大街上散步。即使是应邀出国讲学，穿的也只是十分旧的礼服。他痛恨财富，鄙视奢侈。

一次，爱因斯坦应挪威某学府的邀请去奥斯陆演讲。准备行装的时候，他拿出一套旧晚礼服，仔细地刷了又刷，对妻子说："如果有人认为我衣服不整，那么我就在这件礼服上挂个牌子写上'此衣已经刷过'。"还有一次，他赴柏林大学演讲，穿的是运动时穿的灯笼裤和便鞋。

● 妙语点睛

人生在世，钱财乃身外之物。物欲的奢华并不代表精神层面也同样丰富。不能把安逸和享乐看做是生活目的本身。

恒心篇

　　龟兔赛跑的故事告诉我们，竞赛的胜利者之所以是笨拙的乌龟而不是灵巧的兔子，这与兔子在竞争中缺乏坚持不懈的精神是分不开的。巨大的成功靠的不是力量而是韧性，竞争常常是持久力的竞争。有恒心者往往是笑在最后、笑得最好的胜利者。人生的道路是浪漫长的，不会一直平坦，也不会一直坑洼不平，重要的是你有一个自己的目标，并且坚持不懈地去追求并去实现，决不要因为一次次的失败而放弃自己原来所追求的目标。有恒心，才能战胜前进道路上的荆棘坎坷。有恒心，才能学有所成。

卧薪尝胆

——勾践的恒心故事

● 榜样人物

勾践,春秋末期越国国君。又名菼执。曾败于吴,屈服求和。后卧薪尝胆,发愤图强,终于在公元前473年灭吴。

● 榜样故事

越王勾践是春秋时期的最后一位霸主。公元前496年,吴王阖闾派兵攻打越国,但被越国击败,吴王阖闾也伤重身亡。两年后,阖闾之子夫差即位,吴越两国本有宿怨,加之越国的杀父之仇,更加深了其伐越的信念。吴兵进攻越国,两国在夫椒之战中,越国一败涂地,勾践被困会稽山。

为保家业,打了败仗的勾践听取了臣子范蠡与文种的意见,卑微地向越国求和。勾践让范蠡和文种管理国家政务,安顿好一切后。勾践派使者向吴国求和,献上美女、珠宝、玉器,并决定忍辱负重到吴国做奴隶。

在吴国,勾践身穿粗布衣裳,每日为吴王夫差养马驾车,一副忠心耿耿的样子;勾践的妻子也如女仆一样,身着布衣,每日清扫灰尘。日复一日,年复一年,夫差见勾践完全一副奴仆相,对勾践消除了戒备之心。于是在3年后,夫差把他送回越国。

勾践回国后,抚恤济贫,尊贤礼士。勾践害怕自己会贪图眼前的安逸,消磨报仇雪耻的意志,所以他把自己安排在艰苦的生活环境中,晚上睡觉不用褥,只铺些柴草,他与民耕作,饭菜从简,布衣素裳;他把苦胆挂到书桌上,坐卧即能仰头尝尝苦胆,饮食也尝尝苦胆,时常提醒自己:"不能忘记耻辱!"

勾践没有立即整顿军备,因为他考虑到越国刚刚经历流亡,稍有安定,若是整兵竖旗怕引起吴国的怀疑。他表面上对吴王服从,但暗中训练精兵,强政励治并等待时机反击吴国。勾践看到吴国缺乏道义,骄横狂妄,是众国之隐患,受众国之怨恨,不如联合众国,与齐为友,与楚结亲,与晋归附,表面上却厚待吴国。勾践让国中男女入山采葛,赶织黄丝细布献给吴王,表达自己的忠顺之情,用来麻痹对方。这一招十分有效,吴王增加了越国的封地,放松了对勾践的警惕。

次年，勾践趁吴王带领精锐部队到北部的黄池去会诸侯的时候，派出熟悉水战的士兵2 000人和训练有素的士兵40 000人以及受过良好教育的地位较高的近卫军6 000人、各类管理技术军官1 000人，攻打吴国。

之后4年，越国多次攻打吴国。吴国军民疲惫不堪，精锐士兵都在与齐、晋之战中死亡。越军包围吴都3年，终于将其统统剿杀，而吴王则被围困在姑苏山上自杀身亡。

勾践在吴国受尽折磨与屈辱，经过了近十年的耐心等待，终于吞并了吴国，成为一方霸主。

● 妙语点睛

勾践成了亡国君，在吴国的监视和鞭挞下过着非人的生活，为恢复越国，为了东山再起，勾践卧薪尝胆，受尽凌辱，贵为一国之君，甘受奇耻大辱，摇尾乞怜，这无疑是一个君主最不能忍受的莫大悲哀。苦心人，天不负，勾践多年的努力终得回报，一举歼灭了吴国，勾践卧薪尝胆14年，终于一雪耻辱，成了当时江淮一带的霸主。

超越自我　发愤图强

——司马迁的恒心故事

● 榜样人物

司马迁（公元前145—公元前90），字子长。西汉史学家，文学家。司马迁继承其父司马谈之职，任太史令，掌管天文历法及皇家书籍，因而得读所藏图书。撰写《史记》，人称其书为《太史公书》。是中国第一部纪传体通史，对后世史学影响深远，《史记》语言生动，形象鲜明，也是优秀的文学作品。司马迁还撰有《报任安书》，记述了他下狱受刑的经过和著书的抱负，为历代传颂。

● 榜样故事

司马迁为继承父亲司马谈的遗志，当上了太史令，开始从皇家藏书馆中整理选录历史典籍。在他的心目中，修史是一项崇高的事业，他愿意为此奉献一生。

于是，他到各地远游，考察历史古迹，搜集了许多珍贵的史料，了解了许多英雄豪杰和人民群众的动人故事。这更使他下定决心要把那些丰功伟绩记录下来，传给后人。

正当司马迁全身心地撰写《史记》之时，却遇上了飞来横祸。

在一次汉匈之战中，李陵率领5 000步兵深入到敌人腹地，虽然打击了匈奴几万人，但最终寡不敌众，李陵被匈奴逮住，投降了。

李陵投降匈奴的消息震动了朝野。汉武帝本希望他战死，却听说他投降了，非常愤怒，便把李陵的母亲和妻儿都下了监狱，还召集大臣，要他们议一议李陵的罪行。

满朝文武察言观色，趋炎附势，前几天还纷纷称赞李陵的英勇，现在却附和汉武帝，指责李陵的罪过。汉武帝询问司马迁的看法，司马迁非常痛恨那些见风使舵的大臣，见李陵出兵不利，就一味地落井下石。于是他一面安慰汉武帝，一面替帮李陵解释说："李陵平时孝敬母亲，对朋友讲信义，对人谦虚礼让，对士兵有威信，常常奋不顾身地急国家之所急，有国士的风范。虽然这次打了败仗，但他在救兵不至、走投无路的情况下，仍然杀敌无数。依李陵的人品选择投降而不去死，准他的主意，他一定还想将功赎罪。"

汉武帝听了，勃然大怒，说："你这样替投降敌人的人强辩，不是存心反对朝廷吗？"于是下令将司马迁打入大牢。

司马迁被关进监狱以后，酷吏杜周严刑审讯司马迁，让他受尽了肉体和精神上的折磨。不久，有传闻说李陵曾带匈奴兵攻打汉朝。汉武帝信以为真，便草率地处死了李陵的母亲和妻儿，司马迁也因此被判了腐刑。

残酷的腐刑不仅摧残司马迁的肉体，还极大地侮辱了他的人格，悲痛欲绝的司马迁甚至想到了自杀。可后来他想到，人总有一死，但死的意义是不同的，"死或重于泰山，或轻于鸿毛"。他想到了孔子、屈原、左丘明和孙膑等人，想到了他们所受的屈辱以及所取得的骄人成果。司马迁顿时觉得自己浑身充满了力量，从此他不再有怨恨，也不再害怕。他只有一个信念，那就是一定要活下去，一定要把《史记》写完。

经过6年的艰苦写作，司马迁终于完成了"究天人之际，通古今之变，成一家之言"的巨著《史记》。

● 妙语点睛

身受腐刑的司马迁，遭尽世人的白眼，他的挫折足以放大内心痛苦而郁郁而终，但平静的心境与坚强的意志使其由一介匍匐于地的殿臣站立成一个为民写史的巨人。

锲而不舍　绳锯木断

——高斯的恒心故事

● 榜样人物

高斯（1777—1855），生于不伦瑞克，德国著名数学家、物理学家、天文学家。高斯被认为是最重要的数学家，有数学王子的美誉，并被誉为历史上伟大的数学家之一，和阿基米德、牛顿并列，同享盛名。

● 榜样故事

1777 年 4 月 30 日，高斯出生在德国布劳恩什维格城郊的一个小村庄。他爷爷是个农民，父亲是个短工，母亲是石匠的女儿。在高斯的家族中没有一个读书人。高斯小的时候，家里非常贫困，连油灯都买不起，高斯只好把一个大萝卜挖去了心，塞进一块油脂，插上一根灯芯，做成一盏灯，用来读书。

高斯很早就展现出了过人的才华，3 岁时就能指出父亲账册上的错误。7 岁时进了小学，有一位城里来的老师很看不起他们这些穷孩子。总是给孩子们出难题，高斯 10 岁时，老师考了那道著名的"从 1 加到 100"，终于发现了高斯的才华，他知道自己的能力不足以教高斯，就从汉堡买了一本较深的数学书给高斯读。同时，高斯和大他差不多 10 岁的助教变得很熟，后来他的助教成为大学教授，他教了高斯更多更深的数学。

1788 年，年仅 11 岁的他，发现了二项式定理。1794 年他开始从事研究测量误差，提出了最小二乘法。

1796 年的一天，在德国哥廷根大学，19 岁的高斯吃完晚饭，开始做导师单独布置给他的每天例行的数学题。正常情况下，他总是在两个小时内完成这项特殊作业。

像往常一样，前两道题目在两个小时内顺利地完成了。第三道题写在一张小纸条上，是要求只用圆规和一把没有刻度的直尺做出正十七边形。他没有在意，像做前两道题一样开始做起来。然而，做着做着，他感到越来越吃力。

困难激起了他的斗志：我一定要把它做出来！他拿起圆规和直尺，在纸上画着，尝试着用一些超常规的思路去解这道题。当窗口露出一丝曙光时，他长舒了一口气，终于做出了这道难题。

见到导师的时候，他感到有些内疚和自责，对导师说："您给我布置的第三道题我做了整整一个通宵，我辜负了您对我的栽培……"导师接过他的作业一看，当即惊呆了，他用颤抖的声音说："这真是你自己做出来的？"高斯有些疑惑地看着激动不已的导师，回答道："当然。但是，我很笨，竟然花了整整一个通宵才做出来。"导师请他坐下，取出圆规和直尺，在书桌上铺开纸，叫他当着自己的面做一个正十七边形。高斯很快就做出来了。导师激动地对他说："你知不知道，你解开了一道有两千多年历史的数学悬案？阿基米德没有解出来，牛顿也没有解出来，你竟然一个晚上就解出来了！你真是天才！我最近正在研究这道难题，昨天给你布置题目时，不小心把写有这个题目的小纸条夹在了给你的题目里。"

多年以后，当高斯回忆起这一幕时，总是说："如果有人告诉我，这是一道有两千多年历史的数学难题，我不可能在一个晚上解决它。"后来为了纪念高斯，在德国哥廷根大学的广场上，引人注目地矗立着一座用白色大理石砌成的纪念碑，它的底座砌成正十七边形，纪念碑上是一个青铜高斯雕像。19世纪前期，德国数学家高斯在近代科学研究领域里，以其数学研究的辉煌成果，被世人公认为继牛顿之后的最伟大的数学家。

1799年，他证明了代数学的一个基本定理：实系数代数方程必有根。1801年，他出版了《算术研究》一书，开创了近代数论。1818年，他提出了关于非欧几里得可能性的思想，虽然在生前没有发表，可实际上他已经是非欧几里得几何学的创始人之一。1827年，他又建立了微分几何中关于曲面的系统理论——这是微分几何的开端，著有《曲面的一般研究》一书。1831年，他建立了复数的代数学，用平面上的点来表示复数，破除了复数的神秘性。另外，他沿着拉普拉斯的思想，继续发展了概率论。此外，他还研究了向量分析，关于正态分布的正规曲线、质数定理的验算等。他在数学的许多方面都取得了出色的成果。高斯24岁时出版了《算学研究》，这本书原来有八章，由于钱不够，只好印七章。这本书除了第七章介绍代数基本定理外，其余都是数论，可以说是数论第一本有系统的著作。

高斯还是一个多才多艺的人，他不仅在数学上无人可比，同时在天文学、物理学直至测地学等方面也都有较深的造诣。在天文学方面，高斯研究了月球的运转规律；还创立了一种可以计算星球椭圆轨道的方法，可以极准确地预测出行星的位置。在物理学方面，高斯与德国物理学家韦伯合作，一道建立了电磁学中的单位制，并于1833年首创了电磁铁电报机。高斯还在库仑定律的基础上，提出了高斯定律，它是静电作用的基本定律之一。在测地学方面，高斯发明了"日光反射器"，并写出了相关著作。为了研究地球表面，他在地图投影中采用了等角法。高斯还发表了地磁理论，绘出了世界上第一张地球磁场图，写出了磁南极和磁北极的位置。

高斯的学术地位，历来为人们推崇。他有"数学王子""数学家之王"的美称、被认为是人类有史以来"最伟大的四位数学家之一"（阿基米德、牛顿、高斯、欧拉）。人们还称赞高斯是"人类的骄傲"。天才、早熟、高产、创造力不衰……，人类智力领域的几乎所有褒奖之词，对于高斯都不过分。如果我们把18世纪的数学家想象为一系列的高山峻岭，那么最后一个令人肃然起敬的巅峰就是高斯；如果把19世纪的数学家想象为一条条江河，那么其源头就是高斯。

在1855年2月23日的清晨，高斯在他的睡梦中安详地去世了。

● 妙语点睛

自我认同是很重要的。有人说："你认为你行，你就行！"虽然这种说法有些主观唯心，但是也不无道理。面对困难有些人首先进行的是消极的自我暗示，不断地对自己说："我不行，我不行"，这在气势上就输了，心理层面上就短了一截。当我们面对困境时，分析清楚情况后，应首先给自己打气，告诉自己："我能行！"然后坚持下去。

持之以恒　义无反顾

——巴尔扎克的恒心故事

● 榜样人物

巴尔扎克（1799—1850），生于法国中部的图尔城。19世纪法国伟大的批判现实主义作家，欧洲批判现实主义文学的奠基人和杰出代表。1829年发表了长篇小说《舒昂党人》。这是巴尔扎克获得世界声誉的第一部作品。此后他以旺盛的精力，惊人的速度写出了一部又一部作品，筑成了宏伟壮丽的文学大厦——《人间喜剧》，主要作品有：《欧也妮·葛朗台》《高老头》《交际花盛衰记》《幻灭》《贝姨》《幽谷百合》《驴皮记》《苏城舞会》等。

● 榜样故事

巴尔扎克从小就喜欢文学，希望有一天自己能够成为一名作家。然而，经商的父亲为了赢得财产和名誉，让他学习了3年法律，并当了诉讼代理人和公证人事务所的见习生。

巴尔扎克非常讨厌这种生活。因而，在3年见习期满后，他同父亲摊牌，提出要到巴黎学习文学和创作。父亲根本不同意，于是父子俩展开了激烈的争论，后来在母亲和他人的调解下，父亲才勉强同意了他的要求，但每月只向他提供最低的生活费用，且只提供两年的时间。

巴尔扎克毫不犹豫地到了巴黎。由于经济拮据，他只好在贫民窟租住阁楼，发愤读书，以卖文补贴生活的费用。两年后，父亲向他提供的最低生活费用中断，他卖文不能够保证他的衣、食、住所需。为使自己能够生活下去，他决定先经商，挣点钱后再从事文学创作。1826年，他向亲友借钱，开了一家经营出版、印刷业的公司，但经营无方，图书销路不畅，他不但没挣到钱，反而赔上了9 000法郎。为了还债，巴尔扎克还想试试运气，又借钱开采废银矿，结果赔得更惨，欠下了6万法郎。从此，巴尔扎克不得不靠借高利贷度日。

巨额的债务并没有使巴尔扎克屈服。之后，他用了整整7年时间练习创作。当他兴高采烈地把第一部作品——五幕诗体悲剧《克伦威尔》读给别人听的时候，很多人竟然睡着了。有一位文学教师对他说："小伙子，我劝你今后改做任何事情，但不要从事写作了。"

巴尔扎克如火的热情被泼了一盆冷水，但这丝毫没有影响他从事文学创作的决心。他认真吸取了这次失败的教训，反思自己究竟该怎样走文学创作之路。这时候，他决定写出一部反映"整个社会历史"的宏伟巨著来。

为了构筑这一鸿篇巨制，巴尔扎克开始系统地学习哲学、历史、经济学、神学等学科，并抽出时间到巴黎大学听文学讲座。为了写作，他一天都要连续工作十几个小时，有时候实在累极了，他就喝一杯浓咖啡，以刺激自己的神经。他曾经慨叹道："我将死于三万杯咖啡！"

1829年，巴尔扎克第一部长篇小说《最后一个朱安党人》出版，并获得了成功，以此拉开了《人间喜剧》创作的序幕。到他去世前，巴尔扎克共创作了九十余部作品，塑造了许多栩栩如生的人物形象，巴尔扎克将作品编成一个总集，取名为《人间喜剧》。

● 妙语点睛

义无反顾，永不偏离既定的正确目标，是一个人走向成功之路必备的。巴尔扎克最终成了大文豪，很大程度上便在于他无论境遇如何，始终义无反顾，永不偏离搞文学创作这个既定目标的执着精神。

顽强毅力创造奇迹

——法拉第的恒心故事

● 榜样人物

迈克尔·法拉第(1791—1867)，19世纪最伟大的实验科学家之一。英国物理学家，化学家。自学成才。提出了著名的电磁感应定律，法拉第电解定律等。英国皇家学会会员，成名后一直坚持青少年科普教育。

● 榜样故事

1791年，法拉第出生于伦敦市郊一个贫困铁匠的家里。他父亲的收入微薄，经常生病，子女又多，所以法拉第小时候连饭都吃不饱，有时他一个星期只能吃到一个面包，当然更谈不到去上学了。

法拉第12岁的时候，就上街去卖报。一边卖报，一边从报上识字。到13岁的时候，法拉第进了一家印刷厂当图书装订学徒，他一边装订书，一边学习。每当工余时间，他就翻阅装订的书籍。有时甚至在送货的路上，他也边走边看。经过几年的努力，法拉第终于摘掉了文盲的帽子。

渐渐地，法拉第能够看懂的书越来越多。劳动了一天以后，他在微弱的烛光下拼命地读书。他开始阅读《大英百科全书》，并常常读到深夜。他特别喜欢电学和力学方面的书。法拉第没钱买书、买本子，就利用印刷厂的废纸订成笔记本，摘录各种资料，有时还自己配上插图。

一个偶然的机会，英国皇家学会会员丹斯来到印刷厂校对他的著作，无意中发现法拉第的"手抄本"。当他知道这是一位装订学徒的笔记时，大吃一惊，于是，丹斯送给法拉第皇家学院的听讲券。

1813年3月，法拉第由戴维举荐到皇家研究所任实验室助手。这是法拉第一生的转折点，从此他踏上了献身科学研究的道路。同年10月，戴维到欧洲大陆作科学考察、讲学，法拉第作为他的秘书、助手随同前往。历时一年半，先后经过法国、瑞士、意大利、德国、比利时、荷兰等国，结识了安培、盖·吕萨克等著名学者。1815年，法拉第陪同戴维教授自欧洲大陆旅行讲学归来后，除了协助戴维进行化学试验之外，自己也开始独立从事一些小实验。他在以后的10年里进行了各方面的实验。1842年，法拉第被选为伦敦皇家学会会员。一年后，他发现了一种重要的碳氢化合物——苯。同年，任皇家实验室主任，不久，又任化学教授，并接替了戴维死后留下的职位。相传法拉第的老师戴维，一个誉满全球、世界公认的大化学家在瑞士日内瓦养病时，有人问他一生中最伟大的发现是什么，他绝口不提自己发现的钠、钾、氯、氟等元素，却说："我最伟大的发现是一个人，他就是法拉第!"

法拉第主要从事电学、磁学、磁光学、电化学方面的研究，并在这些领域取得了一系列重大发现。1820年，奥斯特发现电流的磁效应之后，法拉第于1821年提出"由磁产生电"的大胆设想，并开始了艰苦的探索。1821年9月，他第一次实现了电磁运动向机械运动的转换，从而发明了电动机的实验室模型。

1831年是法拉第重大发现的一年。这一划时代的伟大发现，使人类掌握了电磁运动相互转变以及机械能和电能相互转化的方法，成为现代发电机、电动机、变压器技术的基础。与此同时，他还研究了电流的化学作用。

为了说明电的本质，法拉第进行了电流通过酸、碱、盐溶液的一系列实验，从而导致1833—1834年连续发现电解第一定律和电解第二定律，为现代电化学工业奠定了基础，第二定律还指明了存在基本电荷，电荷具有最小单位，成为支持电的离散性质的重要结论，对于导致基本电荷的发现以及建立物质电结构的理论具有重大意义。为了正确描述实验事实，法拉第确定了迁移率、阴极、阳极、阴离子、阳离子、电解、电解质等许多概念和术语。

回国以后，法拉第开始独立进行科学研究。不久，他发现了电磁感应现象。1834年，他发现了电解定律，震动了科学界。这一定律，被命名为"法拉第电解定律"。由于他对电化学的巨大贡献，人们用他的姓——"法拉第"，作为电量的单位，用他姓的缩写——"法拉"作为电容的单位。1845年，他病愈后又重新置身于研究工作之中，并发现了抗磁性。

法拉第是电磁场理论的奠基人，他首先提出了磁力线、电力线的概念，在电磁感应、电化学、静电感应的研究中进一步深化和发展了"力线思想"，并第一次提出"场"的思想，建立了电场、磁场的概念，否定了超距作用观点。爱因斯坦曾指出，场的思想是法拉第最富有创造性的思想，是自牛顿以来最重要的发现。麦克斯韦正是继承和发展了法拉第的"场"的思想，为之找到了完美的数学表示形式，从而建立了电磁场理论。

法拉第依靠刻苦自学，从一个连小学都没念过的装订图书学徒工，跨入世界第一流科学家的行列。恩格斯曾称赞法拉第是"到现在为止最大的电学家"。

● 妙语点睛

法拉第对科学坚韧不拔的探索精神，为人类文明进步纯朴无私的献身精神，连同他的杰出的科学贡献，永远为后人敬仰。

恒心缔造"童话王国"

——迪斯尼的恒心故事

● **榜样人物**

沃尔特·迪斯尼（1901—1966），迪斯尼公司的创始人，创造了米老鼠等一系列的卡通形象，制作了电影史上第一部完整的动画影片，并创建了迪斯尼主题公园。

● **榜样故事**

1901年12月5日，沃尔特·迪斯尼生于美国芝加哥的一个农民家庭。他的父亲伊莱亚斯是一个木匠。伊莱亚斯自己建造了一座木屋，迪斯尼就出生在这里。沃尔特·迪斯尼原来只是一个卖报少年，最大的愿望就是成为一位著名的艺术家。

迪斯尼曾经想走上战场，他16岁时曾经变更了自己的出生日期，混进了红十字战场救护队，但战争在他去战场之前先一步结束了。不过他到了法国，赌骰子赢了300美元，这是他一生难忘的经历。一年后，他回到美国，在堪萨斯城为人制作一些广告，包括绘画和摄影等工作。

沃尔特·迪斯尼是一位孤独的年轻画家，除了理想，他一无所有。为了理想，他毅然出门远行，来到堪萨斯城谋生。起初也到一家报社应聘，编辑部周围有较好的艺术氛围，这也正是他所需要的，但主编阅读了他的作品后大摇其头，认为作品缺乏新意，不予录用。这使他感到万分失望和颓丧，和所有出门打天下的年轻人一样，他初尝了失败的滋味。后来，他终于找到了一份工作，替教堂作画。可是报酬极低，他无力租用画室，只好借用一家废弃的车库作为临时的办公室。他每天就在这充满汽油味的车库辛勤地工作到深夜。他认为没有比那时更艰苦的了。尤其令人厌烦的是，每天熄灯睡觉时，就能听到老鼠吱吱的叫声和在地板上的跳跃声。为了明天有充足的精力去工作，他忍耐了。不过，好歹有一只老鼠与他为伴，他感到自己并不孤单。也许是太累了，他一沾地板就能呼呼大睡。那只小老鼠一次次出现，不只是在夜里。他从来没有伤害过它，甚至连吓唬都没有。磨难已经使他具备大艺术家所具有的悲天悯人的情怀。就这样，一名贫困的画家接纳了一只小老鼠，与它共处一室，倒也觉得这个荒弃的车库充满生机。小老鼠在地板上做着各种运动，表演精彩的杂技。而他作为唯一的观众，则奖给它一点点面包屑。渐渐地，他们互相信任，彼此间建立了友谊。老鼠先是离他较远，见他没有伤害自己的意思，便一点点靠近。最后，老鼠竟敢大胆地爬上他工作的画板，并在上面有节奏地跳跃。而他呢，决不会去赶走它，而是默默地享受与它亲近的情意。信赖，往往可以创造出美好的境界。不久，年轻的画家离开了堪萨斯城，被介绍到好莱坞去制作一部以动物为主的卡通片。这是他好不容易得到的一次机会，他似乎看到理想的大门开了一道缝。但不幸得很，他再次失败了，不但因此穷得身无分文，并且再度失业。多少个不眠之夜他在黑暗里苦苦思索，他怀疑自己的天赋，怀疑自己真的一文不值，他在思索着自己的出路。终于在某天夜里，就在他潦倒不堪的时候，他突然想起了堪萨斯城车库里那只爬到他画板上跳跃的老鼠，灵感就在那个暗夜里闪了一道耀眼的光芒。他迅速地爬起来，点亮灯，支起画架，立刻画了一只老鼠的轮廓。有史以来，最伟大的动物卡通形象——米老鼠就这样平凡地诞生了。灵感只青睐那些勤于思考的头脑。这位年轻的画家就是后来英国最负盛名的人物之一——才华横溢的沃尔特·迪斯尼先生。他创造了风靡全球的米老鼠。谁能想到，在那间充满汽油味的车库里曾经生活过的一只小老鼠，成了世界上最负盛名的影片的鼻祖。米老鼠足迹所至，所受到的欢迎让许多明星望尘莫及，也让沃尔特·迪斯尼名噪全球。堪萨斯城那间充满汽油味的车库，沃尔特·迪斯尼先生后来说，至少要值100万美元。其实那里没有什么，只有一只老鼠，那是上帝给他的，上帝给谁都不会太多。

● 妙语点睛

人人都有梦想，然而随着岁月的流逝，那些童年的梦想都随之黯淡了。记得自己最初的梦想并坚强地走下去，梦想总有实现的那一天。

坚持不懈始成功

——威廉·怀拉的恒心故事

● 榜样人物

威廉·怀拉，美国推销寿险的顶尖高手，年收入高达百万美元，他成功的秘诀就在拥有一张令顾客无法抗拒的笑脸。威廉原来是全美家喻户晓的职业棒球明星球员，到了40岁因体力日衰而被迫退休，而后去应征保险公司的推销员。

● 榜样故事

曾经在全美家喻户晓的职业棒球明星威廉·怀拉在40岁时因体力不济而告别体坛，他不得不另谋生路。失业后的他在心里琢磨着，凭自己的知名度去保险公司应聘个推销员应该不会有什么问题吧？可结果却出乎他的意料，人事部经理当场拒绝他道："吃保险这碗饭必须笑容可掬才能赢得顾客青睐，但您做不到，我们无法录用。"

遭遇如此折面子的闭门羹，怀拉没有愤怒，更没有打退堂鼓。他决心像当年初涉棒球领域那样从头开始学习"笑"，从此他每天都把自己关在房间里练习大笑。由于天天要在客厅里放开声音笑上几百次，令周围邻居产生了误解：难道是失业对他刺激太大，他的神经出了问题？怀拉听到邻居的误解很不好意思，为了不干扰邻居，他只好把自己关进卫生间里继续练习。

大概过了一个月，怀拉觉得自己已经练得很不错了，便跑去见经理，当场就展开了笑脸。然而得到的却是经理冷冰冰地回答："不行！您笑得还不够灿烂。"

怀拉天生就是一个执着的人，才不会轻易放弃，他偏要进保险公司不可了。这次他一回到家就继续苦练了起来，而且一练就是三个月。

一次，他在路上遇见一个熟人，非常自然地笑着打招呼。对方惊叹道："怀拉先生，才一段时日不见，您的变化真大，简直和以前判若两人了！"

听完熟人的评论，怀拉充满信心地再次去拜见经理，笑得很开心。

"您笑得比以前好点了。"经理指出，"然而还不是真正发自内心的那一种。"

再三遭到拒绝的怀拉并不气馁，回家继续揣摩起真心的笑容来。他终于如愿以偿，以真心的笑容被保险公司录用。这位昔日棒球明星严肃冷漠的脸庞上，绽放出发自内心的婴儿般的笑容。他的笑容是那样的天真无邪，那样的讨人喜欢，实在让顾客无法抗拒。就是靠这张并非天生而是苦练出来的笑脸，怀拉很快成了全美推销保险的高手，年收入突破百万美元。

● 妙语点睛

昔日的棒球明星威廉·怀拉硬是靠着苦练让严肃冷漠的脸庞，绽放出发自内心婴儿般的笑容，还因此成了全美推销保险的高手，年收入突破百万美元。

宽容篇

宽容是一种美德……

宽容是潇洒。宽厚待人，容纳非议，乃事业成功、家庭幸福美满之道。

宽容是忍耐。君子之道，忠恕而已矣。己所不欲，勿施于人。

宽容是人世间最珍贵的礼物，拥有宽容的心和接受宽容都是莫大的幸福。"宽容就像天上的细雨滋润着大地。它赐福于宽容的人，也赐福于被宽容的人。"

聪明如你我者，当你对他人多一点宽容，多一点大度，多一点容忍，多一点体贴，多一点谅解的同时，你自己也会少一些忧愁，少一些烦恼，少一些郁闷，少一些痛苦，少一些不快。宽容降低了耗气伤神的砝码，增加了健康快乐的基数。

宽容大度

——楚庄王的宽容故事

● 榜样人物

楚庄王（？—前591），春秋时期楚国国君。郢都人，楚穆王之子，公元前613年至公元前591年在位。春秋五霸之一。

● 榜样故事

一次，楚庄王因为打了大胜仗，十分高兴，便在宫中设盛大晚宴，招待群臣，只见宫中到处觥筹交错。楚庄王也兴致高昂，叫出自己最宠爱的妃子许姬，轮流替群臣斟酒助兴。

突然一阵大风吹进来，蜡烛被风吹灭，立刻漆黑一片。黑暗中，有人扯住许姬的衣袖想要亲近她。许姬便顺手拔下那人的帽缨并赶快挣脱离开，然后许姬来到楚庄王身边对楚庄王说："有人想趁黑暗调戏我，我已拔下了他的帽缨，请大王快吩咐点灯，看谁没有帽缨就把他抓起来处置。"

楚庄王说："且慢！今天我请大家来喝酒，酒后失礼是常有的事，不宜怪罪。再说，众位将士为国效力，我怎么能为了你而辱没我的将士呢？"说完，楚庄王不动声色地对众人喊道："各位，今天寡人请大家喝酒，大家一定要尽兴，请大家都把帽缨拔掉，不拔掉帽缨不足以尽欢！"

于是群臣都拔掉自己的帽缨，楚庄王命人重又点亮蜡烛，宫中一片欢笑，众人尽欢而散。

三年后，晋国侵犯楚国，楚庄王亲自带兵迎战。交战中，庄王发现自己军中有一员将官，总是奋不顾身，冲杀在前，所向无敌。众将士也在他的影响和带动下，奋勇杀敌，斗志高昂。这次交战，晋军大败，楚军凯旋回朝。

战后，楚庄王把那位将官找来，问他："你在此次战斗中奋勇异常，寡人平日好像并未给过你什么特殊好处，你为什么如此冒死奋战呢？"

那将官跪在楚庄王阶前，低着头回答："三年前，臣在大王宫中酒后失礼，本该处死，可是大王不仅没有追究、问罪，反而还设法保全我的面子，臣深深感动，对大王的恩德牢记在心。从那时起，我就时刻准备用自己的生命来报答大王的恩德。这次上战场，正是我立功报恩的机会，所以我才不惜生命，奋勇杀敌，就是战死疆场也在所不辞。大王，臣就是三年前那个被王妃拔掉帽缨的罪人啊！"

一番话使楚庄王和在场将士大受感动。楚庄王走下台阶将那位将官扶起，那位将官早已是泣不成声。

● 妙语点睛

楚庄王的争霸活动，有声有色，文治武功，荦然卓著。尤其是其宽容大度，于楚史，可谓前无古人、后无来者；于春秋史，其武功可与桓、文并列，而谋略文采或有过之。

宽大胸怀得人心

——蔺相如的宽容故事

● 榜样人物

蔺相如，相传为河北曲阳人。战国时期赵国上卿。在强秦意图兼并六国、斗争逐渐尖锐的时候，不仅凭借着自己的智慧和勇气，让秦国屡屡受挫，更难得的是，他有容人之量，以大局为重，是一位胸怀广阔的政治家。

● 榜样故事

战国时期，赵惠文王因蔺相如在和氏璧一事立功，拜他为上卿，官位在廉颇之上。廉颇因此心中感到十分不痛快，因为他向来居功自傲。他认为蔺相如不过是因为一块石头就这么受重用，很不服气，扬言一定要当面侮辱蔺相如。蔺相如知道这件事以后，不想和廉颇发生矛盾冲突，也不愿意和廉颇争位次高低，便处处留意，避让廉颇，上朝时也假称有病，以便回避。有一次，蔺相如乘车外出，远远看见廉颇的车子迎面过来，就急忙叫手下把车赶到小巷里避开。蔺相如的门客都认为蔺相如害怕廉颇，非常气愤，就对蔺相如说："我们一直认为你很勇敢，连秦王都不害怕，可是现在一个小小的廉颇就把你吓成这个样子，上朝都不敢，路上遇见还要躲开。我们对你太失望了。"蔺相如连忙解释说："依你们看来，是廉将军厉害，还是秦王厉害？"门客们说："当然是秦王厉害。"蔺相如说："对了，秦王威慑天下，我都敢在朝堂上斥责他，侮辱他的臣子，难道我还会害怕一个廉将军吗？只不过我是想，强大的秦国之所以不敢对赵国用兵，正是因为有廉将军和我两个人啊！如果我们两个人争斗起来，那势必不能共存，所谓'两虎相斗，必有一伤'，这不是正合秦国的心意了吗？我对廉将军一再退让，正是以国家利益为重，把私人恩怨抛在脑后啊！"

蔺相如的话，使手下人极为感动。他们也学蔺相如的样子，对廉颇手下人处处谦让。此事传到了廉颇耳中，廉颇为相如拥有如此宽大的胸怀而深深感动，更觉得十分惭愧。于是脱掉上衣，在背上绑了一根荆杖，到相如家中请罪，并沉痛地说："我是个粗陋浅薄之人，真想不到先生对我如此宽容。"

蔺相如见廉颇态度真诚，便亲自解下他背上的荆杖，请他坐下，两人坦诚畅叙，从此誓同生死，成为至交。

● 妙语点睛

蔺相如多谋善辩，胆略过人。他以国家利益为重，不畏强暴，出使秦国，留下了流芳千古的"完璧归赵"的故事。他为了国家利益，忍辱负重，终使大将廉颇"负荆请罪"。宽容的力量如此伟大，"将相和"的典故为历代人们所传颂。

以德报怨

——郭子仪的宽容故事

● 榜样人物

郭子仪（697—781），华州郑县人，祖籍山西汾阳。唐代著名的军事家。武举出身。安史之乱时任朔方节度使，在河北打败史思明。后收复洛阳、长安，功居平乱之首，晋为中书令，封汾阳郡王。代宗时，叛将勾引吐蕃、回纥进犯关中地区，郭子仪正确地采取了结盟回纥，打击吐蕃的策略，保卫了国家的安宁。郭子仪戎马一生，屡建奇功，以84岁的高龄告别沙场。

● 榜样故事

郭子仪和李光弼原本都是朔方（今宁夏一带）节度使安思顺手下的两员爱将，两人智勇双全，能征善战，人人都夸奖他们。可是他们两个人都认为自己比对方强，谁也不服谁，特别是当其他人夸奖另一个人的时候，他们都很生气，因此他们的关系很僵，甚至到了互相见面都不说话的程度。后来，郭子仪代替安思顺被朝廷任命为朔方节度使，李光弼成了他的下级。自从郭子仪上任后，李光弼天天忧心忡忡，心想这回郭子仪做了自己的顶头上司，以前的恩恩怨怨他能忘记吗，郭子仪一定会报复自己，自己绝对不能坐以待毙，必须马上离开，走得远远的。可就在这时候，他们忽然接到了皇帝的手谕，命郭子仪平定叛军，李光弼找到郭子仪说："我过去得罪过你，你可以把我处死，但不要株连我的妻儿。"郭子仪一听，赶紧从堂上跑下来，拉着李光弼的手走到堂上，流着眼泪说："现在国家大乱，这是你我计较私怨的时候吗？"说着就给李光弼跪下了。李光弼也感动不已，跪倒在地，两个人握着手对拜起来，表示：一定要同心协力，奋勇杀敌，报效国家。后来，他们紧密配合，讨伐叛军凯旋。

郭子仪在平定"安史之乱"和抵御外族入侵中屡立奇功，却遭到了皇帝身边的红人——太监鱼朝恩的嫉恨。郭子仪率兵在外征战，鱼朝恩竟暗地里派人挖毁郭子仪父亲的墓穴，抛骨扬灰。郭子仪领兵胜利回朝后，好多人都认为肯定会有一场血雨腥风。不料当代宗皇上忐忑不安地提及此事时，郭子仪却伏地大哭，说："臣将兵日久，不能禁阻军士们残人之墓，今日他人挖先臣之墓，这是天谴，不是人患。"听到这些满朝文武无不为之感叹，鱼朝恩也羞愧得恨不得找个地缝钻进去。家仇的烈焰被郭子仪宽容的泪水给熄灭了。

郭子仪手握兵权，在朝中日益得到皇上的信任，鱼朝恩担心自己早晚会被郭子仪收拾，便想来个先下手为强，在家中摆下"鸿门宴"，请郭子仪赴宴。鱼朝恩的险恶用心连郭子仪的下属都看得一清二楚，他们极力劝阻郭子仪不要去。郭子仪却淡然一笑，不以为然，穿上便装，带上几个家童从容赴宴。鱼朝恩见了惊讶不已，在得知实情后，阴毒无比的一代奸臣竟被感动得号啕大哭，从此以后再不以郭子仪为敌，反而处处维护他。

● 妙语点睛

宽容往往能消灭一个敌人，并为自己增加一个支持者。宽容别人的同时，也就宽容了自己。生活中处处都有矛盾，时时都有矛盾。宽容是解决矛盾最好的办法。

宽容对待"陌路人"

——林语堂的宽容故事

● 榜样人物

林语堂（1895—1976），福建龙溪（现龙海）人。原名和乐，后改玉堂，又改语堂。笔名毛驴、宰予、岂青等，文学家。林语堂的作品主要有：《京华烟云》《风声鹤唳》《赖柏英》《朱门》《啼笑皆非》《唐人街家庭》《逃向自由城》《红牡丹》《人生的盛宴》《吾国与吾民》又名《中国人》《剪拂集》《欧风美语》《大荒集》等。

● 榜样故事

　　林语堂先生是一个豁达之人。他有一个特点，凡事都不会放在心上。一般人容易记仇，林先生则不然。他从不记仇，也不记恨于任何事。

　　遥想当年，林语堂曾与鲁迅先生产生重大分歧。二三十年代，林先生在上海主编《论语》《宇宙风》等杂志期间，以自由主义者的姿态，提倡"性灵""幽默"。其中，1925 年刊于《语丝》的林语堂的文章《插论语丝的文体——稳健、骂人及费厄泼赖》，是两人论战的开端。鲁迅先生随后写了《骂杀和捧杀》《读书忌》《病后杂谈》《论俗人应避雅人》《隐士》《天生蛮性》等投枪文章。林语堂呢，也不示弱，以《我不敢再游杭》《今文八弊》等文章反击，并表示"欲据牛角尖负隅以终身"。鲁迅的文章，是富有战斗力的，其文字也是锋利无比的。比如，他在《天生蛮性》一文中，只写了三句话："辜鸿铭先生赞小脚；郑孝胥先生讲王道；林语堂先生谈性灵。"鲁迅将林语堂与前清遗老、伪满总理相提并论，可见当时鲁迅对林语堂的鄙夷之情，已到了什么样的程度。

　　林周二人，曾是志同道合的战友，也是不错的朋友。他们各有一支如椽之笔，走向却完全不同。一个高谈幽默，主张性灵闲适，因而曲折地表示自己的不满；另一个则毅然选择"直面惨淡的人生"，将文学当作"匕首"和"投枪"。这是性格所致，也是正常的。但是，俩人由文字引发的争论，直接招致两人的彻底分裂。

　　1936 年 10 月 19 日，鲁迅因肺结核不治而亡。此时，正在美国的林语堂，在鲁迅去世的 4 天之后，写了一篇文章，题目叫《悼鲁迅》，这篇文章是很值得一读的。

　　林语堂在文中写道："鲁迅与我相得者二次，疏离者二次，其即其离，皆出自然，非吾与鲁迅有轩轾于其间也。吾始终敬鲁迅。鲁迅顾我，我喜其相知；鲁迅弃我，我亦无悔。大凡以所见相左相同，而为离合之迹，绝无私人意气存焉。"其"敬鲁迅"，是非常明确的。他还说："鲁迅诚老而愈辣，而吾则羡慕儒家之明性达理。鲁迅党见愈深，我愈不知党见为何物，宜其刺刺不相入也。然吾私心终以长辈事之（林语堂小鲁迅 14 岁）。至于小人之捕风捉影挑拨离间，早已置之度外矣。"当然，林语堂对鲁迅也有客观评价，比如，"鲁迅与其称为文人，不如号为战士"。综观全文，林语堂对鲁迅的去世是悲痛的，也是惋惜的。他在文章的开头说："若说悲悼，恐又不必，盖非所以悼鲁迅也。"因为，"鲁迅不怕死，何为以死悼之?"其语言是深情的。

几十年后，林语堂寓居美国，也多次提到鲁迅。1961 年 1 月 16 日，林语堂应邀到美国国会图书馆讲《五四以来的中国文学史》，开篇便称鲁迅"在打倒旧中国方面是个主将"，而且是"最好的小说家"。虽然两人立场不同、观点有差异，然而林语堂的宽容态度，是令人肃然起敬的。

● 妙语点睛

对待亲人、朋友宽容是很容易做到的事情，但是对待立场不同人的宽容是难能可贵的。宽以待人是人世间最美好的境界，宽容能净化人的心灵。

巧妙的宽容

——林肯的宽容故事

● 榜样人物

林肯（1809—1865），出生于肯塔基州哈丁县一个农民家庭。美国前总统，美国伟大的民主主义政治家。任职总统期间相继颁布了《宅地法》《解放黑奴宣言》等。1865 年 4 月 14 日晚，林肯在华盛顿的福特剧院遇刺身亡。林肯为维护美国国家统一和解放黑人奴隶运动做出了重要贡献，受到后人的尊敬。马克思曾经这样评价林肯："他是一位达到了伟大境界而仍然保持自己优良品质的罕有的人物。这位出类拔萃和道德高尚的人竟是那样谦虚，以致只有在他成为殉道者倒下去之后，全世界才发现他是一位英雄。"

● 榜样故事

总统竞选前夕，林肯在参议院演说的时候，遭到一个参议员的羞辱。那位参议员说："林肯先生，在你开始演讲之前，我希望你记住自己是个鞋匠的儿子。"

"我非常感谢你使我想起了我的父亲，他已经过世了。我一定记住你的忠告。我知道我做总统无法像我父亲做鞋匠那样做得好。"林肯回敬那位参议员。

参议院顿时陷入了一片寂静当中，所有人都屏住了呼吸，空气当中到处弥漫着一股火药味，好像点上火就能燃烧起来。

这时候林肯转过头来对那位傲慢的议员说："据我所知，我父亲以前也为你的家人做过鞋子，如果你的鞋子不合脚，我可以帮你修改直到合适为止。虽然我不像我的父亲一样是一位伟大的鞋匠，但我从小就跟我的父亲学会了做鞋子的技术。"然后，他又对所有的参议员说："对参议院的任何人都一样，如果你们穿的鞋也是我父亲做的，并且你们的鞋还需要修改，我一定尽可能帮忙。但有一点是可以肯定的，就是我父亲的手艺是无人能比的。"

说到这里，整个会场的气氛开始缓和下来，紧张的空气被真诚的掌声给驱散了。

事后有人批评林肯对待政敌的态度："你为什么试图让他们变成你的朋友呢？你应该想办法打击他们，消灭他们才对。"

"我们难道不是在消灭政敌吗？当我们成为朋友时，政敌就不存在了。"林肯温和地说。这就是林肯消灭政敌的方法：将敌人变成朋友。

就这样，他两次被选为美国总统。

今天在以他名字命名的纪念馆的墙壁上还刻着这样一段话：

"对任何人不怀恶意；对一切人宽大仁爱；坚持正义，因为上帝使我们懂得正义；让我们继续努力去完成我们正在从事的事业；包扎我们国家的伤口。"

● 妙语点睛

宽容是最高尚的美德，是人世间最珍贵的礼物。只有学会宽容别人，才能为自己铺平前进的道路，看到美好的未来。

"搬运工"的宽容大度

——托尔斯泰的宽容故事

● 榜样人物

列夫·托尔斯泰（1828—1910），俄国作家，被认为是世界最伟大的作家之一。他出身贵族家庭，1840年考入喀山大学，受到卢梭、孟德斯鸠等启蒙思想家的影响。主要作品有：《战争与和平》《童年》《少年》

《一个地主的早晨》《家庭幸福》《哥萨克》《安娜·卡列尼娜》《忏悔录》《黑暗的势力》《教育的果实》《魔鬼》《伊凡·伊里奇之死》《克莱采奏鸣曲》《哈泽·穆拉特》《舞会之后》《复活》等。

● 榜样故事

随着作品的不断问世，托尔斯泰成了世界著名的大作家。他出身贵族，却一直都喜欢和平民百姓在一起，与他们交朋友，从来不摆大作家的架子。

一次，托尔斯泰去长途旅行，路过一个小火车站时，想到车站上走走，便来到站台上。这时，一列火车马上就要开动了，汽笛已经拉响。托尔斯泰正在站台上慢慢走着，忽然，一位女士从那个列车的一个车窗里伸出头来冲他直喊："老头儿！老头儿！快替我到候车室把我的手提包拿来，我忘记拿了。"

原来，这位女士见托尔斯泰穿着简朴，衣服、帽子上还沾了不少尘土，就把他当作车站的搬运工了。

听到那位女士的话后，托尔斯泰便急忙跑进候车室拿来提包，递给了这位女士。

女士感激地说："谢谢啦！"随手递给托尔斯泰1枚硬币，"这是赏给你的。"

托尔斯泰接过硬币，瞧了瞧，装进了口袋。

这时，女士身边有个旅客认出了这个风尘仆仆的"搬运工"，就大声对女士叫道："太太，您知道您赏钱给谁了吗？他就是列夫·托尔斯泰呀！"

"啊！老天爷呀！"女士惊呼起来，"我这是在干什么呀！"她对托尔斯泰忙解释说："托尔斯泰先生！托尔斯泰先生！看在上帝的面儿上，请别计较！请把硬币还给我吧，我怎么会让您帮我搬东西呢？还给您小费，多不好意思！我这是在做什么呢？"

"太太，您干吗这么激动？"托尔斯泰平静地说，"您又没做什么坏事！这个硬币是我挣来的，我得收下。"

汽笛再次长鸣，列车缓缓开动，带走了那位因托尔斯泰的幽默而略感安慰的女士。

托尔斯泰微笑着，目送列车远去。

● 妙语点睛

宽容就是潇洒。"处处绿杨堪系马，家家有路到长安。"宽厚待人，容纳非议，是通向事业成功、快乐人生的必经之路。

博大胸怀受人敬仰

——曼德拉的宽容故事

● 榜样人物

纳尔逊·曼德拉，杰出政治家，黑人民权运动领导人，南非前总统，1993年诺贝尔和平奖获得者。曼德拉一生都在为反对白人种族歧视、争取黑人自由平等权利而斗争，多次被南非当局以"颠覆罪"和"企图以暴力推翻政府"为名逮捕和关押。1994年5月，在南非首次多种族大选后当选为南非第一位黑人总统。

● 榜样故事

作为一位当代伟人，曼德拉博大宽广的胸怀备受世人敬仰。2000年，南非全国警察总署发生了这样一件严重的种族歧视事件：在总部大楼的一间办公室里，当工作人员开启电脑时，电脑屏幕上的曼德拉头像竟逐渐变成了"大猩猩"，全国警察总监和公安部长闻之勃然大怒，南非人民也因之义愤填膺。消息传到曼德拉的耳朵里，他反而非常平静，对这件事并不"过分在意""我的尊严并不会因此而受到损害"，并表示警察总署出现了这类问题，看来需要整肃纪律了。几天后，在参加南非地方选举投票时，当投票站的工作人员例行公事地看着曼德拉身份证上的照片与其本人对照时，曼德拉慈祥地一笑："你看我像大猩猩吗？"逗得在场的人笑得合不拢嘴。不久，在南非东部农村地区一所新建学校的竣工典礼上，曼德拉不无幽默地对孩子们说："看到你们有这样的好学校，连大猩猩都十分高兴。"话音刚落，数百名孩子笑得前仰后合，曼德拉也会心地笑了。巧用别人对自己的恶作剧，反用幽默活跃气氛，在这里，幽默成为曼德拉博大胸怀的自然写照，书写着一个坦荡而豁达的胸襟，体现着一种包容万事万物的海量。

● 妙语点睛

宽容的人永远年轻、快乐。在当今世界上，少数几个堪称"伟大"的政治家之一的南非前总统曼德拉，就是这个道理的活生生的明证。

巧助下属解围

——撒切尔夫人的宽容故事

● **榜样人物**

玛格丽特·希尔达·撒切尔，生于英格兰林肯郡格兰瑟姆市。1943年进牛津大学萨默维尔女子学院攻读化学。1959年，撒切尔夫人当选为保守党下院议员。1961年任国民保险部政务次官。1964年任下院保守党前座发言人。1970年任教育和科学大臣。1975年2月当选为保守党领袖。1979年5月保守党大选获胜，撒切尔夫人出任首相，成为英国历史上第一位女首相。1983年6月和1987年6月连任首相。

● **榜样故事**

一天清晨，弗格斯家的电话铃声骤然响起。他刚握起话筒，一个陌生而嘶哑的男中音便在电话那头响起："弗格斯先生您好，我是杰克法官。刚刚有人指控您偷了一家商店的两本书，请您务必于下午1点钟到达法庭接受审理，希望您积极配合我们。"

弗格斯一头雾水，他已经有段时间没有去过商店了，再说以他的地位和经济实力，还用得着去偷书？很显然，这是有人设计陷害他。弗格斯刚刚被上司任命为私人秘书，因此招来嫉妒。

下午1点钟，弗格斯准时到达法庭。指控人是个英俊的年轻人，语句如锋利的刀剑；弗格斯也不是任人宰割的软饼。二人你来我往，互不相让。法官一时难以判断，只好宣布休庭第二天再审。

弗格斯很气愤，他的上司是个精明强干、不苟言笑的女人，对人对事一向要求严格，她特别要求弗格斯在处理完法院的事情后去见她。

弗格斯很沮丧，干了这么多年，辛辛苦苦得来的职位可能就要这样失去了。推开单位的大门，同事们都不约而同地停下了手中的工作，不过是瞬间而已，但仿佛全世界的目光都聚焦到弗格斯的脸上，弗格斯的脸一阵阵发烫，他一遍遍在心里说："我不是贼，不是，我是清白无辜的，是被人陷害的。"可是没用，他的声音别人听不到。他成了"过街老鼠"，同事们不是斜眼瞄着他，就是绕他而行。弗格斯实在受不了这样的难堪，径直来到女上司的办公室，他想还是自己辞职吧。

女上司先开了口："来，我们去散步。"弗格斯还没明白是怎么回事，女上司已经出了门。

155

弗格斯跟随女上司来到走廊，女上司并没有和他说什么偷窃的事，不过是和他聊聊他的孩子。提到孩子，弗格斯的紧张情绪立刻轻松下来，孩子的诸多趣事让他的脸上不自觉地露出笑容，一向严肃的女上司也不时地点头微笑。

女上司同他走遍了这座办公大楼的所有走廊，很多同事都看到了他们愉快交谈的情景。在走完了所有走廊后，女上司带弗格斯进了茶室，这里的门时刻敞开着，女上司选了临近门口的座位坐下，并示意弗格斯坐在她的对面，使经过和进入茶室的人第一眼就看得见他们。在这里，视时间为金子般珍贵的女上司居然同弗格斯闲坐了一个多小时。

事情很奇怪，当弗格斯再次推开办公室大门的时候，同事们的态度竟然有了180度的大转弯，他们的眼睛里盛满了友善，脸上挂满了笑容……

当弗格斯终于被宣判完全无罪，和他的妻子离开法院准备回家的时候，他看见他的女上司正穿过人群大步向他走来，与他及他的妻子一一拥抱。

"我想我不必对你说什么了，是吧？"女上司故意板着脸。

是的，还用说什么呢？在这令人伤心烦神的事件中，女上司始终是弗格斯的朋友。她毫不吝啬自己的信任并巧妙机智地维护了弗格斯的尊严，使弗格斯能够勇敢地面对鄙夷，最终走出困境。

这位女上司就是英国历史上第一位女首相，被称为政坛"铁娘子"的撒切尔夫人。她凭借宽容与智慧，赢得了民众的支持与信赖。

● 妙语点睛

撒切尔夫人，一个出身平民的女子，成为英国历史上第一位女首相，而且连续当选。她在重大国际、国内问题上，思路清晰，观点鲜明，立场强硬，做事果断，在相当长的一段时间里影响了整个英国乃至欧洲，被誉为欧洲政坛上的"铁娘子"。语言是矮子，行动是巨人，对此道理稔知在心的撒切尔夫人，不落俗套、不留痕迹地帮助下属摆脱了窘境，令人敬佩和感叹。

观众心目中的"冠军"

——涅莫夫的宽容故事

● 榜样人物

涅莫夫，俄罗斯人，世界著名体操运动员，曾多次夺得世界冠军。

● 榜样故事

2004 年 8 月 23 日，雅典奥运会男子单杠决赛正在激烈地进行。28 岁的俄罗斯名将涅莫夫第 3 个出场，他以连续腾空抓杠的高难度动作征服了全场观众，但在落地的时候，他出现了一个小小的失误——向前移动了一步，裁判因此只给他打了 9.725 分。

此刻，奥运史上少有的情况出现了：全场观众不停地喊着"涅莫夫""涅莫夫"，并且全部站了起来，不停地挥舞手臂，用持久而响亮的嘘声，表达自己对裁判的愤怒。比赛被迫中断，第 4 个出场的美国选手保罗·哈姆虽已准备就绪，却只能尴尬地站在原地。

面对这样的情景，已退场的涅莫夫从座位上站起来，向朝他欢呼的观众挥手致意，并深深地鞠躬，感谢他们对自己的喜爱和支持。涅莫夫的大度进一步激发了观众的不满，嘘声更响了，一部分观众甚至伸出双拳，拇指朝下，做出不文雅的动作来。

面对如此巨大的压力，裁判被迫重新给涅莫夫打出了 9.762 分。可是，这个分数不仅未能平息观众的不满，反而使嘘声再次响成一片。

这时，涅莫夫表现出了他非凡的人格魅力和宽阔胸襟。他重新回到赛场，举起右臂向观众致意，并深深地鞠了一躬，表示感谢。接着，他伸出右手食指做出噤声的手势，然后将双手下压，请求和劝慰观众保持冷静，给保罗·哈姆一个安静的比赛环境。

涅莫夫的宽容，让中断了十几分钟的比赛得以继续进行。

在那次比赛中，涅莫夫虽然没有拿到金牌，但他却是观众心目中的"冠军"；他没有打败对手，但他以自己的宽容征服了观众。

"在体操场上，我总是在跟中国运动员竞争。"涅莫夫曾笑着回忆自己的体操生涯，"李小双、杨威、李小鹏，他们都是非常优秀的体操运动员，能跟他们一起比赛，我感到非常荣幸。"从 1994 年到 2004 年，他作为俄罗斯体操队的中坚力量，与几代中国体操运动员"斗争"了 11 年，互有胜负间，也结下了深厚的友谊——李小双和杨威是涅莫夫最重要的中国对手，也是涅莫夫在中国最好的朋友。

1996 年的亚特兰大奥运会，涅莫夫与李小双在男子全能决赛中的竞争可谓是"强者之间的对话"，那次比赛李小双在最后时刻战胜了当时只有 20 岁的涅莫夫，仅仅 0.049 分的差距，也让两个人成了惺惺相惜的好朋友。一次涅莫夫到北京，听说组织者专门请来了李小双，为他们安排一次见面，涅莫夫表现得非常高兴："真的吗？真的有这样的安排？我非常高兴能在这里见到李小双！我们有很长时间没有见面了。"那种快乐，简单而真诚。

智慧篇

　　人的智慧可以积累和传递,首先是在民族内部积累和传递;所以各个民族都有各自风格的智慧。

　　智慧的土壤中生出三片绿芽:好的思想,好的语言,好的行动。换言之,人们通常是以这三片绿芽为标准,来衡量"智慧"这一概念是否成立。没有好的思想、言语、行动来佐证的智慧徒有虚名。

　　智慧是一粒种子,能让你收获;智慧是一丝清风,能让你乘风破浪;智慧是一滴水珠,能让你拥抱海洋;智慧是一缕阳光,能让你永远拥有太阳。好好地侍弄你的智慧,让它在你的生命里生根、发芽、开花、结果吧!

足智惠国

——甘罗的智慧故事

● 榜样人物

甘罗，战国时楚国下蔡（今安徽颍上）人，封为上卿（战国时诸侯国最高的官职，相当于丞相）。从小聪明过人，是著名的少年政治家。他祖父甘茂，是秦国一位著名的人物，曾担任秦国的左丞相。"将门出虎子"，在他祖父的教导下，甘罗从小就聪明机智，能言善辩，深受家人的喜爱。后来，甘茂受到别人的排挤，被迫逃离秦国，不久死于魏国。甘罗便投奔秦国丞相吕不韦的门下，做他的门客。

● 榜样故事

一天，吕不韦回到家里，脸色非常难看，看上去十分恼怒的样子，他的门客甘罗见状，就走上前问："丞相有什么心事，可以告诉我吗？"吕不韦心里正烦得很，见是甘罗，就挥挥手说："走开，走开，小孩子知道什么？"甘罗高声说："丞相收养门客不就是为了能够替你排忧解难吗！现在你有了心事却不告诉我，我即便想要帮忙的话，也没有机会啊！"吕不韦见他说话挺有自信的样子，就改变了态度，说："皇上派刚成君蔡泽到燕国为相，已经3年了，燕王对他很满意。派太子丹到秦国做人质，表示友好，我派张唐到燕国为相，可是他却借故推辞不去。"

甘罗听了，笑道："原来是这样一件小事，丞相何不让我去劝劝他？"吕不韦责备他："小孩子不要口出狂言，我自己请他他还不去，何况你小小年纪。"甘罗听了不服气地说："我听说项橐7岁的时候就被孔子尊为老师，我现在比他还大5岁，你为何不让我去试试，如果不成功的话，你再责备我也不迟啊！"吕不韦见他语气坚定、神气凛然，于是就改变了态度，同意甘罗去试试。

到了张唐家，张唐听说是吕不韦的门客来访，连忙出来，发现甘罗不过是个小孩子，不由得心生轻视，张口就问："你来干什么？"甘罗见他态度傲慢，就说："我来给你吊丧来了。"张唐听了大怒："小孩子怎么能这样说话，我家又没死人，你来吊什么丧？"甘罗笑道："我可不敢胡说啊，你听我讲清一下原因。你和武安君白起相比，谁的功劳更大啊！"张唐连忙答道："武安君英勇善战，南面攻打强大的楚国，北面扬威于燕赵，占领的地方不计其数，功绩显赫。我怎么敢和他相比啊？"

"应侯范雎和文信侯相比，谁更专权独断啊？"应侯是秦国以前的一位丞相，文信侯即吕不韦，张唐答："应侯当然不如文信侯专权独断啦！""你真的知道应侯不如文信侯专权吗？"张唐说："当然了。"甘罗听了笑道："既然如此，那你为何还推辞不去呢？我听说，应侯想攻打赵国的时候，武安君反对他，离开咸阳7里就被应侯派人赐死，像武安君这样的人尚且不能被应侯所容忍，你想文信侯会容忍你吗？"张唐听了这话，不由得直冒冷汗，甘罗见状又说："如果你愿意去燕国的话，我愿意替你先到赵国去一趟。"张唐连忙称谢答应了，请他回去禀报丞相。

甘罗回去把情况告诉吕不韦。吕不韦听了很高兴，甘罗说："张唐虽然不得已答应去了，可经过赵国时可能还会遇到麻烦。我想替他先到赵国去一下。"吕不韦已经相信了他的才能，想了一下就答应了。

赵王早已听说秦国准备派人到燕国为相的事情，心里一直很焦急，担心秦国和燕国联合起来攻打他。这时听说秦国使者求见，连忙说："叫他进来。"不多时，就见一个少年缓步走上前来，大声道："小臣甘罗奉秦王之命，拜见赵王。"赵王连忙让他在旁边坐下，心里暗暗称奇，秦国怎么派了这样一个小孩子来，再仔细一端详，也不由心生喜爱之情，只见那甘罗长得仪表非凡，眼神清朗，眉宇间露着一股轩昂之气，于是就问道："秦国过去一位姓甘的丞相是你的什么人？"甘罗答道："是我的祖父。"赵王问："你今年多大年纪？"甘罗答："小臣今年已12岁了。"赵王听了不由大笑："秦国难道没有人可派吗？让你这个小孩子出来！"甘罗不慌不忙地答道："我们秦王用人，都是按他们才能的大小来让他承担不同的责任，才能高的让他担当重任，才能低的承担小任务，秦王认为这是件小事。所以就派我来了。"赵王听了不由得对甘罗又敬重了几分，问道："你这次到赵国来究竟有什么事吗？"甘罗反问："大王是否听说过燕太子丹入秦为质这件事。"赵王点了点头，甘罗又问："大王是否听说过张唐要到燕国为相？"赵王又点了点头，"既然如此，那你为何还不着急啊？燕派太子入秦为质，说明燕国不欺骗秦国；秦国派张唐入燕为相，说明秦国不欺骗燕国。燕秦不相欺，赵国就危险了。"赵王听了问："秦国和燕国和好，有什么目的吗？"甘罗答："秦燕和好没有别的原因，就是想攻打赵国，扩大河间的地盘啊！""哦，是吗，那您这次来有何见教？"赵王问道。"大王不如给秦国5座城池，秦王自然高兴，你再请求他遣回燕太子，断绝秦燕之好，这样你就可以放心地去攻打燕国了。以强大的赵国攻打小小的燕国，还愁得不到5座城池吗？"赵王听了很高兴，就赏给他黄金百两、白玉一双，并且把送给秦国的5座城池之图让他带回给秦王。

● 妙语点睛

在战国的历史大舞台上，各种各样的人才层出不穷，甘罗年仅12，就能凭自己的智慧周旋于王侯之间，并且不费一兵一卒使秦国得到许多城池，官封上卿，这在中国历史上可以说是绝无仅有的！

智退楚兵

——墨子的智慧故事

● 榜样人物

墨子（约前468—前376），相传原为宋国人，后长期居住在鲁国（今山东滕州一带）。中国先秦墨家学派创始人。战国时期著名思想家、政治家、军事家、科学家。他提出"兼爱""非攻"等观点，创立墨家学说。墨学在当时影响很大，与儒家并称"显学"。墨子还在名辩说方面有所成就，成为战国时期名辩思潮的渊源之一。他的思想主要保存在墨家弟子所编写的《墨子》一书中。

● 榜样故事

战国初年，楚国的国君楚惠王想重新恢复楚国的霸权地位。他要去攻打宋国。为此惠王重用了公输般，来帮助他制造攻城用的云梯。

楚国想进攻宋国的事情，引起了墨子的强烈反对。墨子反对那种为了争城夺地而使百姓遭受灾难的混战。他听到楚国要利用云梯去攻打宋国，就急急忙忙地赶往楚国，他不分昼夜，风雨兼程，跑得脚底磨出水泡，开始流血，为了止血，早点赶到楚国，他就把自己的衣服撕下来裹着脚走。

这样奔走了十天十夜，终于到了楚国的都城郢都。墨子先去见公输般，对他说："你不要去帮助楚惠王攻打宋国。"公输般说："不行，我已经答应楚惠王了。"墨子就要求公输般带他去见楚惠王，公输般答应了。在楚惠王面前，墨子很诚恳地说："楚国土地广大，方圆五千里，地大物博；宋国土地不过五百里，土地贫瘠，物产也不丰富。大王为什么有了华贵的马车，还要去偷人家的破车呢？为什么要扔了自己的绣花绸袍，去偷人家一件旧短褂子呢？"

楚惠王虽然觉得墨子说得有道理，但还是不肯放弃攻打宋国。公输般也认为用云梯攻城很有把握。

见不能说服楚惠王，墨子就直截了当地说："你能攻，我能守，你们也占不了便宜。"他解下了身上系着的皮带，在地上围着当作城墙，再拿几块小木板当作攻城的工具，叫公输般来演习一下，比一比本领。

公输般采用一种方法攻城，墨子就用一种方法守城。一个用云梯攻城，一个就用火箭烧云梯；一个用撞车撞城门，一个就用滚木礌石砸撞车；一个用地道，一个用烟熏。公输般用了九套攻法，把攻城的方法都使完了，可是墨子还有好些守城的高招没有使出来。

公输般呆住了，但是心里还不服，说："我想出了办法来对付你，不过现在不说。"墨子微微一笑说："我知道你想怎样来对付我，不过我也不说。"

楚惠王听两人说话像打哑谜一样，感到莫名其妙，就问墨子："你们究竟在说什么？"

墨子说："公输般的意思很清楚，不过是想把我杀掉，以为杀了我，宋国就没有人帮助他们守城了。其实他打错了主意。我来楚国之前，早已派了禽滑厘等三百个徒弟守住宋城，他们每一个人都学会了我的守城办法。即使把我杀了，楚国也是占不到便宜的。"

楚惠王听了墨子的一番话，又亲自看到墨子守城的本领，知道要打胜宋国没有希望，只好说："先生的话说得对，我决定不进攻宋国了。"

这样，一场战争就被墨子的智慧给阻止了。

● 妙语点睛

墨子，一生才智过人，总是能够巧妙地运用自己的智慧，化险为夷。我们虽然没有墨子的深邃思想和过人才智，但在危难的时刻也应该学会"智取"。

足智多谋

——孙膑的智慧故事

● 榜样人物

孙膑，齐国阿(今山东阳谷东)、鄄(今山东鄄城北)之间人，战国中期杰出的军事家。孙武的后代。曾与庞涓同学兵法。研读过孙武及晋将荀息、孙轸的兵书。庞涓为魏惠王将军，忌其才能，骗他到魏，处以膑刑(去膝盖骨)，故称孙膑。后由齐国使者秘密载回，被田忌推荐给齐威王，任为军师。公元前353年围魏救赵，取得桂陵（今河南长垣西北）大捷。公元前341年攻魏救韩，在马陵（今河南范县西南）大破魏军，俘太子申，庞涓自杀。著有《孙膑兵法》。

● 榜样故事

齐国的大将田忌，很喜欢赛马，有一回，他和齐威王进行一场赛马比赛。他们各自的马都分成上、中、下三等。由于齐威王每个等级的马都比田忌的马强得多，所以比赛了几次，田忌都失败了。他觉得很扫兴，没等比赛结束，就垂头丧气地离开了赛马场。这时，田忌突然听见有人叫他，抬头一看，原来是自己的好朋友孙膑。孙膑招呼田忌过来，拍着他的肩膀说："我刚才看了你们的赛马比赛，要我看，齐威王的马比你的马快不了多少呀！"没等孙膑说完，田忌就狠狠地瞪了他一眼："想不到你也来挖苦我！"孙膑说："我不是挖苦你，我是说你再同他赛一次，我有办法让你赢。"田忌疑惑地看着孙膑："难道是另换马？"孙膑摇摇头说："一匹马也不需要更换。"田忌沮丧地说："那还不是一样会输吗？"孙膑却胸有成竹地说："你就按照我的安排办吧！"齐威王见自己屡战屡胜，便得意扬扬地夸耀自己的马匹，看见田忌和孙膑迎面走来，便站起来讥讽说："怎么，你还不服气？"田忌说："当然不服气，咱们再赛一次！"说着，"哗啦"一声，把一大堆银钱倒在桌子上，作为他下的赌钱。齐威王一看，心里暗暗高兴，吩咐手下，把前几次赢的银钱全部抬来，另外又加了一千两黄金，放在桌子上。齐威王不屑地说："那就开始吧！"一声锣响，比赛开始了。孙膑以田忌的下等马对齐威王的上等马，第一局输了。齐威王站起来说："想不到赫赫有名的孙膑先生，竟然想出这样拙劣的对策。"孙膑也不去理他。接着进行第二场比赛。孙膑拿上等马对齐威王的中等马，胜了一局。齐威王有点心慌意乱了。第三局比赛，孙膑拿中等马对齐威王的下等马，又胜了一局。这下，齐威王目瞪口呆了。比赛的结果是三局两胜，当然是田忌赢了齐威王。还是同样的马匹，由于调换一下比赛马匹的出场顺序，就得到转败为胜的结果。

公元前354年，魏国军队包围赵国都城邯郸，双方战守一年有余，两国军队都人疲马乏。这时，齐国应赵国的求救，派田忌为将，孙膑为军师，率兵八万解救赵国。攻击方向选在哪里？起初，田忌准备直趋邯郸。孙膑认为，要解开纷乱的丝线，不能用手强拉硬扯；要排解别人打架，不能直接参与去打。派兵解围，要避实就虚，击中要害。他向田忌建议说，现在魏国精锐部队都集中在赵国，内部空虚，我们如带兵向魏国都城大梁猛插进去，占据它的交通要道，袭击它空虚的地方，它必然

163

放下赵国回师自救。齐军乘其疲惫，在预先选好的作战地区桂陵等候返回途中的敌军，魏军大败，解了赵国之围。孙膑用围攻魏国的办法来解救赵国的危困，这在我国历史上是一个很有名的战例，被后来的军事家们列为三十六计中的重要一计——围魏救赵。

● 妙语点睛

同样的事情由不同人采取不同的办法就会有截然不同的结果。智者善用自己头脑取得事半功倍的效果。

智勇护国

——晏子的智慧故事

● 榜样人物

晏婴（？—前500），字平仲，又称晏平仲，世称晏子。夷维(今山东高密)人。春秋时期齐国大夫。公元前556年，其父晏弱死后，继任齐卿，历经灵公、庄公、景公三世，是春秋后期一位重要的政治家、思想家、外交家。传世《晏子春秋》一书，是战国时人搜集有关他的言行编辑而成。

● 榜样故事

春秋末期，齐国和楚国都是大国。

有一回，齐王派大夫晏子去出访楚国。楚王知道晏子身材矮小，就在大门的旁边开一个小洞请晏子进去。晏子不进去，说："出使到狗国的人才从狗洞进去。今天我出使到楚国来，不应该从这个洞进去。"听完晏子的话后，迎接宾客的人便无奈地带着晏子从大门走进去。

晏子拜见楚王。楚王说："齐国难道没有人可派了吗？怎么竟然派您来？"晏子回答说："齐国的都城临淄有7500户人家，人们一起张开袖子，天就阴暗下来；一起挥洒汗水，就会汇成大雨；街上行人肩膀靠着肩膀，脚尖碰脚后跟，有这么多人，怎么还能说没有人才呢？"楚王说："既然这样，那么为什么会派你当使臣呢？"晏子回答说："齐国派遣使臣，要根据要去的国家来选择不同的人去，贤能的人被派遣出使到贤能的君王统治的国家去，没有才能的人被派遣到没有才能的君王统治的国家那里。我晏婴是最没有才能的人，所以只好被派出使到楚国来。"

还有一次出使楚国，楚王听到晏子来访的消息，便对侍臣说："晏

164

婴，是齐国特别能言善辩的人，这次正好是他来，我想趁机羞辱他一番，你们说用什么办法呢？"侍臣回答说："他来后，请让我们捆绑一个人，从大王面前走过。大王就问：'这人是干什么的？'我们就回答说：'是齐国人。'大王再问：'犯了什么罪？'我们就回答说：'犯了偷盗的罪。'"

晏子到了以后，楚王宴请晏子。当酒喝到尽兴的时候，两个差吏绑着一个人来见楚王。楚王问："绑着的人是干什么的？"差吏回答说："是齐国人，犯了偷盗的罪。"楚王看着晏子说："齐国人都爱偷盗吗？"晏子离开座位郑重地回答："我听说，橘子树长在淮河以南结出的果实就是柑橘，长在淮河以北结出的果实就是酸枳，橘和枳仅仅叶子相似，它们的果实味道却不同。这是什么原因呢？想必是水土不同吧！现在百姓生活在齐国不偷盗，来到楚国就偷盗，莫不是楚国的水土使人喜欢偷盗？"楚王听了苦笑着说："不能随便同聪明人开玩笑，那样往往会自讨没趣。"

● **妙语点睛**

运用聪明才智来捍卫自己和国家的尊严，这就是晏子。聪明的人善于用自己头脑。

神童称象

——曹冲的智慧故事

● **榜样人物**

曹冲（196—208），字仓舒，谥号邓哀王，曹操之子，由曹操小姜环夫人所生。曹冲从小聪明仁爱，与众不同，深受曹操喜爱。建安十三年（公元208年），曹冲病重不治而死，年仅13岁。

● **榜样故事**

孙权曾送给曹操一只漂亮的雉鸡。曹操想观赏雉鸡跳舞，但使尽办法，这珍禽就是不鸣不舞，让人无可奈何。曹冲想出一个办法，让人制作一面大镜，摆在雉鸡面前。那雉鸡于镜中看到同类，起了争胜之心，当即舞将起来，这一下对镜成双，煞是好看。

一次，曹操坐骑的马鞍在仓库不慎被老鼠咬坏。库吏大惊失色，自认必死。曹冲知道后，心生一计：他先用利刃将自己的单衣穿戳成鼠齿状，然后一脸愁色地去见父亲。曹操问他为何忧虑？曹冲说："民间都说衣服被老鼠咬过，这衣服的主人会不好，所以我很忧伤。"曹操赶紧安慰爱子，说："这是胡说，不会有什么不好的事情的。"过了一会儿，库吏前来汇报曹操的马鞍被鼠咬坏一事，曹操听后，笑着说："连我儿子的单衣都被咬坏，何况是马鞍？"根本没有追究的意思。

外国人送给曹操一只大象，他很想知道这只大象有多重，就叫手下的官员想办法把大象称一称。

这可是一件难事。那么大的动物。怎么称呢？那时候没有那么大的秤，人也没有那么大的力气把大象抬起来。官员们都围着大象发愁，谁也想不出称象的办法。正在这个时候，曹冲站到大人面前说："我有办法，我有办法！"官员们嘴里不说，心里在想："哼！大人都想不出办法来，一个小孩子，会有什么办法！"

可是千万别瞧不起小孩子，曹冲就是有办法。他想的办法，就连大人一时也想不出来。他父亲就说："你有办法快说出来让大家听听。"曹冲说："我称给你们看，你们就明白了。"

他叫人牵了大象，跟着他到河边去。他的父亲，还有那些官员们都想看看他到底怎么称，就一起跟着来到河边。河边正好有只空着的大船，曹冲说："把大象牵到船上去。"

大象上了船，船就往下沉了一些。曹冲说："齐水面在船帮儿上画一道记号。"记号画好以后，曹冲又叫人把大象牵上岸来。这时候大船空着，大船就往上浮起一些来。大家看着，一会儿把大象牵上船，一会儿又把大象牵下船，心里说："这孩子在玩什么把戏呀？"

接下来曹冲叫人挑了些石块，装到大船上去，石块挑了一担又一担，大船又慢慢地往下沉了。

"行了，行了！"曹冲看见船帮儿上的记号齐了水面，就叫人把石块又一担一担地挑下船来。这时候，大家明白了：石头装上船和大象装上船，那船下沉到同一记号上，可见，石头和大象是同样的重量；再把这些石块称一称，把所有石块的重量加起来，得到的重量总和不就是大象的重量了吗？

大家都说，这办法看起来简单，可要不是曹冲做给大家看，大人还真想不出来呢。曹冲真聪明！

● 妙语点睛

古代所谓神童，以语言天赋突出的居多，曹冲却表现出解决问题的高超思维能力。曹冲7岁时以等量置换的办法称大象体重，不但震惊了当时，也流传千古，成为最经典的儿童智力启蒙故事之一。

空城退兵

——诸葛亮的智慧故事

● 榜样人物

诸葛亮（181—234），琅琊阳都(今山东沂南)人，字孔明，号卧龙。是三国时期杰出的政治家、思想家、军事家。诸葛亮于危难之际出山辅佐刘备，联孙抗曹。一生著有：《前出师表》《后出师表》《隆中对》等。他在天文、符咒、奇门遁甲上研究很深。诸葛亮胸怀韬略，多谋善断，长于巧思，曾革新"连弩"，可同时发射10箭；造"木牛流马"，便于山地军事运输；还推演兵法，创"八阵图"。

● 榜样故事

三国时期，诸葛亮因错用马谡而失掉战略要地——街亭，魏将司马懿乘势率领大军15万向诸葛亮所在的西城蜂拥而至。当时，诸葛亮身边没有大将，只有一些文官，所带领的5 000军队，也有一半运粮草去了，只剩2 500名士兵在城里。大家听到司马懿带兵前来攻城的消息都大惊失色。诸葛亮登城楼观望后，对大家说："大家不要惊慌，我略用计策，便可使司马懿退兵。"

诸葛亮传令，把所有的旌旗都藏起来，士兵原地不动，如果有私自外出以及大声喧哗的，立即斩首。又叫士兵把4个城门打开，每个城门之上派20名士兵扮成百姓模样，洒水扫街。诸葛亮披上鹤氅，戴上帽子，领着两个小书童，带上一张琴，到城上望敌楼前凭栏坐下，点起香火，然后慢慢弹起琴来。

司马懿的先头部队到了城下，见了这种气势，都不敢轻率入城，便急忙返回向司马懿报告。司马懿听后，笑着说："这怎么可能呢？"于是便令三军停下，自己飞马前去观看。离城不远，他果然看见诸葛亮端坐在城楼上，笑容可掬，正在焚香弹琴。左面一个书童，手捧宝剑；右面也有一个书童，手里拿着拂尘。城门里外，二十多个百姓模样的人在低头洒扫，旁若无人。司马懿看后，疑惑不已，便来到中军，令后军改作前军，前军作后军，整军撤退。他的儿子说："莫非是诸葛亮家中无兵，所以故意弄出这个样子来？您为什么要退兵呢？"司马懿说："诸葛亮一生谨慎，不曾冒险。现在城门大开，里面必有埋伏，我军如果进去，正好中了他们的计。还是快快撤退吧！"于是各路兵马都退了回去。

见司马懿带兵急忙退去，诸葛亮长吁一口气，用手拭了拭额上的冷汗，笑着说道："兵法云，知己知彼，方可百战不殆。司马懿知我一生谨慎，从不冒险，所以见今天这情况，就判断我在用计骗他入城，所以就慌忙退走了。我也知道司马懿了解我的这一贯作风，所以便借用这种心理，而乘机算计了他！也是知己知彼才敢如此啊！若换上司马昭或曹操统兵，我绝不会如此的！"

● 妙语点睛

空城计的成功，缘于诸葛亮对敌方统帅的深入了解和准确分析，才能出奇制胜，化险为夷。在历史上，诸葛亮已经成为中华民族智慧的代名词，是我们民族的骄傲和自豪。

妙解"老头子"

——纪昀的智慧故事

● 榜样人物

纪昀（1724—1805），直隶献县（今属河北）人。字晓岚，字春帆，晚号石云，道号观弈道人。纪晓岚的一生，有两件事情做得最多，一是主持科举；二是领导编修。亲自撰写了《四库全书总目提要》，共200卷。

● 榜样故事

纪昀从小就有"神童"之称。关于他少年时非凡的聪明才智，民间有很多故事流传。据说，纪昀一日在街上与同伴们玩球，正好太守经过，不巧球被误扔进太守的官轿。别的孩子早已四处逃散，纪昀居然上前拦轿索球。太守见他憨态可掬，于是说："我有一联，如果你能对上，就把球还你，否则就归我。"纪昀同意了。太守出上联："童子六七人，惟汝狡。"纪昀不假思索地答道："太守二千石，独公……"最后一个字迟迟不说。太守问："何以不说出末一字？"他回答说："太守若将球还我，就是'廉'字；若不还，便是'贪'了。"太守不禁大笑，自然把球还他了。

纪昀见多识广，学富五车，机敏善辩，"铁嘴"一张，无人能对。相传纪昀编《四库全书》时，有一天天气炎热，纪昀怕热，就光着上身，盘了辫子，伏案观书、校书。这时乾隆帝步入编书馆，纪昀见了，知道这样见皇帝乃大不敬，可是又来不及穿衣，赶忙躲到了桌子底下，用帷幕遮住身子。乾隆帝假装没看到他，吩咐大家不必拘礼，各自照常工作，自己便坐在纪昀的位子上，一声不吭。

纪昀躲了许久，汗流浃背，很是难受，见没有什么声响，就把帷幕掀开一角，问道："老头子走了吗？"抬头一看，乾隆帝正瞪着他，还严肃地说道："纪昀不得无礼。"这一下，纪昀吓得两腿发软，连忙从桌子底下爬出来，找衣服穿上，磕头请罪："微臣该死！"乾隆道："别的尚可原谅，称我'老头子'可原谅不得。这'老头子'你如果解释得有道理就可放你一条生路，如果解释得没有道理就赐你一死。"

旁人听了都替纪昀捏了一把冷汗。纪昀站起来，略加思索，不慌不忙，微笑着答道："有，有，有！且听我说，皇帝人称万岁，此谓之'老'；皇帝乃兆民之首，此称为'头'；皇帝即是天子，这就是'子'，故皇帝被人称为'老头子'。"乾隆听罢，笑道："好！好！好！你真可谓淳于髡再生、曹子建转世，朕恕你无罪。"

● 妙语点睛

纪昀一生才华和学术成就十分突出，足智多谋，聪明无比。不仅被公认为清代文坛泰斗、学界领袖、一代文学宗师，而且在中国和世界文化史上也占有一席之地。

少年奇才

——梁启超的智慧故事

● 榜样人物

梁启超（1873—1929），广东新会县人。近代著名政治家、思想家、文学家，戊戌维新运动领袖之一，因参与戊戌变法而成为彪炳青史的风云人物。1891年，就学于康有为，深受其维新思想的影响。1895年，在北京协助康有为发起"公车上书"，组织强学会。变法失败后，逃亡日本，着力介绍西方资产阶级社会学说，对当时知识界有较大的影响。著作有《饮冰室合集》等。

● 榜样故事

童年的梁启超聪明过人，才思敏捷，祖父梁延十分喜欢他。梁启超5岁时开始读《四书》《五经》，"8岁学为文，9岁能缀千言"，12岁考中首榜第一名秀才，被乡人称为"神童"。当地群众流传不少"神童"梁启超的故事。

有一次，梁启超爬上竹梯玩耍。祖父怕他有危险，急叫："快下来，快下来！会跌死你的……"梁启超看见祖父急成那样子，竟又往上再攀一级，还冲口念出两句："有人在平地，看我上云梯。"祖父不由开心大笑，感到乖孙非比寻常。

梁启超10岁那年，跟父亲入城，夜里住在秀才李兆镜家。李家正厅对面有个杏花园，梁启超第二天早晨起来便到杏花园玩耍，但见朵朵带露杏花争奇斗艳，十分可爱，便摘了几朵。突然听到脚步声由远而近，原来是父亲与李秀才来了。梁启超急忙将杏花藏于袖里，但仍被父亲看见了。父亲不好意思在朋友面前责怪儿子，便以对对联的形式来处罚他。父亲吟上联："袖里笼花，小子暗藏春色。"梁启超仰头凝思，瞥见对面厅檐挂着的"挡煞"大镜，即念出下联："堂前悬镜，大人明察秋毫。"李兆镜拍掌叫绝，于是道："让老夫也来考一考贤侄，'推车出小陌'，怎样？"梁启超立刻对上："策马入长安。""好，好！"李兆镜连声赞好。在欢悦的气氛中，父亲原谅了梁启超的过错。

一天，梁启超家里来了一位客人，当时正在厅里与父亲谈着什么。梁启超从外面玩得满头大汗走进来，从茶几上提起茶壶斟了一大碗凉开水正想喝，却被客人叫住了。"启超，你过来。"客人说，"我知道你认识很多字，我来考考你。"客人见茶几上铺着一张大纸，提笔便狂草了一个"龙"字："你读给我听。"梁启超看了一眼，摇摇头。客人哈哈大笑。梁启超没理他，一口气喝了摆在茶几上的那碗凉开水。客人看了又哈哈大笑，道："饮茶龙上水。"梁启超用右衣袖抹一下嘴角，说："写字狗耙田。"梁启超的讥讽让父亲尴尬，正要惩罚他，客人说："令公子对答工整，才思敏捷，实在令人惊异。"

梁启超的故乡新会茶坑村有座小山，叫坭子山，山上有座塔，叫坭子塔，又叫凌云塔。梁启超的老家就在坭子塔山下，童年的梁启超时常和小朋友爬上凌云塔望风景。一天，梁启超写了一首诗给祖父看。诗是这样的："朝登凌云塔，引领望四极。暮登凌云塔，天地渐昏黑。日月有晦明，四时寒暑易。为何多变幻？此理无人识。我欲问苍天，苍天长默默。我欲问孔子，孔子难解释。搔首独徘徊，此时终难得。"这就是梁启超11岁时写的《登塔》诗。

● **妙语点睛**

梁启超才华早露，8岁学做八股文，9岁就能写出洋洋千字的好文章，吟诗作对，应答如流，为普通人所不及。天资非凡，文思敏捷的他，果然与众不同。

幽默大师的智慧

——马克·吐温的智慧故事

● 榜样人物

马克·吐温（1835—1910），美国 19 世纪下半期最著名的小说家和幽默演说家，以幽默、诙谐、讽刺见长。长篇小说有：《过苦日子》（1872）、《镀金时代》（1873）、《汤姆·索亚历险记》（1876）、《哈克贝利·费恩历险记》（1884）、《亚瑟王朝上的康涅狄州美国人》（1889）、《傻瓜威尔逊》（1893）等。

● 榜样故事

美国著名作家马克·吐温对一些政客的所作所为非常反感，因此在一次酒会上答记者问时说："某些国会议员是狗娘养的。"记者将他的话公之于众，华盛顿的议员们炸窝了，一定要马克·吐温在报上登个启事，赔礼道歉。于是，马克·吐温写了这样一张启事："以前鄙人在酒席上发言，我再三考虑，觉得此言不妥，而且不合事实，特登报声明。"如此一来，社会公众们也知道了事情的原委，于是成了人们茶余饭后的谈资，国会议员们为世人留下了笑柄。

一次，马克·吐温外出演讲，来到一个小城镇。为了在公众面前有一个良好的形象，晚饭前，他先去一家理发店刮胡子。

"你是外地人吧？"理发师问。

"是的。"马克·吐温回答，"我是头一次到这里来。"

"你来得正是时候。"理发师继续说，"今晚马克·吐温要来做演讲，我想你会去的，是吗？"

"噢，我也是这样想。"

"你搞到票了吗？"

"还没有。"

"票全都卖光了，你只有站着了。"

"真讨厌！"马克·吐温叹气说，"我的运气真不好，每次那个家伙演讲时我都不得不站着。"

马克·吐温有一天来到一个小城市，他想找一家旅馆过夜。旅馆服务台上的职员请他将名字写到旅客登记簿上。马克·吐温先看了一下登记簿，他发现很多旅客都是这样登记的，比如：拜特福公爵和他的仆人……于是这位著名的作家挥笔写道："马克·吐温和他的箱子。"

4月1日是西方的"愚人节"，这一天可随便开玩笑。有人为了捉弄马克·吐温，在纽约的一家报纸上报道说他死了。结果，马克·吐温的亲戚朋友从全国各地纷纷赶来吊丧。当他们来到马克·吐温家时，只见他安然无恙地坐在桌前写作。亲戚们马上明白这是怎么回事了，纷纷谴责那家造谣的报纸。马克·吐温却毫无怒色，平静地说："报纸报道我死是千真万确的，不过提前了一些。"

马克·吐温一次乘车外出，火车开得很慢。当查票员过来查票时，马克·吐温递给他一张儿童票。查票员调侃道："我还真没看出您还是个孩子呢！"马克·吐温回答："现在我已经不是孩子了，但我买票上车时还是个孩子哩。"

一位商界阔佬为了提高企业的知名度，对马克·吐温说："我想借助您的大名，给敝公司做个广告。"马克·吐温说："当然可以。"第二天在马克·吐温主办的报纸上登出了如下文字：

母苍蝇有两个儿子，她把这两个儿子视若掌上明珠，爱护备至。一天，母子三个飞到某某商业公司的商店里。一只小苍蝇去品尝包装精美的糖果，忽然双翅颤抖落下来，一命呜呼！另一只小苍蝇去吃香肠，不料也一头栽倒，顷刻毙命。母苍蝇痛不欲生，扑到一张苍蝇纸上意欲自杀，尽管大吃大嚼，结果却安然无恙！

阔佬看完广告，气得直翻白眼。

一次偶然的机会，马克·吐温与雄辩家琼西应邀参加同一晚宴。酒席上演讲开始了，琼西滔滔不绝，情感丰富的他讲了20分钟，赢得了一片热烈的掌声。然后轮到马克·吐温演讲。马克·吐温站起来，面有难色地说："诸位，实在抱歉，会前琼西先生约我互换演讲稿，所以诸位刚才听到的是我的演讲，衷心感谢诸位认真地倾听及热情地捧场。然而，不知何故，我找不到琼西先生的讲稿，因此我无法替他讲了。请诸位原谅。"全场哄堂大笑。

法国名人波盖当着马克·吐温面取笑美国人历史太短，说："美国人没事的时候，往往喜欢怀念祖宗，可是一想到祖父一代，就不能不打住了。"马克·吐温回敬说："法国人没事的时候，总是想弄清他们的父亲是谁，可是很难弄清楚。"

一次马克·吐温外出乘车，当列车员检查车票时，他翻遍了每个衣袋，也没有找到自己的车票。刚好这个列车员认识他，于是就安慰马克·吐温说："没关系，如果您实在找不到车票，那也不碍事。""咳！

怎么不碍事，我必须找到那张该死的车票，不然的话，我怎么知道自己要到哪儿去呢？"

马克·吐温有一次到某地旅店投宿，别人事前告知他此地蚊子特别厉害。他在服务台登记时，一只蚊子正好飞来。马克·吐温对服务员说："早听说贵地蚊子十分聪明，果不其然，它竟会预先来看我登记的房间号码，以便晚上对号光临，饱餐一顿。"服务员听后不禁大笑。结果那一夜马克·吐温睡得很好，因为服务员也记住了房间号码，提前进房做好灭蚊防蚊的工作。

一次马克·吐温应邀赴宴。席间，他出于礼貌对一位贵妇说："夫人，你太美丽了！"不料那妇人却说："先生，可是遗憾得很，我不能用同样的话回答你。"头脑灵敏，言辞犀利的马克·吐温笑着回答："那没关系，你也可以像我一样说假话。"

● 妙语点睛

马克·吐温的慧黠不仅仅表现在其作品里，还弥漫在他自己的生活中，因此给人们带来诸多的快乐和感悟。自从1910年马克·吐温离开人世后，世界文坛便寂寞了许多。因此，我们有理由期待着第二个马克·吐温的出现。

大文豪的"小"智慧

——萧伯纳的智慧故事

● 榜样人物

萧伯纳（1856—1950），英国现代杰出的现实主义戏剧家。一生曾写过大小51部作品。他的作品具有惊世骇俗的力量，在英国文学史上极为突出。代表作有：《鳏夫的房产》《华伦夫人的职业》《人与超人》等。

● 榜样故事

某次晚宴上，萧伯纳与一位企业家的太太相邻而坐。这位身体肥胖、珠光宝气的阔太太向萧伯纳请教："您知道哪种减肥药最有效？"对这种衣食无忧、整天为发胖而忧心忡忡的俗女人，萧伯纳十分反感。他注视了一下这位臃肿的邻座，用手捋着长须，一本正经地说："我倒是知道一种药，遗憾的是，我无论如何也翻译不出这药的名字。"说到这儿，他故意顿了一顿，阔太太渴求地望着他，"因为'劳动'和'运动'

这两个词，对您来说是地道的外国词。"阔太太瞪了萧伯纳一眼，气哼哼地离座而去。萧伯纳本可直说，你要多运动运动也许能减肥，但他觉得这种俗不可耐的阔太太不宜多谈，免得自己和她纠缠不清。

在一个旨在筹集慈善基金的晚会上，萧伯纳出于礼节邀请一位贵妇人跳舞。贵妇人很是得意地说："萧伯纳先生，承蒙您邀舞，我实在受宠若惊，荣幸万分！"萧伯纳意识到对方有些"顺竿爬"的意思，便说："今天是慈善舞会，我是怀着一颗仁慈之心来的。"言下之意是，我可是看你可怜，出于一种行善积德的动机才邀请你跳舞的。换言之，不是因为你漂亮的相貌和华贵的风度。贵妇人当然听得出大作家话中的弦外之音，但又不便发作，因为当时举办的的确是慈善舞会，萧伯纳的话让她尴尬不已。

有一次，萧伯纳与一位女明星在一个社交场合上不期而遇。萧伯纳虽然才华无与伦比，但其貌不扬。而女明星则光彩照人，倾国倾城。女明星突发奇想，她风情万种地对萧伯纳说："萧伯纳，我们做朋友吧。如果我们结合了，生下的孩子，像你一样聪明，像我一样漂亮，那可是天下最美妙的事情了！"反应速度极快的萧伯纳却是一副玩世不恭的样子，他反唇相讥说："如果生下的孩子像我一样丑陋，像你一样愚蠢，那岂不完蛋了！"

在伦敦的一次游园会上，一个非常势利的女士遇到了萧伯纳。这位女士只看得上有钱的或出名的人，两者兼而有之就更好了。她急于想叫萧伯纳做她的客人，以便拿萧伯纳作为她向朋友炫耀的资本。

第二天，她差遣司机开着一辆黑色的罗伊斯牌汽车到肖府送了一张请帖：

威特利·福尔韦尔夫人兹定于12月14日星期四下午4点至6点会客。

萧伯纳马上也写了回复："萧伯纳先生也是如此。"

胖神父泰克在路上遇见了萧伯纳，他眯缝着眼睛打量着又高又瘦的萧伯纳，不怀好意地挖苦道："看你的模样，真让人以为整个英国发生了饥荒。"萧伯纳不动声色地回敬了一句："是吗？不过看你的模样，让我懂得了整个英国发生饥荒的原因了！"泰克脸色一变，灰溜溜地走开了。胖神父泰克本想通过"发生饥荒"来讥笑萧伯纳身材的瘦弱，萧伯纳以其人之道还治其人之身，使胖神父泰克悻悻而去。

萧伯纳在他的剧作中经常无情地揭露资本家的贪婪和愚蠢。那些大富翁们又气又恨，总想寻找机会报复，一天，一位富翁在大庭广众之下，挥舞手臂，指桑骂槐："什么戏剧家？我看伟大的戏剧家都是白痴！"他的话音刚落，萧伯纳便哈哈大笑，随即回敬道："先生，我看你就是最伟大的戏剧家！"此话激起一阵哄堂大笑。富翁气得七窍生烟，却又无可奈何。

萧伯纳的剧作《武器和人》的首演就要开始了，应剧院负责人邀请，萧伯纳走上舞台向观众致意，一个人在台下喊道："萧伯纳，你的剧本糟透了，谁要看？收回去，停演吧！"萧伯纳彬彬有礼地回答说："朋友，我完全同意你的意见，但遗憾的是，我们两个势单力薄，不可能抗拒那么多的观众，我们能禁止这剧本的演出吗？"萧伯纳的反问，引起全场观众的笑声和掌声。

有一次，某人问萧伯纳："您能不能用最通俗、最简洁的语言解释一下，悲观主义者和乐观主义者有什么区别？"萧伯纳想了一下，给他打了个比方："假如这里有半瓶酒，悲观主义者会唉声叹气地说：'唉，只剩半瓶了。'而乐观主义者则会兴高采烈地说：'看，还有半瓶呢！'"萧伯纳借助直观的形象把一个颇为抽象的问题阐述得十分通俗明白，耐人寻味。

一家鞋油制造厂的老板找到萧伯纳，彬彬有礼地说："尊敬的萧伯纳先生，您能允许我用您的名字作为我的一种新品种鞋油的商标吗？这样世界上千百万人都会知道您的大名了！"萧伯纳冷笑一声说："没有鞋子穿的人可例外呢！"老板本以为萧伯纳会为"名"所惑，赞同他借名人做广告的主意，并且还要萧伯纳领他的情。谁知萧伯纳不为所动，借对方话语中隐含的"前提"——穿鞋者才需要擦鞋油，巧陈"例外"毫不费力地回刺一枪，使其如意算盘落了空。

● 妙语点睛

萧伯纳总是以镇定自若的态度、冷静的逻辑和机智的语言去解释或回击朋友的误解和论敌的攻击。萧伯纳的乐观性格常常以幽默的形式加以表现。幽默是萧伯纳抨击社会时弊，褒贬各色人物的有力武器；同时，也是他待人处世的交际方式。他思维敏锐，妙语连珠，嬉笑怒骂，皆成文章。萧伯纳是一位机智的幽默大师，他的许多趣闻轶事为后人津津乐道。

勤学篇

"只有勤学才能成材",古今中外,无一例外。从"头悬梁,锥刺股"的苏秦,到"读书破万卷,下笔如有神"的杜甫,从声名显赫的诺贝尔奖获得者,到国际奥林匹克大赛载誉归来的少年英才们,有哪位不是踏着勤学之路,敲开成材之门的呢?

鲁迅说:"伟大的成绩和辛勤的劳动是成正比的,有一份劳动就有一份收获,日积月累,从少到多,奇迹就可以创造出来。"诚然,勤奋是成材的必由之路,勤奋是成功的阶梯。前人用他们的人生实践了这一真谛。

让我们以名人的经历为指引! 用坚定的步伐和坚持不懈的精神,踏着勤奋刻苦的阶梯,去攀登成功的高峰!

凿壁偷光苦读书

——匡衡的勤学故事

● **榜样人物**

匡衡，字稚圭，西汉著名经学大师，东海郡承县（今山东苍南兰陵）人。匡衡任少傅数年，多次向皇帝上疏，陈述治国之道，并经常参与研究讨论国家大事，按照经典予以答对，博得元帝信任。元帝时为丞相，封乐安侯，辅佐皇帝，总理全国政务。

● **榜样故事**

西汉时，有个农民的孩子，叫匡衡。他很想读书，可是因为家里穷，没钱上学。后来，他跟一个亲戚学会了认字，才有了看书的能力。那个时候，书非常贵，匡衡买不起书。同乡有个富翁家中藏书很多。匡衡就去他家做工，从不收分文工钱。富翁感到很奇怪，问匡衡为什么？匡衡说："我不想要工钱，只希望您能把家中的书都借给我读，我就心满意足了。"富翁听了，被他那种勤奋好学的精神深深打动，就答应了他的请求。从此，匡衡就有了极好的读书机会。富翁家丰富的藏书，加上匡衡本人的勤奋努力，终于把匡衡造就成一位知识渊博的学者。当时的读书人中甚至流传着这么几句话："无说《诗》，匡鼎来；匡说诗，解人颐（没有人能解说《诗经》，匡衡恰好来了；匡衡给大家解说了《诗经》的疑义，大家开心得都笑起来。）。"可见他声誉很高。当时，许多读书人都拜他为师，跟他学习。

过了几年，匡衡长大了，成了家里的主要劳动力。他一天到晚在地里干活，挣钱糊口，只有中午歇晌的时候，才有工夫看一点书，所以一卷书常常要十天半月才能读完。匡衡很着急，心里想：白天种庄稼，没有时间看书，我可以多利用一些晚上的时间来看书。可是匡衡家里很穷，买不起点灯的油，天一黑，就无法看书了。匡衡心疼这浪费的时间，怎么办呢？他的邻居家里很富有，一到晚上好几间屋子都点着灯，把屋子照得通亮。匡衡有一天鼓起勇气，对邻居说："我晚上想读书，可买不起灯油，能否借用你们家的方寸之地呢？"邻居一向瞧不起比他们家穷的人，就恶毒地挖苦说："既然穷得买不起灯油，还读什么书呢!"匡衡听后非常气愤,不过他更下定决心要把书读好。

有一天晚上,匡衡躺在床上背白天读过的书。背着背着,突然看到东边的墙壁上透过来一线亮光。他霍地站起来,走到墙边一看,啊!原来从壁缝里透过来的是邻居家的灯光。于是,匡衡想了一个办法:他拿了一把小刀,把墙缝挖大了一些。这样,透过来的光亮也大了,他就凑着透进来的灯光,读起书来。通过这样刻苦地学习,匡衡积累了丰富的知识。

后来他做了汉元帝的丞相,成为西汉时期有名的学者。

● 妙语点睛

凿壁偷光,借书苦读。匡衡就是这样勇于战胜艰苦的条件,勤奋读书的。他的精神为我们树立了好榜样。

与星星为伴的天文学家

——张衡的勤学故事

● 榜样人物

张衡(78—139),字平子。南阳西鄂(今河南南阳市卧龙区石桥镇)人。东汉时期伟大的天文学家,为我国天文学的发展作出了不可磨灭的贡献。在数学、地理、绘画和文学等方面,张衡也表现出了非凡的才能和广博的学识。张衡共著有科学、哲学和文学著作32篇,其中著名的有《灵宪》,文学作品有《归田赋》《二京赋》等。为了纪念张衡的功绩,后人将月球背面的一环形山命名为"张衡环形山",将小行星1802命名为"张衡小行星"。

● 榜样故事

张衡是东汉时期杰出的科学家。他从小就爱想问题,对周围新奇的事物,总要寻根究底,弄个水落石出。在一个夏天的晚上,小张衡和爷爷、奶奶在院子里乘凉。他坐在一张竹床上,仰着头,呆呆地看着天空,还不时地指指画画,认真地数着星星。

张衡对爷爷说:"我看见有的星星位置移动了,原来在中间的,偏到西边去了。有的星星出现了,有的星星又不见了。它们不是在跑动吧?"

爷爷说道:"星星确实是会移动的。你要认识星星,先要看北斗星。

你看那边比较明亮的七颗星，连在一起就像一把勺子，很容易找到。"

"噢！我找到了！"小张衡很兴奋，又问："那么，它是怎样移动的呢？"

爷爷想了想说："大约到半夜，它就移到地平线上，到天快亮的时候，这北斗就翻了一个身，倒挂在天空……"

听了爷爷的话，小张衡十分兴奋，直到夜深人静，他还在院子里观察那满天的星星，天快亮的时候那闪烁而明亮的北斗星，果然是倒挂的。他十分高兴。他想：这北斗星为什么会这样转来转去？从此以后，张衡每天晚上都出去观察星星，寒来暑往从不间断。每当他遇到问题的时候，他就会带着问题，查遍书籍。

后来，张衡长大了，皇上得知他文才出众，把他召到京城洛阳担任太史令，主要掌管天文历法的事情。为了探明自然界的奥秘，年轻的张衡常常把自己关在书房里读书、研究，还常常站在天文台上观察日月星辰。他想，如果能制造出一种仪器，能够上观天，下察地，预报自然界将要发生的情况，既有利于人们预防灾害，也便于揭穿那些荒诞的迷信鬼话，该多好啊！于是，张衡把书本中和观察到的材料进行分析研究，开始试制"观天察地"的仪器。他把研究的心得写成一本书，叫作《灵宪》。在这本书里，他告诉人们：天是球形的，像个鸡蛋，天就像鸡蛋壳，包在地的外面，地就像蛋黄，这就叫作"浑天说"。

接着，张衡根据这种"浑天说"的理论，开始设计、制造仪器了。不知经过多少个风雨晨昏，熬过多少个不眠之夜，一个当时世界上最先进的天文仪器——浑天仪诞生了。这个大铜球很像今天的地球仪，它装在一个倾斜的轴上，利用水力转动，它转动一周的速度恰好和地球自转一周的速度相等。而且在这个人造的天体上，可以准确地看到太空中的星象。张衡说："天上的星星，能看得见的共有2500颗，但我们经常能看到的却只有120颗。"

后来，张衡经过努力钻研，又发明了世界上第一架能预报地震的仪器——地动仪。这个地动仪也是铜铸造的，形状像个酒坛子，四周铸着8条龙，每条龙口里含着一个小铜球。只要哪一条龙口中的铜球吐了出来，就预示着哪个方向发生地震了。

● 妙语点睛

知识的积累是无止境的，学习应温故而知新。成功靠的不是巧遇，它不会光顾没有准备的人，成功只会眷顾那些勤奋之人。

闻鸡起舞

——祖逖的勤学故事

● 榜样人物

祖逖（266—321），字士稚。范阳道县(今河北涞水北)人。西晋末年祖逖率部渡江，中流击楫，发誓收复中原。祖逖采取灵活策略，屡破石勒，使黄河以南尽为晋土。当祖逖练兵积谷，为进取河北做准备时，晋元帝司马睿担心祖逖的发展对他不利，遂任戴渊为征西将军，都督北方六州军事，节制祖逖。祖逖眼看北伐无成，忧愤成疾，死于军中。

● 榜样故事

晋代的祖逖是个胸怀坦荡、具有远大抱负的人。可他小时候却是个不爱读书的淘气孩子。进入青年时代，他意识到自己知识的贫乏，深感不读书无以报效国家，于是就发愤读起书来。他广泛阅读书籍，认真学习历史，从中汲取了丰富的知识，学问大有长进。他曾几次进出京都洛阳，接触过他的人都说，祖逖是个能辅佐帝王治理国家的人才。祖逖24岁的时候，曾有人推荐他去做官，他没有答应，仍然不懈地努力读书。

在1 600多年以前的西晋末期，黄河流域曾经发生过一场大战乱。这场战乱首先从皇族内部开始，当时有8个皇室亲王为了争夺朝廷大权，互相攻打，一连打了16年，死了三十多万人。从此，中原地区成了一个大战场，先后有5个少数民族建立政权，出现了16个国家。

后来，祖逖和幼时的好友刘琨一同担任司州主簿。他与刘琨感情深厚，不仅常常同床而卧，同被而眠，而且还有着共同的远大理想：建功立业，复兴晋国，成为国家的栋梁之材。他们每天都在一起研究兵书，切磋武艺。一天半夜，祖逖在睡梦中听到公鸡的鸣叫声，他一脚把刘琨踢醒，对他说："别人都认为半夜听见鸡叫不吉利，我偏不这样想，咱们干脆以后听见鸡叫就起床练剑如何？"刘琨欣然同意。于是他们每天鸡叫后就起床练剑，剑光飞舞，剑声铿锵。冬去春来，寒来暑往，从不间断。功夫不负有心人，经过长期的刻苦学习和训练，他们终于成为能文能武的全才，既写得一手好文章，又能带兵打仗。祖逖被封为镇西将军，实现了他报效国家的愿望；刘琨做了都督，兼管并州、冀州、幽州的军事，充分发挥了他的文才武略。

成语"闻鸡起舞"由此而来，形容发奋有为，也比喻有志之士，及时振作。

持之以恒，勤学不殆，才能通向成功的彼岸。

吃墨的书法家

——王羲之的勤学故事

● 榜样人物

王羲之（约321—379），字逸少，号澹斋。东晋琅琊临沂(今山东临沂）人，居会稽山阴（浙江绍兴）。大书法家。为人坦率，不拘礼节，从小就不慕荣利。被后人尊为"书圣"。官至右军将军，会稽内史，人称"王右军"。书法代表作《兰亭序》。

● 榜样故事

王羲之是我国东晋时的大书法家。他出身士族，加之才华出众，朝廷中公卿大臣都推荐他做官。他做过刺史，当过右军将军（人们也称他王右军）。王羲之从小喜欢写字，几乎到了痴迷的程度。据说他平时走路的时候，也随时用手指在衣服上比画着练字，日子一久，连衣服都被划破了。经过勤学苦练，他的书法也越来越有名，人们都把他写的字当宝贝看待。

王羲之小时候练字用坏的毛笔，据说堆在一起都变成了一座小山，人们叫它"笔山"。他家的旁边有一个小水池，他每天练完字后常在这水池里洗毛笔和砚台，时间长了这小水池的水居然都变黑了，人们就把这个小水池叫作"墨池"。长大以后，王羲之的字写得更加好了，但他还是坚持每天练字。有一天，他聚精会神地在书房练字，连吃饭都忘了。夫人叫丫鬟送来了他最爱吃的蒜泥和馍馍，催着他吃，他好像没有听见一样还是埋头写字，全然没有听见丫鬟的话。没有办法，丫鬟只好跑去告诉夫人。等夫人和丫鬟来到书房的时候，看见王羲之正拿着一个沾满墨汁的馍馍在往嘴里送，弄得满嘴乌黑。她们忍不住笑出了声。原来，王羲之边吃边练字，眼睛还看着字的时候，错把墨汁当成蒜泥。夫人心疼地对王羲之说："你要保重身体呀！你的字写得很好了，为什么还要这样苦练呢?"王羲之抬起头，回答说："我的字虽然写得不错，可那都是学习前人的写法。我要有自己的写法，自成一体，那就非下苦工夫不可。"经过一段时间的艰苦摸索，王羲之终于写出了一种妍美流利的新字体。大家都称赞他写的字像彩云那样轻松自如，像飞龙那样雄健有力，他也被公认为我国历史上杰出的书法家之一。

● 妙语点睛

世上没有天生的成功者，成功者的成功道路各种各样，但有一点是相同的，那就是必须付出辛勤的劳动。

好学不倦

——王安石的勤学故事

● 榜样人物

王安石（1021—1086），字介甫，号半山，小字獾郎，封荆国公，世人又称王荆公，世称临川先生。宋临川人（现为抚州东乡区上池自然村）。北宋杰出的政治家、思想家、文学家、改革家，唐宋八大家之一。在北宋文学中具有突出成就。其诗"学杜得其瘦硬"，长于说理与修辞，善用典，风格遒劲有力，亦有情韵深婉之作。著有《临川先生文集》。

● 榜样故事

王安石从小好学不倦，据说他连吃饭睡觉的时候，手中的书也不肯放下。他的学习兴趣很广泛，不管是儒家的经书，古代的史书，还是哲学著作、诗歌，甚至是医书，他都认真阅读。不仅学习书本知识，就连种田的学问、妇女缝衣绣花的功夫，他都留心注意。

22岁时，王安石考中了进士，被派到扬州做淮南判官。在官府里，办公以外的时间他都是在埋头读书，甚至连睡觉的时间都牺牲了。有时他读书一直到天亮，实在支持不住，才睡上一两个小时。然后便匆匆起床，胡乱穿上衣服，到府里去办公，常常连脸都顾不上洗。因此，人们总看到他一副蓬头垢面的模样。

当时担任扬州知府的是韩琦，他见这个科第出身的官员如此不修边幅、放浪形骸，就怀疑他夜间不务正业。为此，韩琦多次好心地劝告王安石说："你年纪轻轻，前途不可限量，要自爱才是。千万不能自暴自弃，误入歧途啊！"王安石听了，只是连声感谢知府的教诲，一句辩解的话也没说。后来，韩琦偶然得知王安石之所以衣冠不整、面容憔悴是因为通宵达旦苦读的缘故，心中大为赞赏，从此便对王安石另眼相看了。

宋仁宗庆历七年，王安石改任鄞县知县。刚一到任，他就给自己定了一个规矩：七天里，拿出两天时间集中处理公务，其余时间全部用在读书和写作上面。每当他得到一本新书，就昼夜不分、专心致志地去诵读，简直到了痴迷的程度。

王安石几十年如一日博览群书，成效十分显著。孜孜不倦地读书学习，使王安石的眼界越来越宽广，学识越来越渊博，后来终于成为杰出的政治家和文学家。

● 妙语点睛

在这个世界上，到处是才华横溢却命运多舛的人，他们的勤奋往往能改善他们的生活。勤奋可以造就卓越的才华，勤奋也能改变命运。勤奋是成功的必备条件。如果你想让你的才华更加完美，那么你应该让"勤奋"与你牵手。

勤学一生

——郭沫若的勤学故事

● 榜样人物

郭沫若（1892—1978），原名郭开贞，笔名郭鼎堂，号尚武，笔名沫若。生于四川省乐山县观娥乡沙湾镇。是我国现代著名的作家、诗人、剧作家、考古学家、思想家、古文字学家和著名的革命活动家。主要作品有：《女神》《屈原》《虎符》《蔡文姬》《武则天》《牧羊哀话》《死的诱惑》《凤凰涅槃》《地球，我的母亲》《炉中煤》《王昭君》《聂莹》《卓文君》《咏秦良玉》等。

● 榜样故事

郭沫若是我国现代文化史上一位才学卓著的文豪。曾任中国科学院院长。他在文学艺术、历史、考古、古文字学以及其他很多方面，都有重要建树。

郭沫若在小学一年级的时候，老师讲历史课——《十六国春秋》，当中有许多胡人的名字，跟外国人的名字一样，非常难记，所以记住人名便成为当时历史课的一大难关。有一天，学校没有课，郭沫若就约了一位要好的同学躲进一间阴暗的教室里，两人苦读硬记，然后进行比赛，看谁先背下来，当他们把整本历史课本一字一句背得滚瓜烂熟的时候，天都快黑了，这时他们才走出屋子。

在后来的学习日子里，即使在放假期间，郭沫若也手不释卷，天天苦读。在一年年假期间，他把司马迁写的《史记》，从头到尾通读了一遍，并一篇篇进行分析、校订和评价，在旁边写下批注，连《伯夷列传》里有一句被历代注释家解释错的话，都被他发现了，他还加以校正。对书中的一些精辟言论和难得的资料，郭沫若视为珍宝，不惜花费时间和精力整篇整段地把它抄录下来，放在案头，准备随时翻阅学习。

郭沫若一生写了大量的诗词和文章，论著宏富。他从事著述有个习惯，就是从来不让旁人代为抄写，一律都是自己动手。在他年近80高龄撰写《李白与杜甫》这部研究性著作时，因视力减退，写作不便，有人提议让别人代抄，但他坚决不同意。他的书不少都是前后几次易稿，而且全都是他亲自逐字逐句地反复进行斟酌、锤炼、修改和抄写而成。

郭沫若一生勤奋苦学的精神，的确值得我们学习。

● 妙语点睛

勤学造就天才，天才的一生都是勤奋的一生。立志勤学是求知启智的根本途径，是育人成才的重要条件。

从实而终的数学家
——华罗庚的勤学故事

● 榜样人物

华罗庚（1910—1985），中国著名的数学家。他是中国解析数论、典型群、矩阵几何学、自守函数论与多复变函数论等很多方面研究的创始人与开拓者。当代自学成才的科学巨匠，蜚声中外的数学家。从20世纪60年代开始，他把数学方法应用于实际，创造出以提高工作效率为目标的优选法和统筹法。

● 榜样故事

华罗庚是我国著名的数学家。他从小刻苦学习，最终成了著名的学者。

1950年2月，华罗庚带着全家登上一条不大的邮船，离开生活了4年的美国，悄然回国。当他踏上祖国土地的时候，电波播放了他的《告美国同学的公开信》。信中热情洋溢地写道："锦城虽乐，不如故乡；乐园虽好，非久居之地。归去来兮！"

华罗庚回到了清华大学，担任数学系主任，不久，被任命为中国科学院数学研究所所长。他非常珍惜党和国家为科学研究提供的优越条件。他白天拄着拐杖到学校讲课，晚上以案板当书桌，常常在灯下从事数学研究到深夜。有时，为了求证一个问题，他常常深夜从床上爬起，顺手拿起床头的报纸，在四周的空白处进行演算和论证。在他的屋里，桌上、床上、地上，到处都堆满了演算稿纸。他用毅力与勤奋，编织出成功和荣誉。

1956年，他的重要论文《典型域上的调和分析》，荣获中国科学院第一批科学奖一等奖。随后，他的长达60万字的巨著《数论导引》问世了。这部著作，倾注了他多年的心血。国内外的数学界都为之震动。

1979年12月，华罗庚在英国伯明翰大学讲学时，新华社记者访问了他，问他回国以后的计划和打算。他没有直接回答，而是说了以下一段话："在我几十年从事数学研究的生涯中，我最深的体会是，科学的根本是实。我虽然年近古稀，但仍以此告诫自己。"他沉默片刻又说："树老易空，人老易松，科学之道，戒之以松。我愿一辈子从实以终。这是我对自己的鞭策，也可以说是我今后的打算吧。"

● 妙语点睛

"一辈子从实以终"，这种精神实在令后人钦佩！华罗庚用成功的事实告诫世人：勤奋是取得成功的第一法宝。

自强不息 奋发向上

——贾兰坡的勤学故事

● 榜样人物

贾兰坡（1908—2001），字郁生，曾用笔名贾郁生、周龙、蓝九公。出生在河北省玉田县刑家坞村。我国著名的旧石器考古学家、古人类学家、第四纪地质学家，中国科学院资深院士、美国国家科学院外籍院士、第三世界科学院院士。继裴文中1929年发现第一个头盖骨之后，他在1936年11月连续发现3个"北京人"头盖骨，震惊了国际学术界。他是一位没有大学文凭却攀登上科学殿堂顶端的传奇式人物。

● 榜样故事

贾兰坡小时候家庭困难，高中毕业后，父母实在无力供他继续求学。但是自强不息的贾兰坡奋发向上，于1931年考进了中国地质调查所，并参加了周口店的挖掘考古工作。

1936年11月，年仅28岁的贾兰坡在11天内连续发现了3个北京猿人的头盖骨，这个发现一公布就轰动了全世界。按理说当时的贾兰坡应该说已经是有所成就了，但他并没有满足，他还在不断地学习考古知识。他为何这样不肯间断地学习考古知识呢？

在一次中央电视台《东方之子》访谈节目中，他自己说出了答案。他清晰地记得老师杨钟健指导他的话："你要搞好考古这门科学，就要学会'四条腿'走路。第一条腿是地质学，你得了解；第二条腿是人类学，你得了解；第三条腿是哺乳动物学，你得了解；第四条腿，石器，你还得了解。这'四条腿'在一起走，才是完整的，才是成功的。"

为了让这"四条腿"能够一起走，在他70年的考古生涯中，贾兰坡不知爬过了多少荒山，进过多少人迹罕至的山洞。他说，仅在广西，他就钻了八百多个洞穴。野外考察经常在野地里，一块干粮，一壶水，就是一天的粮食。这70年的苦没有白受，他在工作中不间断地钻研，不间断地思考，终于掌握了古人类学的专业知识。

贾兰坡独具慧眼，在非常复杂的历经百万年的沉积物中，他能确切地识别出具有考古价值的化石，这是他的绝活。为了掌握这个技术，他花费了很大的工夫。人身上的骨头，他要一块一块去熟悉。他说："比如这个手腕子，虽然很小，却有7块骨头。我要一块一块记住它们的形状。我练习在黑暗中用手摸，到最后，不用看，用手一摸就知道是哪一块骨头。"

贾兰坡不仅考古经历丰富，还阅读了很多书籍，并著书二十余部，发表论文及专著共三百余种，在考古学的诸多领域里都有很大成就。

在古人类学界，贾兰坡的名字被刻在周口店的历史上，他被誉为周口店遗址的当家人。

● 妙语点睛

"人，若是能养成每天读10分钟书的习惯，则20年后，必判若两人。"一位前任的哈佛校长这样告诫他的学生。但仅仅靠多读书、广读书，一味地追求数量，而对书本理论浅尝辄止、不求甚解也是不可取的。要想获得长足的发展，必须在读书时积极思考、"求甚解"，努力将读书的数量和质量结合起来。

笃学不倦

——朱清时的勤学故事

● 榜样人物

朱清时（1946—），四川省彭州市人，化学家，中国科学院院士、第三世界科学院院士。1968年毕业于中国科技大学近代物理系，曾在美国加州大学圣巴巴拉分校和麻省理工学院任访问学者，在布鲁克海文实验室和加拿大国家研究院赫兹堡天体物理研究所、剑桥大学、牛津大学、诺丁汉大学和赫尔辛基大学任客座科学家，在法国格林罗布尔傅立叶大学、第戎大学和巴黎大学任客座教授。曾获1994年"亚洲成就奖"和1994年"汤普孙纪念奖"。

● 榜样故事

朱清时的父亲因曾在国民党政府中做过小职员，解放中国成立后，被定成反革命。母亲只好早出晚归干零活来养活一群子女。

11岁时，朱清时在成都十三中住校，开始了自立的生活。艰苦的生活、无奈的孤独，小清时只有沉浸在知识的海洋中，才会找到快乐。

课余和周末，当别的同学都欢欢喜喜地回去与家人团聚，打打"牙祭"，享受天伦之乐时，小清时只有以书相伴。无钱买书就去旧书店看书，一看就是几个小时。有时去成都市图书馆读书，坐上一天半天的。

辛勤耕耘给他带来了收获，也为他带来了幸运。

1963年，朱清时考取了中国科技大学近代物理系。

大学的生活是紧张而有序的。每天早起，朱清时从校园一直跑到八宝山顶，再跑回来。晚上，下了晚自习，临睡前用凉水冲澡。他认为要担当大任，一定要苦其心志，劳其筋骨。在中国科大这所神圣殿堂里，朱清时为能亲身接受许多著名科学家的耳提面命而激动，为能汲取到无数知识琼浆而欣喜若狂。

1968年分配时，朱清时主动要求到青海工作。起初他的工作是每天晚上爬进刚炼完铁的炉膛里，把炉壁上被烧坏的耐火砖一块块地敲下来，再一块块地换上新的。半年后，厂长让他掌管着全厂大部分原材料和设备维修、零配件的采购、库存和使用计划，同时兼做采购员。他一人干着几个人的工作，竟能干得井井有条，而且十分轻松。

工作之余，朱清时不但读了大量的科技书，而且还发表了两篇学术论文，引起了轰动。

后来，凭着坚实的学术基础，他考进了中科院盐湖所。在所里，他是唯一能读懂原版科技资料的研究人员。

1978年，朱清时被选为中科院首批出国进修人员。在美国的两年中，他发奋攻读，几乎放弃了一切娱乐，闯过了一道道难关，他先后发表论文7篇。在一次学术会议上，他的导师用无比欣喜的语气向与会者介绍道："朱清时几周内完成的工作，美国学生通常要干上一年。"1981年6月，第三十六届国际分子光谱学讨论会在俄亥俄州召开，年仅35岁的朱清时应邀担任了分会的主席。

公派两年到期后，麻省理工学院又聘请他做"博士后"研究员继续工作。但他认为在美国虽可出研究成果，但均是在别人划定的框子里完成的，要想真正最大限度地实现人生价值还得回国发展。

回国后，他又取得了一系列成绩，多次获世界著名奖项。

● 妙语点睛

一个人没有刻苦钻研的精神，即使上大学、读研究生、出国拜名师，也只会在老师所划定的圈里绕来转去，难以扩大知识领域，更不要说在科学研究上有所发明、有所创造了。朱清时能够发表数篇含金量非常高的论文，在科研上取得一系列成就，很大程度上是得益于他的勤学不止。

狂风吹不散的刻苦

——牛顿的勤学故事

● 榜样人物

牛顿（1642—1727），英国物理学家、天文学家和数学家。牛顿对人类的贡献是巨大的，正如恩格斯所说："牛顿由于发现了万有引力定律而创立了科学的天文学；由于进行了光的分解，而创立了科学的光学；由于创立了二项式定理和无限理论而创立了科学的数学；由于认识了力的本质，而创立了科学的力学。"为纪念牛顿的贡献，国际天文学联合会决定把662号小行星命名为牛顿小行星。

● 榜样故事

16岁时牛顿的数学知识还很肤浅，对高深的数学知识甚至可以说是完全不懂。"知识在于积累，聪明来自学习"。牛顿下决心要靠自己的努力攀上数学的高峰。在基础差的不利条件下，牛顿能正确认识自己，知难而进。他从基础知识、基本公式开始学起，扎扎实实、步步推进。他学习完欧几里得几何学后，又开始学习笛卡儿几何学，对它们进行对比后他发现欧几里得几何学肤浅，于是便开始悉心钻研笛氏几何学，直到掌握其要领，并能融会贯通。在此基础上他研究出了代数二项式定理。

有一天，刮起了大风暴。狂风咆哮着，尘土飞扬，在外面不要说睁开眼睛，连稳稳地站在那儿都是一件很不容易的事情。牛顿认为这是个准确地研究和计算风力的千载难逢的好机会。于是，他就拿着用具，毫不犹豫地冲入沙暴之中来回奔走。他跟跟跄跄、吃力地测量着。多少次他被沙尘迷住了眼睛，多少次他被大风吹走了演算纸，多少次大风使他不得不暂时停止工作，但是这些都没有动摇他求知的欲望。他一遍又一遍地测量着，终于求得了正确的数据。他快乐极了，急忙跑回家去，继续进行研究。

有志者事竟成。经过勤奋学习，牛顿为自己建构科学高塔打下了坚实的基础。他在22岁时创建了微分学，23岁时创建了积分学，为人类科学事业作出了巨大贡献。

● 妙语点睛

时间对人是一视同仁的，给人以同等的量，但随着人对时间的利用不同，而所得的知识也大不一样。